THREE
APPLES
FELL
FROM
THE
SKY

Narine
Abgaryan

天上掉下了三个苹果

［俄罗斯］奈琳·阿布加良 著

陈建桥 译

民主与建设出版社
·北京·

三个苹果
天上轰不下

前 言

我总是对那些被荒弃的村庄的命运惴惴不安——年轻人丢下了老人，离开村庄去了大城市。每个这样的村庄都像是被折断的树根和翻过的书页。那里的居民一无所有，只剩下对发生在久远年代的爱情、曾承受的艰辛、将心灵划得伤痕累累的失望的回忆……

我出生在亚美尼亚一个父权制小城市里，在那里长大。每次回家都让我觉得心如刀割。留在我童年记忆中的一切都是拨动心弦的回忆。

有一次我的一位堂婶托我把一张字条转交给她丈夫。我当时大约七岁——正是百无禁忌、最为好奇的年龄。我厚着脸皮打开字条，读了上面的字。"我想你"，婶婶是这样写的。她无法自己走到丈夫跟前，在丈夫耳边悄悄说出这些话，因为风俗礼仪不允许她这样做。但她又极度渴望这样做，所以她想出了办法——通过我来转达字条。堂叔读完字条，把它揉成一团，放进衣服口袋里。"你不回信吗？"我死死地抓住他问。他有些发窘，想了一下，脸色阴郁地挤出一句话："告诉她，我知道了。"

我每次想到这件事就会十分感动。我喜欢这件事里的每一秒，

1

每一个场景。我不知道这种生活是好是坏。我没有权利做出评价,我只能把这些讲述出来。

马兰村并非仅是小说中的场景。这个地方也发生了那些故事——有可笑的,有感人的,也有悲伤的故事。这正是在我的过往中出现的那些人生活的地方。

我渴望给这个村子注入活力,让它恢复希望。因此我构思了一个魔幻的现实,那里一个好像没有未来的小人物的世界突然发生了逆转,充满了新的意义。

《天上掉下了三个苹果》是一本慰藉之书。如果阅读本书能让读者增强对自己未来的信心,我将十分欣慰。实际上这也是我写作本书的目的。

—— 奈琳·阿布加良

目 录

天上掉下了三个苹果   1

    第一部   给看到的人   3
    第二部   给讲述的人   109
    第三部   给听到的人   179

短篇小说   227

    马楚恰   229
    哈杜姆   240
    战 争   257
    泽娜赞   262
    我活着   265
    贝尔德   268

后 记   297

译后记   299

亚美尼亚童话故事经常会这样收尾:

天上掉下了三个苹果,

一个给讲故事的人,

一个给听故事的人,

一个给所有人。

或者这样:

天上掉下了三个苹果,

一个给讲故事的人,

一个给听故事的人,

一个给牢牢记住这个故事的人。

——译者注

天上掉下了三个苹果

第一部

给看到的人

第一章

星期五。正午刚过。当太阳刚刚爬过天顶，正有条不紊地滑向西山谷的边缘，谢沃扬茨·阿娜托里娅就躺到了床上，等待死亡的来临。

她在去往另一个世界之前，仔细地给菜园浇了水，给母鸡喂了食儿。她比平时多撒了一些饲料——邻居们可能很久才会发现她的尸体，不能让母鸡们挨饿。之后她把滴雨檐下几个接雨水的大桶的盖子拿掉了。万一突然下暴雨呢？别让屋顶流下的雨水把房子地基给冲坏了。然后她摸索着把餐橱收拾了一遍，把没吃完的食物（盛着黄油、奶酪和蜂蜜的几个盘子，一大块面包和半只白煮鸡）都归拢起来，放到了阴凉的地窖中。她从衣柜中抽出了"寿衣"：带白色花边领子的长袖毛料连衣裙，带着绣花口袋的长围裙，平底鞋，织好的毛袜子（这双脚挨冻一辈子了），舒展得平平整整的内衣以及曾祖母传给她的挂着银十字架的念珠——邻居雅莎曼肯定会猜到她的想法，把念珠放到她手里的。

她把这些衣服放到了客厅里最显眼的地方——那张铺着粗麻桌布的笨重的橡木桌上（如果掀起桌布边儿，可以清楚地看到两条深深的斧痕），在码得高高的寿衣堆上放了个信封。信封里有钱，是办葬礼的费用。然后她从五斗橱里抽出一块旧的防水桌布，就去了卧室。她拿开被子，把桌布裁成两半，一半铺在床单上，躺下，把另一半桌布盖在身上，在上面盖了被子，她把双手放在胸前，脑袋在枕头里找了个舒服的姿势，深深叹了一口气后，闭上了眼睛。但她又马上起身，把两扇窗子开到最大，用种着天竺葵的花盆把窗扇倚上——别让窗户自己关上了，又躺了下来。现在不用担心当灵魂离开肉体后会在房间里因为迷路而不知所措了。灵魂摆脱肉体后，可以轻快地飞出窗户，飞向天空。

阿娜托里娅之所以不厌其烦、精心地做着这些琐碎的事情，有一个重要的、令人悲伤的原因——她已经大出血一天多了。当她发现内裤上有原因不明的褐色斑点后，一下子愣住了。她仔仔细细地看了这些斑点，确认这确实是血迹后，就痛苦地呜呜哭了起来。但她对自己的怯懦行为感到羞愧，努力克制着自己，急急忙忙抓起围巾边儿擦去了眼泪。如果已经躲不过去了，哭又有什么用呢？每个人都会死的。有人死于心脏病，有人死于神志不清，徒惹他人嘲笑。而她呢，死神是想让她因为大出血而离开人世。

阿娜托里娅并不怀疑，这个病是急症，是不治之症。疾病刺穿了她身体中最无用、最没有意义的器官——子宫，这肯定是有原因的。好像是为了告诉她，这是上天对于她无法完成生儿育女的使命所施加的惩罚。

阿娜托里娅强迫自己不再哭泣，不再喃喃抱怨，强迫自己接受不可逃避的现实，出乎自己的意料，她很快平静了下来。她在衣箱里翻寻了一阵子，找出一条旧床单，把它裁成几块儿，给自己做了个类似护垫的东西。但晚上出血量更大了，就好像她身体里的一根大动脉爆裂了，源源不断地流出血液。她只能用上了家里备着的那点儿棉花。棉花也用不了多长时间，所以阿娜托里娅只好撕开羊毛被，从里面掏出几绺羊毛，小心地洗干净后，放在窗台上晾干。当然，她也可以去找住在隔壁的施拉普坎茨·雅莎曼，向她要一些棉花。但阿娜托里娅没有这么做——万一她忍不住了怎么办？她要是控制不住自己，就会把生病的事告诉这个朋友。雅莎曼肯定会惊慌失措，跳起来去找萨特尼克，让她往山下发加急电报呼叫救护车……阿娜托里娅不想自己被医生们支派来支派去，被他们用各种痛苦而又无用的治疗过程折磨。她想在死前保持尊严，心情平和、安安静静、心无挂碍地死在家里，死在她艰难而又枉然地生活了一辈子的家里。

她翻来覆去地翻看着家庭相册，很晚才躺下睡觉。早已逝去的亲人们的面孔在昏黄的煤油灯下显得特别忧郁，又若有所思。"我们马上要见面了，"阿娜托里娅喃喃自语，用因为繁重农活而长满老茧的粗糙手指摩挲着每一张照片，"我们马上就要见面了。"

尽管心情压抑，病情也让她担忧，但她仍很快入睡，一觉睡到了天亮。她是被公鸡高亢的叫声吵醒的——公鸡不知为什么在鸡笼里折腾起来，迫不及待地想要去菜园里散步。阿娜托里娅认真感受了一下自己的身体状况。如果不考虑腰疼和轻微头晕的话，她自我感觉身体状况还可以，好像不用过于担心。她小心翼翼地起了床，去了趟厕所，然后怀着某种刻薄的满足感看到，出血量更大了。她回到屋子里,用羊毛和碎布做了一个护垫。如果持续大量出血的话,她身体里的血坚持不到明天早晨就流完了。也就是说,她等不到下一个日出了。

她在凉台上站了一会儿,让身体里每一个细胞都吸收着煦暖的晨光。她去邻居那儿打了个招呼,聊了聊最近的生活。雅莎曼正准备洗一大堆衣服,刚刚把一个盛水的大铁桶放到烧劈柴的炉子上。她们趁着烧水的时候,东拉西扯地说了会儿话,聊了会儿家常。桑葚马上要熟了。得晃一晃桑树,把掉下来的桑葚收好,一部分用来煮桑葚糖浆,一部分晾干,剩下的则存放在木桶里等着酿桑葚酒。酸模草也需要收割,再过一两周就晚了——酸模草在六月的骄阳下会很快长老,不能用来做菜了。

阿娜托里娅从朋友那儿离开的时候,铁桶里的水刚好烧开。现在没什么可牵挂的了。雅莎曼到明天上午之前都不会再想起她的。她得洗衣服,给衣服上浆、染色,把衣服搭到太阳底下晒干后再收起来,把衣服熨平。她得干到很晚才能干完,所以阿娜托里娅有足够的时间静静地走向另一个世界。

她很满意这种无牵无挂的感觉。她一上午都用来做家务事。直到正午过后,当太阳爬过天顶,有条不紊地滑向西山谷的边缘,她才躺到床上,等待死亡的来临。

阿娜托里娅是谢沃扬茨·卡皮顿三个女儿中最小的那个,是这个家里唯一活到老年的人。她二月份就年满五十八岁了,这在她家里可是闻所未闻的高龄啊。

她对母亲的记忆很模糊——母亲死时她才七岁。母亲有一双金色的杏核眼，一头浓密的蜜色鬈发。她的名字叫起来很响亮，和她的外貌也相配——她叫沃斯凯①。母亲把秀发编成一条紧密的长辫子，在脑后把头发用木簪盘成一个厚厚的发髻，走路时头稍稍后仰。她常常用手抚摩脖颈，抱怨脖子有些麻木。父亲每年给她剪一次头发。他让她坐在窗前，仔细地帮她把头发梳好，小心地把头发剪到齐腰的位置——再多的话母亲就不让剪了。她从来不给女儿们剪短辫子——长长的头发应该能保护她们免于诅咒吧？这个诅咒自从她嫁给卡皮顿的那个时刻起就一直纠缠着她们，纠缠了十二年。

实际上应该嫁给卡皮顿的是沃斯凯的姐姐塔特维克，那年她十六岁。妹妹沃斯凯刚刚十四岁，是阿古里桑茨·加雷金家里第二个待字闺中的女孩儿，当时她正积极帮着筹备姐姐的婚礼。按照马兰村上百年以来形成的、无数代人奉为圭臬的传统，结婚正式仪式之后的庆祝活动应该先在新娘家里，然后在新郎家里举行。但马兰村这两个富裕而且受人尊敬的家庭首领——卡皮顿和塔特维克的家长决定把两场庆祝活动合并，在村里的中心广场上举行。活动规模将空前盛大。

卡皮顿的父亲决定让亲朋好友们大开眼界，于是派了两个女婿去山下邀请小剧院的乐团来婚礼庆典上演出。两个女婿回来以后浑身疲惫，却都心满意足，向大家汇报说，当那些拘泥古板的乐师们听说了演出会有丰厚报酬之后马上就转怒为喜——每人有

---

① "沃斯凯"在亚美尼亚语中是"金色"的意思。

两个金币的报酬，而且还能拿到可以吃一周的粮食。乐师们生气是可以理解的：原因很明显嘛，居然想邀请室内乐剧团去村里演出！好在卡皮顿的女婿们答应在婚礼之后就把这些粮食用大车运到剧院。

塔特维克的父亲想给大家另外的惊喜——他邀请了山下最著名的解梦师来参加庆祝活动。解梦师面对十个金币的报酬同意工作一整天，展现自己的非凡技艺。他提出的唯一要求就是要把解梦需要的用品运到山上：一顶大帐篷，一个安在硕大青铜底座上的水晶球，一张占卜桌，一张沙发床，两盆不知品种的气味浓郁而又枝叶舒展的植物和两支使用磨成粉末的特殊木料制成的形状怪异的螺旋形蜡烛。这种蜡烛可以连续烧上几个月都不熄灭，还能散发出生姜和麝香的气味。庆典宾客中除了马兰村人以外，还有五十来位山下居民，他们都是身份尊贵、富有的市民。就连报纸都报道了这场几乎注定要载入史册的庆典。这是一种莫大的荣誉，因为此前的报纸从未提及这种没有贵族背景的家庭庆典。

但后来发生了一件谁都没想到的事——婚礼前第四天，新娘得了热病，一病不起，经历了一天一夜的高烧、说胡话的折磨后再也没有醒过来，溘然长逝。

显然，葬礼那天的马兰村天空上应该是裂开了一扇来自异世界的漆黑大门，从里面涌出了与天空之力相斥的黑暗力量。如果不是黑暗力量扰乱了人们的神智，没有任何原因能够解释两个家长随后的行为：他们在葬礼结束之后稍作商量，决定不取消既定的婚礼。

"这样一来婚礼的钱就不会浪费了。"勤俭持家的加雷金坐在酬宾宴的餐桌旁宣布,"卡皮顿是个很棒的小伙子,干活用心又讲礼貌,谁都想找这样的女婿。上帝把塔特维克召走了,也就是说这是命中注定的,抱怨主的意志是有罪的。但我们还有一个女儿也要嫁人了。所以我和阿涅萨决定了,沃斯凯会嫁给卡皮顿。"

　　没有人敢提反对意见。痛失心爱姐姐的沃斯凯也毫无办法,只有唯唯诺诺地同意嫁给卡皮顿。塔特维克的哀悼活动推迟了一周。婚礼庆典隆重、喧闹,人人吃得酒足饭饱。葡萄酒和桑葚酒像河一样流淌,露天摆放的桌子被各种各样、形形色色的菜肴压得吱嘎作响。乐师们身着笔挺的礼服,皮鞋擦得锃亮,演奏了一首首波尔卡和小步舞曲。马兰村人先是拘谨地倾听了一阵这从未听过的古典音乐,然后就变得极度兴奋,不再理睬什么风俗礼仪,全都跳起了农村人最喜欢的民间劲舞。

　　没有几个人去解梦师的帐篷里找他解梦——被丰盛的饭菜和饮品刺激得热情万分的宾客们顾不上这个了。当沃斯凯找了个时间,三言两语地把自己婚礼前夜的梦讲给一位堂姊后,这位堂姊忧心忡忡地拉着她的手来到解梦师的帐篷里。解梦师原来是一位个子矮小、身材瘦弱的老人,只是丑陋得有些吓人。他用手指了个地方,让沃斯凯坐下。沃斯凯看到他的右手小指后吓得呆呆发愣:小指上有一条多年未修剪的细长黑色指甲,手指甲打了个弯儿,绕着手指肚儿和手掌,向着手腕方向生长,妨碍着整只手的活动。老头儿毫不客气地把堂姊撵出了帐篷,吩咐人在门口守着,就坐到了沃斯凯对面。他穿着很少见的肥大灯笼裤,把两条腿敞开,两只细长的手垂在膝盖间,然后一言不发地盯着沃斯凯。

"我梦到姐姐了。"沃斯凯开始回答老头儿询问的目光,"她背朝着我,穿着漂亮衣服,发辫上系着一串珍珠。我想抱她,但她不让我抱。她向我转过身来。她的脸不知为什么显得很老,满脸皱纹。她的嘴显得很奇怪,好像嘴里盛不下舌头。我哭了起来。她退到屋角,往手里吐了一摊黑乎乎的液体,把手伸向我说:'沃斯凯,你不会幸福的。'我害怕得不得了,就醒了。但最可怕的事情还在后面。当我睁开眼睛后就明白了,我还得接着做这个梦。当时比破晓的时间早一些,公鸡还没有叫。我去喝水。不知为什么往上看了一眼,看了看天花板,看到塔特维克忧伤的脸贴在天窗[①]上。她把自己的发箍和披肩扔到我脚下,就不见了。发箍和披肩一落地,就化成了灰尘。"

沃斯凯哭得上气不接下气,脸上被黑色睫毛膏弄得乱七八糟——这是马兰村的女人们唯一使用的化妆品。从绣满珍贵蕾丝,缀满银币的丝绸明塔纳裙[②]的开襟处露出她那儿童般脆弱的双腕,鬓角上浅蓝色的血管紧张而又无助地跳动着。

解梦师长长地吐出一口气,发出刺激耳膜的啸声。沃斯凯猛然停住了说话,惊慌失措地紧盯着他。

"听我说,小姑娘。"老头儿的声音嘶哑低沉,"我不用给你解梦了,因为这没有任何好处,也改变不了什么。我唯一的建

[①] 亚美尼亚建筑顶部用来透光的窗户。
[②] 一种庆典上穿的长连衣裙。

议就是永远不要剪头发,让它永远保护你的后背。每个人都有自己的辟邪物。我的辟邪物,"他在沃斯凯鼻子下面晃了晃右手,"就是小指指甲。而你的辟邪物应该是你的头发。"

"好的。"沃斯凯低声说。她等了一会儿,希望能再得到某些解释,但解梦师沉着脸一声不吭。于是她站起身,准备走出帐篷,但终于鼓起勇气,逼着自己问道:"您知道为什么一定是头发吗?"

"我不知道。但她既然把发箍扔给你,那就说明,她想遮住的那些东西能让你躲开诅咒。"老头儿紧盯着冒烟的蜡烛回答说。

沃斯凯心中五味杂陈,走出了帐篷。她一方面不再那么害怕,因为她把一部分不安留给了解梦师,但同时又无法摆脱一个念头:尽管她并非出于恶意,却不由自主地把死去的姐姐出卖给了一个外人,而姐姐的形象就如同一个邪恶的女妖。当她把老头儿的话转述给在帐篷门口等得焦急万分,不停倒换双脚站着的堂婶时,堂婶不知为什么高兴起来:

"最重要的是我们不需要再怕什么了。按他建议的去做吧,一切都会过去的。等四十天以后,塔特维克的灵魂就会离开我们这片有罪的土地,不会再来打扰你的。"

沃斯凯回到婚庆餐桌旁,走向刚刚成为她丈夫的那个人,怯怯地冲他一笑。丈夫有些不好意思,也冲她笑了一下,脸突然变得通红。尽管按父权社会的标准来说,卡皮顿已经年满二十周岁,但他却是一个很腼腆、胆小的年轻人。三个月前,当家里人说到他已经到了娶妻生子的年龄时,他姐夫送给了他一件礼物:把他拉到山下,花钱让他在妓院中待了一夜。卡皮顿回到马兰村时茫然若失。不能说那萦绕着浓郁的玫瑰水和石竹的香气，在漂亮的妓女拥抱中度过的欢娱之夜不合他的心意。可能恰恰相反——她慷慨给予的令人疲惫的热烈爱抚让他震惊，让他迷醉。但当她像蛇一样身体蜷曲，发出低沉沙哑的呻吟声，熟练而又热情地爱抚他时，她脸上居然露出石头一般没有感情的面部表情，好像她并不是在做爱，而是在做家务。当他发现她脸上的那种表情时，心里生出一种说不清道不明的厌恶感，一种微微的恶心感，这使他心里不得安宁。按照这个年龄的年轻人所特有的草率冲动的想法，他认为这是毫无感情的算计，是所有躺在床上的女人都会做的一种不知羞耻的行为，因此他对于婚姻并没有什么良好的预期。也正是因此，当父亲向他宣布，加雷金的大女儿死了，他要娶小女儿时，卡皮顿只是沉默地点了个头表示同意。娶哪个女人又有什么不同呢？所有女人都会骗人，她们都没有真挚的感情。

　　快入夜了。当侍者们端上一盘盘用香料烤得油滋滋的火腿片和拌着油渣、炸洋葱的小麦粥[①]时，在祖尔纳管那尖锐的乐声和宾朋们起哄的嘈杂喊叫声中，醉醺醺的媒人们把这对新人领进了洞房，给他们锁上了门闩，告诉他们第二天早晨才会放他们出来。沃斯凯现在和丈夫单独相处了。她号啕大哭起来。但当卡皮顿走近她，想要抱着安慰她时，她没有推开他，而是紧紧地依偎在他身上，一下子安静了下来，只是偶尔抽噎几下，可笑地用鼻子吸着气。

[①] 亚美尼亚的粥很稠，几乎没有汤水，有时会放盐、黄油、肉末等食材。

"我害怕。"她抬起满是泪痕的小脸儿看着他。

"我也害怕。"卡皮顿脱口而出。

这是一次直白而又深刻、真诚而又触动心灵的对话，是腼腆害羞的低语交流，一下子把两个青涩而又渴望爱情的心紧紧拴在一起，直到永远。后来，在床上，当他紧贴着年轻妻子的身体，心怀感激地捕捉着妻子的一举一动、每次喘息、每个温柔的触摸时，卡皮顿因为羞愧而内心煎熬——他怎么能把妻子和山下那个女人相提并论呢！他怀里的沃斯凯如同宝石一样闪闪发亮、流光溢彩，像火一样温暖，使他周围的一切都获得了意义，从今以后成了他生命中最宝贵的东西，直到永远。

一周之后，加雷金和几个男性亲戚都没戴帽子，从头到脚穿着黑色衣服，沉默地杀了三只纯种小牛。他们煮肉时没有放盐，然后用几个大托盘端着，挨家挨户去送肉。人们打开房门，沉默不语地接过自家的那份肉（当别人给你端来祭肉时，是不能讲话的）。沃斯凯用厚窗帘遮住了卧室的几个窗子，打算给姐姐守一辈子孝。她按时守长斋；在教堂里待到很晚，祈祷让塔特维克的灵魂获得安宁，请她原谅自己；她每周去一次墓园，去修葺姐姐的墓地，和悲痛的母亲、几个嫂嫂和堂婶一起。她的白天和黑夜好像颠倒了：晚上她像太阳一样充满爱心、温暖灿烂，白天却变得神色阴郁、忧愁无语。塔特维克再也没来找她，这让沃斯凯十分悲伤。"她还是没有原谅我，否则我一定会再次梦到她的。"她两眼含泪，把自己的痛苦告诉了丈夫。

卡皮顿为了让妻子摆脱这些悲伤的念头，建议她给婚房布置

15

家具。这个房子是婚后才交给他们的,之前住的是他未嫁人的姑姑和他的奶奶——马奈奶奶。后来她们都搬去了卡皮顿父亲那里住,给两位新人留下了这幢墙壁厚实、坚固耐用的房子。房子里虽然有些昏暗,但很适合生活,住着很舒服。院子里有一个宽大的木制凉台,有个高高的阁楼和精心侍弄过的果园。沃斯凯开始时断然拒绝搬家,因为房子离父母很远,在马兰村的另一边。但卡皮顿坚持要搬——如果能让她远离悲伤的亲人们,她就不会那么经常地想起姐姐,也就能更快地接受失去亲人的现实。

　　沃斯凯在丈夫的耐心劝导下,极不情愿地让步了。然而她自己都没有料到,她会一下子喜欢上了这件事。她十分投入地做起这项工作来,甚至还在山下订了几份装修杂志。她认真细致地读过这些杂志后,决定用沼泽橡木来打造厨房家具——椭圆的大饭桌,四个包着深绿色天鹅绒的宽大长沙发椅,三十来把椅子。座位得多一点,因为家里总是坐满了客人。还打造了几套装饰着雅致花纹的餐具橱,都配着高高的玻璃门,这样可以把那套供二十四人使用的奢华繁复的餐具以及结婚时收到的很多其他礼品餐具放进里面。沃斯凯找了木匠米那斯来做这套家具,要求他完全按杂志上的款式来打造。当时沃斯凯已经怀上了第一个孩子,想在孩子出生之前做好这套家具。米那斯为了赶工期,在已经有三个助手的情况下又雇了两个助手。沃斯凯用做针线活来打发分娩之前的日子——和母亲一起缝制了几个桌布和床罩,两套床上用品,婴儿襁褓和洗礼仪式上穿的衣服。

　　她每周仪式性地去过墓地之后,就会到米那斯的木匠作坊里监督工作进展。米那斯皱着眉头,吭哧吭哧地说不上话来,最终默许了沃斯凯的到访。当然他总是很快就把她撵回家。米那斯提出的理由是:女人,特别是怀孕的女人不能长时间待在散发着有毒油漆和男人臭汗的作坊里。

不过作坊之行并非全无用处——家具按时做好了。沃斯凯刚刚把家里拾掇好,度过了乔迁之喜,就躺倒在分娩的阵痛中。经过一天一夜的痛苦挣扎,她给丈夫卡皮顿生下一个女儿,给她起名叫纳泽丽。两年之后生下了萨洛美,再过一年半之后生下了小女儿阿娜托里娅。

沃斯凯对丈夫温柔体贴、殷勤备至,对女儿们却并不热情。阿娜托里娅从不记得母亲会叫她们的小名或像其他母亲那样每时每刻地亲吻她们。她从不夸奖她们,但也不会责骂她们。她如果对女儿们不满意,只是紧闭双唇,默不作声或者扬起眉毛。小姑娘们不喜欢白发苍苍的马奈奶奶经常发出的不满唠叨,但她们更害怕母亲扬起的眉毛。马奈奶奶是他们家在大地震中唯一幸存的亲戚。可怕的大地震把马尼什卡拉山的右山坡震得落进了深渊。

这场地震发生在萨洛美出生的那一年。马奈奶奶搬过来帮着照顾小纳泽丽,因为沃斯凯呕吐得厉害,无法照顾好动的小孩子。灾难在十二月的寒冷正午降临:脚下的大地颤抖了一下就开始震动,发出可怕的轰隆声,声音持续时间很长。马尼什卡拉山的右山坡被削掉,连带着上面的房子和院落、断断续续呼喊的人们和牲畜一起落进了深涧。这些牲畜已经预感到了灾难,在牛棚和兽栏里乱窜,徒劳无功地想要吸引主人的注意,提醒主人灾难要降

17

临了。

村里幸存的人们坚强地承受了灾难的打击,保持了尊严:人们在一个矮小的教堂里做了安灵仪式(坐落在村庄边缘的格里高利·卢萨沃里奇教堂在地震中第一个落入了深涧),就各自回家了——去加固裂缝交错的房屋墙壁和坍塌的屋顶,修理那些东倒西歪的篱笆墙。当时没有人谈到是否应该迁居到更安全的低洼地带的问题。很久之后才有人提起这个话题。地震之后的中心广场上再无人聚集,再也没有举行过任何热闹的庆祝活动。山下的茨冈人按照旧例来过几次。他们说,落入深涧的那部分房子被山洪冲到了遥远的西部,碰到了其他的村庄。生活在这些房子里的人们都安然无恙,但他们不会回来了,因为他们经历的恐惧摧毁了他们的记忆。他们不知道自己曾经生活在一个覆盖着古老森林和富足牧场的山峰上。人们满怀感激地倾听着茨冈人的讲述,送给他们各种用具和衣服,祝他们一路平安后把他们送走了。每个人都从心底里希望他们讲的是真的,希望马尼什卡拉山西坡那些不幸的居民还活着。至于他们现在是不是说着其他语言,穿着另类服装,这些都不重要。最重要的是各处的天空都是一样得清澈湛蓝,风儿也和你有幸出生的那片土地上一样温暖轻柔。

茨冈人后来又来过几次,之后就再也没有出现过。他们察觉到新的灾难正在袭来,所以有一天突然消失了。他们消失得毫无声息,就像融化在了正午太阳照射下的雾气中,就像他们在中心广场上堂而皇之地偷盗被捉住时而支付的耀眼的金币一样消失了。

阿娜托里娅出生在茨冈人最后一次来村里之前的那个晚上。

马奈奶奶刚好带着两个曾孙女去了邻居家，好让生产过后筋疲力尽的沃斯凯能休息一下。弱小的阿娜托里娅被小心地裹进暖和的被子中，正紧贴着妈妈睡觉。她是卡皮顿三个女儿中长得最像祖父的，简直是一模一样。祖父脸色黝黑，因此他们这家人被叫作"谢沃扬茨"，因为马兰话里的"谢沃"一词的意思就是"黑的"。

这时，一个胖胖的、个子不高、左颊上有个浅浅伤痕的茨冈女人大摇大摆地走进房子，脚步不停地走过每个房间，没有敲门就走到沃斯凯床前。沃斯凯吓坏了，胳膊肘撑着床欠起身，护住了新生的婴儿。茨冈女人做了个让她不要担心的手势，说："你不要害怕，我不会伤害你的。"她走到床前，看了看孩子的小脸儿。

"给她起了个什么名字？"

"阿娜托里娅。"

"很好听。"

女人直起身子，把被子和床单舒展平整，提了下带褶边的花色裙子，坐了下来，像男人一样叉开双腿，细长的双手搭在两腿之间。沃斯凯模模糊糊地觉得她的姿势有点儿眼熟。某个人好像也是这么坐着，双肘挂在叉开的膝盖上，给她讲过一些重要的话。但这个人到底是谁，她无论如何也想不起来了，就好像一只大手一挥之间抹去了她的记忆。

"我们不会再回这里了。永远不会了。把你想要丢掉的首饰给我。你必须这么做。"茨冈女人说得很慢，声音嘶哑。听得出，她抽烟过多。每个单词讲到词尾时会停顿一下，好像因为呼吸不顺而无法把话说完。

19

沃斯凯甚至没有想到要拒绝这位不速之客的要求，在她专注而又凝重的目光和面部表情中有某种东西，让沃斯凯对她无条件地信任。她习惯性地把长长的蜜色秀发从背后甩出，放到枕头上，这样头发不会妨碍她躺着。她把双手放在胸前，沉思起来。她的首饰很少，而且赠送她首饰的亲友们都在大地震中去世了，所以每丢掉一件首饰就相当于放弃一段回忆。

"打开五斗橱上面的箱子。那里有个首饰盒。你自己拿吧。"沃斯凯犹豫了一会儿说道。

茨冈女人费力地站了起来，把床单和被子边缘舒展平整。她打开箱子把手伸进去，掏出一件首饰，看也没看就塞进怀里，然后走向屋门口。

"为什么你们再也不回这里了？"沃斯凯提出的问题让她停住了脚步。

茨冈女人抓住了门把手。

"这我不能告诉你。"

她犹豫了一下，补充道：

"我叫帕特丽娜。"

沃斯凯想说出自己的名字，但茨冈女人猛然摇起头来——不需要。她小心地裹好厚披肩，微微点了个头就出去了。当门刚刚在她身后关上时，沃斯凯就觉得天旋地转。她向后靠在枕头上，闭着眼睛躺了一会儿，想要熬过这突如其来的头晕，没想到就这样睡着了。当她睡醒后，确信自己梦到一个茨冈女人来过她家，但五斗橱上面没有合上的箱子告诉她不是这么回事。她请马奈奶奶把首饰盒拿给她，清点时发现少了一枚很重的蓝色紫水晶戒指。这曾是她奶奶的一枚戒指，按照继承权的规定应该由她的大孙女塔特维克继承。但后来给了沃斯凯。

房间里弥漫着清新的夜晚空气和淡淡的、微苦的洋甘菊味道。外面起露水了，把昏睡的花朵中的香味驱散出来，散布在空气中。再过一两个小时夜晚就要来临了。它每次都好像从某个角落里迅速、突然地跳出来，让人觉得地平线上刚刚还闪烁着太阳余晖，一秒钟之后万物就沉没于黑暗之中。天空低垂，慷慨地洒满星光。蟋蟀的鸣唱也好像是绝唱一样。

"要是能听懂它们唱什么歌儿该有多好啊。"阿娜托里娅嘟哝了一句，然后出乎自己的意料笑了起来，却不小心被自己的唾液呛着了。她咳嗽了一阵，费力地撑在胳膊肘上欠起身，拿起水杯喝了口水。盛水的细长玻璃瓶总是放在床头柜上。这是她结婚后养成的习惯，因为丈夫是个"大水桶"，每天喝水很多，哪怕夜里也要喝水。丈夫为了晚上少起身，让她每天晚上都在床头柜上放一瓶水。丈夫已经失踪二十多年了，阿娜托里娅还是按着记忆中的习惯每天往玻璃瓶里灌上清水。第二天早上她会用瓶子里的水浇花，再重新给瓶子灌上清水。就这样一天又一天，每天都是这样，二十年来没有间断过。

她喝完水后，极其小心地翻身侧卧，一只手在身子底下摸索了一阵，把防水桌布抚平。双腿之间湿漉漉的，让她感觉很不舒服。阿娜托里娅做护垫时很细心，往护垫里加了些麻絮，想让护垫坚持的时间长一些。然而护垫仍然漏了，睡衣也被打湿了，贴在后背上。只能起床换一下衣服了。阿娜托里娅想尽一切办法压制着恶心的感觉。不知为什么，在她身体上发生的这一切让她感到难以遏抑的恼怒和厌恶。血流得更多了，好像在某种无法阻挡的邪恶力量驱使下迫不及待地想要离开她的子宫。阿娜托里娅把血污的衣服丢到了床下，以便眼不见为净，然后又躺下来，把上面的那块桌布抚平，盖到自己身上，在上面盖了被子，小心地把脚底盖住——她的两只脚哪怕在夏天最热的时候也觉得冷。

"赶紧死掉就好了。"她叹了口气，闭上双眼，又主动沉浸到回忆的深潭中。回忆童年的时候时间过得更快些。

阿娜托里娅刚七岁时，妈妈就走了。妈妈在浴室里烧了水，给女儿们洗澡后安排她们睡觉。她为了保持浴室内的温度，在哄孩子睡觉时把浴室烟道的挡板关上了。她后来忘了打开烟道挡板，结果煤气中毒死了。卡皮顿劳累了一天，没有等到妻子回屋就睡着了。他半夜醒了以后发现妻子没在身边，撞开浴室门，把她抱了出来。沃斯凯摔倒时挂到了炉门上。炉门打开了，木炭撒了出来，不知为什么木炭没有被浴室的雾气浇灭，烧光了她漂亮的蜜色秀发。

"塔特维克的诅咒还是没有放过我们啊！"年迈苍苍的马奈奶奶向着苍天举起粗糙的黧黑双手，失声痛哭。当时她已经年过百岁，老眼昏花、身体羸弱，每天大部分时间都躺在长沙发上，依偎在沙发靠枕里，沙沙地捻着透明的念珠，小声祈祷。沃斯凯死后，她只能再度起身，把照顾家庭的重任放在自己佝偻的后背上。她又活了五年，在埋葬了两个饿死的曾孙女后，也在可怕的饥荒中去世了。先是萨洛美死了，第二天纳泽丽也走了。两个小姑娘葬到了一个棺材里，身上覆盖着长长的头发。饥饿不仅破坏了她们的健康和美丽，还夺走了她们像妈妈一样漂亮的蜜色发辫。马奈奶奶用薰衣草泡过的水给她们洗了头发，在过堂风中吹干、梳好，像罩单一样盖在曾孙女们那透明得像要融化的身体上。

卡皮顿把小女儿送到山下一个远房叔叔家里，给他们留下了沃斯凯的珠宝盒以及多年艰苦农村劳作积累下的全部家当——四十三个金币。阿娜托里娅每次闭上眼睛，父亲的形象都会浮现在她的脑海里。他身材瘦削、双颊深陷、两眼无光。这个年轻男人转眼之间就变成了年迈体衰的老人。父亲把她搂到胸前，在她耳边小声说了一句："闺女，哪怕你能活下来也好啊。"然后他走出屋子，砰的一声重重关上了屋门，就再也没有回来，永远没有回来。每次想到这些，她就屏住呼吸，不让自己因为心里难忍的酸楚失声痛哭。

又过了漫长的七年时间，她才回到马兰村。当时她寄居的那家亲戚已经把她母亲的所有首饰都挥霍一空，唯一留给阿娜托里娅的是一件天然的浮雕贝壳。贝壳本身是淡粉色的，透着米黄色，上面使用精细的刀法雕出一个少女形象。少女坐在柳荫下的一个小长椅上，半转身子看着远方的某个人。阿娜托里娅在山下待的几年里学会了很多东西，最先学会的就是识字、算数和写字。叔叔家没有送她去学校，跟她解释说家里没有上学的钱。但叔叔的妻子，把自己知道的东西都教给了她。她是一个命运坎坷而且在家里没有地位的女人，在家里与其说是女主人，倒不如说是仆人，只能一辈子忍受丈夫和儿子们醉酒后粗暴无礼的举动。但她从不委屈阿娜托里娅，对她很温柔，总是客客气气的，不让她受愚蠢、粗鲁的堂兄弟们的欺负。她在去世之前（她被一种未知疾病折磨了很长时间才去世，这种病缓慢而又不可逆转地损害了她的健康）把十九岁的阿娜托里娅送上邮政货车，让她回到了马兰村。

阿娜托里娅那时已经长成一个漂亮姑娘。她长着和爷爷一样的蓝黑色大眼睛，橄榄色的皮肤，一头长长的秀发是出人意料的亚麻色，透着蜜色，一直垂到小腿肚。她把头发编成蓬松的发辫，在脑后盘成一个硕大的发髻，像沃斯凯一样走路时向后仰着头。雅莎曼大婶看到多年不见的阿娜托里娅后，大声地"哎呀"了一声，伸手抓住了她的胸口：

"姑娘，你长得太像你父母了，就像把他们不幸的魂灵全都集中到了自己身上。"

阿娜托里娅看到邻居们从大饥荒中幸存下来后高兴得无以言表。雅莎曼比她大二十二岁，当时正在照顾自己的大孙子，她和丈夫沙瓦兰特·霍夫汉内斯一起帮着阿娜托里娅把破旧不堪的房屋修好，把菜园又拾掇起来。他们用柱子把房子后墙顶住，拆下干裂的窗框换上新做的窗子，修好了破旧的凉台地板。阿娜托里娅慢慢地开始依赖他们，而这种依赖也是相互的。霍夫汉内斯对阿娜托里娅，对自己的邻居和朋友仅存的唯一骨肉就像父亲一样关心和照顾，而雅莎曼则成了她的母亲、姐姐、朋友，以及当生活变得无法忍受时可以倚靠的肩膀。

　　阿娜托里娅在山下长大，干不了繁重的农村劳动，所以她过了很久才重新学会了侍弄菜园、做饭和收拾家务。她为了减少劳动量，把房子里大部分房间都锁上，只使用父母的卧室、客厅和厨房。但她每两周会把各处收拾一下，擦一擦灰尘，把厚重的羊毛被、枕头、沙发靠枕和地毯拿到太阳下晒一下或者在透着霜寒的清新冬日里晾一下。

　　她开始畜养各种家畜。雅莎曼送给她一只母鸡，开始时仍然养在原来的鸡笼里，和公鸡住在一起。后来当母鸡孵出小鸡以后，阿娜托里娅把母鸡和一窝叽叽乱叫、低头乱拱的鸡崽儿搬回了家里。小鸡中有一只特别好斗，刚生下来就好勇斗狠，后来长成了一只威武的大公鸡，但是荒淫放荡得无与伦比。它不仅庇护着自己院里的母鸡后宫，还霸占着隔壁院子里一半的母鸡。它不止一次和其他公鸡打得鸡毛乱飞，而且每次都能打胜，之后就在篱笆上耀武扬威地喔喔叫上半天，吓得受伤的敌手心惊胆战、战栗不安。后来阿娜托里娅养了一只母羊，学会了制作玛川酸奶[①]和松软、鲜嫩的羊奶干酪。她刚开始时在雅莎曼的指导下烤面包，后来慢慢熟悉了就开始自己烤。每个星期天，她都在拂晓时分起床，先去墓园一趟，再去教堂为死去的亲人祈祷。她不在的这几年里，墓园的面积增加了一倍。阿娜托里娅穿行在沉默不语的石头十字架中间，小声地读着刻在上面的家庭成员的名字。

----

① 一种奶制品，味道有点像酸奶。

回到山上半年以后,她开始在图书馆里工作。图书馆之所以不在乎她没有学历而雇用她,是因为没人想干这个工作。之前那位年迈的女图书管理员没有挨过那场大饥荒死掉了,又找不到其他想做这个工作的人。这份工作薪水少得可怜,而且一周五天都要憋闷在立满书架的灰尘弥漫的房间里。马兰村几乎没有孩子。唯一扛过饥荒的孩子是梅利康茨·瓦诺的孙子,刚满五周岁。大饥荒之前才建好的学校和图书馆里几乎空无一人,但阿娜托里娅没有灰心丧气:生命之路仍在继续,新的一代马上就会出生,一切都会回到原来的轨道上。

她把图书馆当作了自己的天堂。在这里她可以从每天单调重复、令人厌烦的家务中暂时解脱出来。阿娜托里娅仔仔细细地清理地板,用自制的地板蜡把地板打磨得光亮如新。她整理了阅览室的读者卡片,重新摆放了图书。她没有按书号或书名字母的顺序来摆放图书,而是按她的颜色喜好来摆放:书架最下面摆放的是深色书皮的书籍,上面则是浅色书皮的书籍。她用人们丢在地窖里的阔口陶罐作花盆,在图书馆周围种上了各种植物——毛茸茸的野豌豆、芦荟、天竺葵。她去了趟米那斯的木器作坊,让他帮忙在罐底钻了几个孔,好让罐子能排水。米那斯的一个帮工看到她以后马上对她留意起来。那是一个身材敦实的矮个子男人,妻子死了,没有孩子,在大饥荒年代埋葬了所有家人。他亲自把这些陶罐搬到图书馆,然后又来了几次——说是想看看阿娜托里娅需不需要帮助。他在图书馆里坐到很晚,从阿娜托里娅身上挪不开目光,看得她非常不好意思。一个月后,他来到阿娜托里娅家里,向她求婚。阿娜托里娅并不爱他，也知道他不爱自己，但还是同意嫁给他，因为没有别人可嫁。村子里已经没有合适的单身男人了，其他人年龄都不合适：要么太小，要么太老。

这是一场不幸的婚姻：她和丈夫一起生活的十八年的漫长时间里，从未听到过一句温柔的话语，从未被关心过。丈夫冷酷无情得令人吃惊，对她漠不关心，在床上也笨手笨脚，从不关心阿娜托里娅的感受。当她胆怯地请求他温柔一点儿时，他总是报以粗鲁的哈哈大笑，并且常常对她用强。事后她躺在床上，身上沾染着他因为没洗澡而带着的臭味和汗水，默默地吞咽着泪水，从心底里怨恨着自己。对她来说唯一的希望就是生一个孩子，全身心地去抚育他，但这个愿望却一直无法实现——她最终也没有怀上孕。丈夫开始只是埋怨她不能生育，后来面对她无言的顺从变得更加阴沉和偏执。他变得无法自控，经常发火，野兽一般地暴怒，最后竟养成了酗酒和殴打她的习惯。他把她摔到地上，拖着她的辫子在每个房间里转圈，之后把她锁到潮湿的杂物间里，直到天亮才放她出来。他一次次变得越来越恶毒无情。如果不是害怕身材高大的霍夫汉内斯，他大概会打死她。霍夫汉内斯有一次发现阿娜托里娅颧骨上有一块瘀斑。他一句话也没说，直接去了木器作坊，把他从木器车床旁揪出，抓着他的衣领把他拖到院子里，扔到高高的木柴垛上，走时瞟了他一眼说：

"你再对她动一次手，我不跟你废话，直接打死你。明白吗？"

霍夫汉内斯的庇护救了阿娜托里娅一条命，但又让她每天承受着难以忍受的痛苦——丈夫每天小心翼翼、无声无息地折磨她：

27

猛力抽打她的胳膊，抽打她的关节部位，让别人看不到伤痕；当着别人的面挖苦她，对她吹毛求疵。阿娜托里娅默默忍受着，从不抱怨——她怕霍夫汉内斯说话算数，打死给她带来苦难的丈夫。她不想伤害别人。

在她暗无天日的生活中，唯一的慰藉只有读书。在无人光顾图书馆的那几年里，她把所有的工作时间都用来读书。她后来依靠自己的感觉和天生的品味，慢慢地学会了辨别好坏作品，喜欢上了俄罗斯和法国的经典作品。但她看了《安娜·卡列尼娜》以后，立刻彻底、永远地恨上了托尔斯泰伯爵。她认为作者对女主人公冷漠无情、傲慢无礼，把托尔斯泰视为刚愎自用的人和"暴君"。她把他那些厚重的作品都放到看不见的地方，以便眼不见心不烦。丈夫的挖苦侮辱已经让她极度绝望，她不想在书上还要看到这种不公平。

她利用阅读之外的时间把图书馆收拾得既舒适又漂亮：窗户挂上了印花布薄窗帘，不过为了让花儿能晒到太阳，只挂了一半窗帘；从家里拖来一块地毯，把它铺在挂满作家画像的墙壁下面；在坚硬的木制长凳上铺上了各种色调活泼的坐垫。这些坐垫是她用五颜六色的碎布缝制的。

现在的图书馆让人感觉更像是一个坐落在温室中的阅览室——所有窗台和书架之间的过道中摆满了种着各种植物的陶瓶和陶罐。阿娜托里娅从以前的阿尔沙克-贝克庄园（现在是被荒弃、被遗忘的文化宫）搬来了八个沉重的仿古花盆，在里面种上了月季、郁香忍冬和山百合。月季开得不当季，香气引得蜜蜂纷纷飞来。

它们穿过狭小的通风窗,在印花布窗帘里冲撞了几下就分毫不差地找到了飞往月季的道路。这些蜜蜂收集完花粉后就飞回蜂巢。有一年秋天,一群蜜蜂被郁香忍冬甜中带苦的香味吸引,钻进了天花板上面的房梁里,想要在那里安家。阿娜托里娅只能跑遍村子里的各个院子,查看是哪个蜂房的蜜蜂飞到了图书馆。蚂蚁在图书馆的地下筑了一个大巢穴。巢穴通道弯弯曲曲,沿着房子下面的木板一直伸到门口,消失在门槛之后。燕子在房檐下筑了一圈燕巢,每年都会飞来,筑巢繁育后代。每年秋天,等燕子飞走以后,阿娜托里娅会用扫帚裹上抹布清洗外墙上的鸟粪和其他污秽。有次她在烟道上发现了一个麻雀窝,只能等着小麻雀们破壳后翅膀长硬并飞走以后才小心地把鸟巢移到树上。如果不这样可能会吓到小麻雀的父母,它们会永远飞走,把未孵出的鸟蛋丢在窝里听天由命。

随着时间的推移,图书馆越来越像一个小动物收容所,各种鸟儿和昆虫把图书馆当成了避难所,都热火朝天地在这儿生儿育女。阿娜托里娅在窗台上放了几个盛糖水的小碟子,用来喂蝴蝶和瓢虫,自己动手做了几个鸟食盆,在院子里种了个小菜园,好让蚂蚁有玩儿的地方。这个无儿无女、生活不幸的女人,她的日子就这样一天天过去了。工作时她沉醉于散发着皮革味的心爱的文学作品,周围是各种无害的生物;而在父亲留给她的房子里她则每天承受着来自丈夫的痛苦折磨。

几年以后,学校勉勉强强地招到了一年级新生,于是图书馆终于迎来了一批小读者。阿娜托里娅把保留多年的一腔母爱全部倾注到了他们身上。在摆放读者卡片的架子旁边有一张桌子，她总会在上面放上一个盛满果脯和自制饼干的高脚盘。如果孩子们向她要水喝，她会给他们倒上热茶或用水果熬出的糖水，然后给他们讲各种读到或自己编出的故事。大人们很少来图书馆，他们没有时间，但孩子们活泼好奇，眼光敏锐，他们可以在图书馆里连续待上几个小时。他们小心翼翼地在花盆间走来走去，恨不得每朵花都要闻上一遍，观察着蜜蜂进进出出，飞来飞去，给糖水碟子加水，一边看书、做功课，一边提出各种问题，没完没了。他们走时一定会伸出小脸儿要阿娜托里娅亲一下。阿娜托里娅从心底里认为，虽然她不能生育，但这些孩子的爱就是上天给她的莫大安慰。

"就这样吧。"她心平气和地接受了命运的安排。

结婚后的十八年时间里，受尽折磨的痛苦生活不可避免地变得越来越差，最后以惨剧收场。大家平时都对阿娜托里娅笑脸相对，这一点却让丈夫感到无比愤怒。他要给她的生活再添点儿堵，有一天竟要求她辞掉图书馆的工作。通常都是逆来顺受的阿娜托里娅一反常态，坚决拒绝了他的要求。当他像往常一样向她伸出拳头时，她威胁要向霍夫汉内斯告状。

"让他开导开导你。"她压不住心底的愤怒，一口气讲了出来，"如果你还是觉悟不了，我就和你离婚。记住，在我父亲留给我的房子里不准再向我动手！"

丈夫恶狠狠地眯缝起眼睛，没有说话。但等她去上班了以后，他搞起了破坏：他打碎了所有房间的门，劈坏了所有家具，甚至连阿娜托里娅像爱护眼珠一样珍视的箱子也不放过——那里面精心地铺着薰衣草和薄荷叶,放着死去的姐姐们的衣服、鞋子和玩具。

听到了打砸声的雅莎曼不敢去阿娜托里娅家里,派了孙子去图书馆叫她,自己则跑到村子另一头儿去找丈夫。当气喘吁吁的霍夫汉内斯赶到时,阿娜托里娅已经被打得半死不活,人事不省地躺在客厅地板上。椭圆桌子的光滑桌面上有两道触目惊心的深深斧痕——丧心病狂的丈夫把她按在桌子上,用斧子把她两根华丽的蜜色发辫齐根砍掉,幸灾乐祸地冲着她的脸恶狠狠地喊了句:"现在你没头发了,去死吧!"之后就从家里逃走了。他把她的微薄积蓄也卷走了。人们最后没有追到他——他搭邮车去了山下,之后就消失了,再也没出现在大家视线里。

雅莎曼每天为阿娜托里娅祈祷,用草药给她治病。这件事震惊了全村的人,村民们惶恐不安地等待着,因为大家都记得塔特维克给沃斯凯和卡皮顿一家降下的诅咒。但阿娜托里娅很快康复了,不久后又开始上班了,这让大家松了一口气。她很长一段时间里仍感到浑身酸痛,特别是在换季时。她的头部因为被拳头重击过,所以视力变得很差,只能去山下配了副眼镜。但她没有怨天尤人,甚至看起来还有些高兴,因为终于摆脱了结婚以来让她总是战战兢兢的恐惧感。

老米那斯等她恢复以后,去她家里看了一眼。他脸色发窘,说起话来吭哧吭哧,为他那个不靠谱的帮工对她的伤害而向她道歉,并提议帮她修好被砸坏的家具。但阿娜托里娅不想修理这些家具。她把家具碎片搬到院子里，把它们付之一炬。唯一留下的东西是用沼泽橡木做的椭圆桌子，上面有两条斧子的斫痕。霍夫汉内斯给她搬来一个衣柜，艾波冈茨·瓦琳卡送给她一张木床和一张沙发床，雅库里恰茨·马格塔西奈给她搬来一个大木箱。米那斯悄悄地修好了几个屋门，用油漆把地板重新刷了一遍。房子中原来的富贵奢华已经丝毫不见。但屋子里贫乏的景象并没有让阿娜托里娅感到悲伤，因为她善于享受小小的惊喜。当她看到奇迹般保存下来的相册后，禁不住高兴起来。当时她带了相册去上班，想修理一下它的背脊，后来把它忘在图书馆桌子上，却使它幸免于难。

　　后来战争来临了，像沉重的乌云一样压在人们头顶。而在战争来临之前的五年日子里，阿娜托里娅过得恬静安闲、无忧无虑。她白天在图书馆里上班，晚上在家里或者在雅莎曼那里度过，周末则去墓园陪伴亲人。父亲坟前的那株垂柳长高了，在十字架上空舒展着纤细修长的枝条。绿色的柳叶闪着银光，在微风中沙沙作响，像是在不停地做着祈祷。天气好的时候，阿娜托里娅会在墓园里待到很晚。她静静地坐在墓碑中间，直到紫色晚霞涂满西边天空。她有时也会头倚着清凉的十字架睡着。左边躺着母亲和父亲，右边则是两个姐姐和马奈奶奶。阿娜托里娅两只胳膊抱着膝盖，轻声细语地给他们讲着自己的幸福经历：谢天谢地，孩子们越来越多了；那些月季香气扑鼻，引来了好几群蜜蜂；蚂蚁巢穴的通道从地板下一直弯弯曲曲地延伸到了图书馆的门口……

　　她就这样变老了，缓慢而又不可逆转地变老了，在那些心爱的魂灵的环绕下，孤孤单单地变老了，然而她幸福而又满足。雅莎曼一直操心这位孤单的朋友。她几次向她暗示，最好还是再嫁个人。但阿娜托里娅却总是摇摇头——太晚了。另外为什么要结婚呢？第一个丈夫让我深受折磨，难道第二个丈夫还能有多好吗？

她四十二岁那年，战争爆发了。山下传来了模模糊糊的消息，说是东部边境在交火。后来总是认真读报的霍夫汉内斯给大家敲了警钟。根据传来的战争急报，先是在东部边境，后来在西部边境的战争都打得十分惨烈。冬天传来了全民总动员的消息。一个月后，马兰村所有能拿枪的男人都被派往了前线。后来战争打到了山下，像一个庞大无比的旋涡一样张开巨口，把房屋和无辜的人们吞进了肚腹。通往马兰村的路只有一条。这条路在马尼什卡拉山的斜坡上蜿蜒伸展。斜坡上布满了迫击炮炸出的大大小小的弹坑。村子连着几年都挣扎在暗无天日的黑暗、饥饿和寒冷当中。输电线路被炸断，窗户上的玻璃被震碎。只能用塑料布把窗户封上，因为没有地方能买到玻璃。再说如果下次轰炸又把玻璃震碎的话，现在装上又有什么用呢？最残忍的是敌人在播种季节实施了轰炸，故意不让人播种，而从菜园里收获的那点粮食坚持不了多久。用来生火或者用来抵御刺骨严寒的木柴都无法砍伐，因为敌方军队的奸细不断骚扰树林，对任何人都残忍无情，无论是对女人，还是对老人。人们只能拆下篱笆来点炉子，后来拆下了阁楼的屋顶和板棚生火，再后来开始拆凉台。

第一个冬天特别难熬。阿娜托里娅只能搬到厨房里睡觉，这样能离炉子近一些。其他没有生火的房间根本待不住人。蒙上塑料布的窗户挡不住潮湿和严寒,墙上和天花板都结上了厚厚的一层霜。如果在屋里生火的话,霜会融化,并在家具、被褥和地毯上留下一洼洼的水,把这些东西泡坏。那点儿用来点灯的煤油很快就烧完了,后来蜡烛也用完了。学校在入冬后关闭了,图书馆里空无一人。阿娜托里娅先是用小车把想要在冬天重读一遍的书运回家,后来又把种着各种植物的花盆也运回了家里,因为家里更暖和一些。她把厨房一角围了起来,放上干草,把怀孕的山羊养在那里。一月底山羊生下了两只小羊羔。她就这样紧挨着火炉,度过了漫长得好似没有尽头、严寒难耐的冬天,身边环绕着绿色的植物、心爱的书籍和咩咩叫的小羊羔。如果洗澡的话,只能用木盆一点点儿地洗:先洗头,再擦洗上身,然后是下身。她洗澡时会把后背转向山羊们,因为有些难为情。冬天雪下得很大,所以不用去泉眼那儿打水了。阿娜托里娅用几个木桶装满雪,一部分澄清到晚上,用来烧水和做饭,另一部分在炉子上烧热,用来洗衣服和餐具。周四和周五要把污水放到凉台上放凉,再倒掉。按马兰村人深信不疑、严格遵守的古老信条,周四和周五是不能把热水倒在地上的,因为会烫伤基督的双脚。

　　冬季的每一天都十分相似,就像马奈奶奶念珠上的透明珠子一样没有区别。这串念珠阿娜托里娅从不离身。每天早晨她挣扎着起床,去鸡窝喂鸡后拿走鸡蛋,之后喂羊,收拾完厨房以后草草做个早饭,然后就把短暂而又阴暗的白天用来读书。漆黑的冬夜到来之后,她围着几层被子,坐在沙发床上打盹,或者静静地躺着,透过炉门上的小孔凝望着逐渐熄灭的木炭。手边总是放着家庭相册。她一边翻看,一边用袖子边儿擦掉眼泪,默默无声。没什么值得讲的,她也不想因为抱怨而让他们难受。

春天来得比往年要晚。被严寒和晦暗的天气折磨了一冬天的马兰村人直到三月中旬才长长地舒了一口气。他们推开吱呀作响的屋门,敞开窗户,把久违的阳光迎进家里。阴暗冰冷的冬天终于过去了。人们欣喜若狂,连死亡的威胁都变得不再可怕。马兰村人早已对炮轰司空见惯,因此不再关注隆隆的炮声,而是开始处理家务活儿。这些家务活儿多得做不完。没有人能想到,沁入房间的严寒和水汽能对家里造成这么大的伤害。只能好好地给屋里通风,把被冻透的房间吹干,杀死无处不在的霉菌。这些狡猾的霉菌居然钻进了衣箱和衣柜中。墙壁、地板和家具都要用明矾和硫酸溶液消毒。从床上用品、衣服到地毯都要清洗,够洗上一个月的了。家里的活计多得不可胜数,因此阿娜托里娅直到四月底,当炮击渐渐停息,学校开始上课后,才找到时间去了图书馆。

阿娜托里娅的脸颊在枕头上摩挲着,忍着眼泪,痛苦地长叹了一声。虽然已经过了很多年,但她每次想起图书馆的破败情景时,心里就忍不住抽痛。水汽透过蒙着塑料布的窗户进入了图书馆的房间,甚至爬到了最上层的书架上,在发黄的书籍皮面、变得歪七扭八的书页里留下奇形怪状的斑点。

"上帝啊!上帝啊!"阿娜托里娅痛哭着,一排排地检查着书架,"我都干了什么事啊?我怎么就没有保护好它们啊?"

学校的校长来图书馆查看时,看到了坐在门槛上的阿娜托里娅。她坐在那儿,双手抱头,有节奏地摇晃着身子,像孩子一样

35

痛苦地哭着，哭得上气不接下气。校长是个上了年纪的妇女，身材高大，长着男人一样的宽下巴，双肩宽阔。她沉默地听完了阿娜托里娅前言不搭后语的解释后，走进了图书馆。她从书架上随意抽出几本书，翻了几页就摇了摇头。她把书放回原处，闻了闻手指就皱起了眉头。她抽出手绢，满脸厌恶地把手擦了一遍。

"你又能有什么办法呢，阿娜托里娅？这些书总是会坏掉的。"

"但怎么能这样呢？怎么能这样呢？老管理员饥荒时把它们都保存了下来，打仗时我却没法子把它们保存下来。"

"那时候窗户没破，现在是……谁又知道，会出这种事呢！"

阿娜托里娅想尽一切办法来抢救这些书。她拿来一捆绳子，在院子里拉起了十来道晾衣绳。她把晾衣绳从头到尾都挂满了书，期待着阳光和风儿能把水汽带走，以后大概可以修复这些图书。远远望去，图书馆的院子里好像有一群五颜六色的鸟儿在飞翔。鸟儿们飞着、飞着，就停在半空中，沮丧地垂下无力的双翅。阿娜托里娅在晾衣绳中间走来走去，不停地翻动着书页。她担心晚上下雨，就在图书馆里过了夜。第二天，书变得又干又硬，书页像秋天的叶子一样纷纷从书上飘落。阿娜托里娅把掉下来的书页收到一起，扔到栅栏墙后，锁上了图书馆，后来再也没有回到过这里。

沉重的战争又持续了七年时间才结束，卷走了一代年轻人。他们有的牺牲了，另一些人为了保护家人去了安静、和平的边疆地区。等阿娜托里娅五十八岁时，马兰村里只剩下了老人。他们不想离开故乡，离开祖辈安眠的这块土地。阿娜托里娅是村子里年纪最小的女人，但外表上和可以作她母亲的雅莎曼毫无区别。她和其他老太太一样穿着长长的毛料裙，系着围裙，头发裹在围巾里，把围巾在脑后打个奇怪的结儿。她的衣领系得紧紧的，永远不变地挂着一个浮雕贝壳。这是母亲留下的唯一饰品。马兰村人不指望生活有一天会变得更好。村子已经注定要消亡，只剩下短暂的时光，阿娜托里娅也一样。

　　南方特有的静谧夜色在窗外静静地流淌，把羞怯的月光撒向窗前。全世界都进入了梦乡。蟋蟀轻柔细语，诉说着梦中的景象。阿娜托里娅把家庭相册紧贴在胸前，头靠在枕头上，泪流满面。

第二章

霍夫汉内斯用叉子起劲地搅拌着蛋黄甜酱，搅得盘子叮当作响，蛋黄甜酱上冒出浓浓的泡沫。每天早晨，无论哪个季节，无论有什么情况，甚至无论是否生病，他都雷打不动地享用这道美味。之后再给自己煮上一杯浓浓的百里香茶，卷上一根烟，一面欣赏着圆肚茶杯上方缭绕盘旋的香气，一面享受着吞云吐雾的快乐。

卷烟纸要省着用了。以前可不是这样。以前卷烟纸唾手可得，山下那些内容空洞的报纸太多了。邮政货车每周来村里五次，吭哧吭哧地爬上马尼什卡拉山的斜坡，运来一摞摞散发着潮湿油墨味的报纸。霍夫汉内斯每张报纸都认真读过。那些标题听起来都冠冕堂皇，内容却空洞无物。这也更加让他坚信：和掷地有声的话语相比，任何印在纸上的文字都毫无意义。

"最好先想上一百次，然后才慎重地说出一次。这比不加思考地复印那些胡言乱语要强得多。"霍夫汉内斯一边把报纸翻得哗哗响，一边发着牢骚。

"他们说不定在印刷前也想过一百次呢？"雅莎曼提出了

疑问。

"如果他们每句话都想上一百次,那报纸一个月最多只能出版一次。难道说一天时间里能想出这么多有道理的东西吗?"

"那倒是想不出。"

"我说的就是这个嘛!"

然而,尽管报纸的内容空洞无物,但这并不影响卷烟的味道,所以霍夫汉内斯仍一如既往地订阅着报纸。遗憾的是,战争开始后,邮车开上马尼什卡拉山的次数越来越少,后来就再也没有出现过,因为山下的汽油供应严重中断,人们把邮车当作了运输汽油最急迫且必需的工具。

随着通往村里的邮政线路的中断,纸张变得十分稀缺。人们为了抽烟想尽了办法。先是把老报纸都翻了出来,后来则使用破损的书页,就是让阿娜托里娅绝望后一股脑儿丢在图书馆墙外的那些书页。老人们沉默不语地整理着那些发霉的书册,拆开散发着潮湿和忧郁的缄默气息的莎士比亚、契诃夫、陀思妥耶夫斯基、福克纳、巴尔扎克的作品。厚厚的书籍封皮做成了餐具下面防烫的垫子,破损的书页则用于生火和其他用途。用这种书页卷的烟不好抽,冒黑烟,而且经常熄火。霍夫汉内斯总是眯缝着眼睛,不时从烧木柴的炉子里抽出烧得暗红的木炭点一下灭掉的烟卷儿,不住地咒骂着——村子里的火柴也不够用了,所以也要精打细算。

战争持续了令人窒息的整整八年时间,像一头恶狼,吞噬着全世界不计其数的惶恐不安的灵魂。但它突然有一天被卡住了喉咙。于是它瘸着腿仓皇后退,一边呜咽哀嚎,一边舔着带血的爪子。

汽油和以前一样仍然不够用,但生活多多少少有所改善,吱吱嘎嘎地想要返回原来的轨道。只是不知为什么马兰村却没有发生这些变化。没有人想起这个村庄,人们甚至懒得去想这个村庄。唯一来村里的车辆是一台救护车,而要呼叫这台救护车只能去电报局发加急电报,因为马兰村和外界没有其他联系方式。显然,山下人早就对当年拒绝从马尼什卡拉山迁到山下的那些老人失望了。随他们去吧。

邮递员玛米康帮着解决了卷烟纸的问题。他每两周一次用自己的背包把那些无人需要的广告纸送到山上(如果没有信件可送的话,当然信件来得也极其少)。这些广告纸在山下泛滥成灾。他每次都把广告纸留在邮局里。女电报员萨特尼克按村里面有人居住的房子数目将这些纸平均分成二十三份,把它们放在电报局窗口旁边的架子上。傍晚这些广告纸就会被拿走。

霍夫汉内斯在把旱烟卷进广告纸之前会仔细研究上面的内容。从广告内容上来看,山下居民的想法还是那么平淡无奇,甚至还有所倒退。从广告内容上来看,他们现在要么去找那些神神道道的人,想靠着某些手段获得亲情和爱情;要么向银行贷款,购买谁都不需要的破烂儿。他们居然还把家里的猫狗送到贵得要死的宠物理发店去剪毛。

"上帝要惩罚一个人,首先就是拿走他的脑子。"霍夫汉内斯一边摇头,一边喷出呛人的烟雾。

烟叶是他在一块荒弃的地里种出的,这块地原来是他哥哥的。哥哥早就死了,孩子们也各奔东西,而无人侍弄的菜园里很快蓬蒿丛生。于是霍夫汉内斯决定在这块地里种上烟叶。这块地很肥沃，另外让雅莎曼高兴的是她自己的菜园里多了一块可以种土豆的地方。烟叶是在凉台上晒干的。霍夫汉内斯在凉台两端钉了几个石板钉，把钉头弯成了钩状。烟叶成熟后被陆续收割了起来（一定要在傍晚以后收割，这样叶子里水分最少）。他用钢针把烟叶穿到绳子上，挂到几个可以移动的架子上，放到房子角上一个阴凉的房间里晾上一段时间，然后把架子拖到阳光明媚的凉台上，把穿在绳子上发黄的烟叶挂到钩子上，等着烟叶干透。

烟叶晒得不错——带着一股清香，而且烟味柔和，不那么呛人。星期六，当一群人聚集在村里的中心广场上做买卖时，霍夫汉内斯把烟叶放进一个编织筐里，随身带着西洋双陆棋[①]，去那里卖烟叶。旁边的雅莎曼规规矩矩地走着。她个子矮小，动作麻利，系着漂亮的围巾和丝绸围裙。她只有在正规的宗教节日和星期六、星期天才会系上这条围裙。星期六系着它去中心广场，星期天则是去小教堂。她偶尔也会去教堂参加由从山下赶来的牧师阿扎里亚神父主持的晨祷仪式，大约每月一次。

每个星期六，只要天气不错，全村人都会聚集到中心广场上。每个人都拿出自己的产品来交换：当季的蔬菜和水果、奶酪、黄油、奶渣和酸奶油，加上香料晒干的肉、火腿、家常面包，等等。大家很少会用到钱，都是以物易物。用十个鸡蛋可以换一把刀，

[①] 起源于埃及，风行于西方社会。这个游戏适合两人对弈，各自执一黑一白之十五个棋子，游戏有一个固定的开始摆设方式，双方各有一个杯子装两个骰子，为求公平只能由手持杯子掷骰子。

一双手工做的农家鞋可以换一格瓦康①绵羊奶干酪或者四分之三格瓦康的山羊奶干酪，一罐炼过的黄油价值两罐花蜜，四格瓦康绵羊干酪则可以换一张绵羊皮。

以前村子里有五百多口人，产出也多，中心广场上人总是多得水泄不通。长长的货摊儿被沉重的食物压弯，刚撤下了蔬菜摊儿就又摆上了奶制品摊子。市场上人声嘈杂，你就是堵上耳朵也没用。牲口市场就在广场后面，紧挨着蔬菜摊儿。买卖牲口时严格遵循着马兰村远祖们定下的交换规矩。一匹马可以换一头母牛，一头一岁公牛可以换两只绵羊，可以用一头猪换来一公一母两只绵羊，一头小母牛可以换三只母山羊，一头可以生崽的母牛则可以换一头犍牛。

赶集的前一天，茨冈人会驾着带篷马车，排成一长串来到村里。他们在村子外面支起五颜六色的帐篷，喧嚷簇拥着来到中心广场，毫无顾忌地谈着生意。他们一定会忍不住偷摸些东西，但被抓住以后会笑着用金币支付罚金。然后他们走遍各个院子——要么用纸牌占卜，要么向人们索要没用的旧东西。他们做完生意后，会在傍晚时分离开，留下冒烟的篝火堆和回荡在山间的漫不经心的吉他声。

遇到重大节日，会有杂技团来山上表演。祖尔纳管吹出挑逗人的乐声，划破村庄寂静的上空。中心广场上拉起绳索后，走钢丝的杂技演员就开始了表演。演员在高空中摇摇晃晃，看得人大

---

① 格瓦康，重量单位：一格瓦康等于408克。

气都不敢喘。演员忽然把手里的长杆扔掉，在钢丝绳上翻起了跟斗。钢丝绳不断地晃动，好像要从演员脚底逃走，但演员瘦小的双脚每次都准确无误地踏在绳上。

满是尘土的地上铺着几块褪色的毯子，上面坐着几个脸色黝黑的黄眼睛弄蛇人。他们吹着葫芦丝，发出带有蛊惑性的悠长乐声。几条蛇扭动着身体，像被施了魔法一样跳着整齐划一的舞蹈，观众们则带着虔诚的畏惧感看着表演。旁边几个卖东方甜食的女人走来走去，长长的裙摆扫着地上的果皮，向人们兜售着椰枣和点心，点心馅里有在这个地方很罕见的腰果。

但这是很久以前的情景了，现在想起这些来都觉得有点不真实。现在的村庄已经被人们永远地遗忘了，就像马尼什卡拉山肩上的一个空荡荡的扁担，无依无靠地摇来晃去。中心广场萎缩得像个顶针儿那么大，只有很少的几个货摊儿。广场上回荡着下棋人扔骰子时有节奏的声音。一天的时间就在悠闲的聊天和回忆中度过了。晚上老人们各回各家，都没卖出什么东西去，只能又原样儿带回家里。大家能拿出的东西都差不多，用锥子换肥皂的买卖[1]肯定划不来嘛。能小赚一笔的只有库达曼茨·瓦西里和霍夫汉内斯。前者能给人修理农具或让别人加一点钱把旧农具换成新农具，后者则能把别人的烟荷包装满。

人们除了在星期六的集市上可以买东西外，还可以在涅梅仓

---

[1] 俄语成语，指的是带不来任何好处的商品交换行为。有一种说法，俄罗斯以前的鞋匠在补鞋时用肥皂来润滑锥子，两者都是鞋匠工作时必不可少的用品，所以用锥子换肥皂对鞋匠的工作没有任何好处。

茨·穆库奇的小铺子里买东西。穆库奇每周两次套上大车去山下，往山上拉货物。货物有糖、盐、米、菜豆、火柴、肥皂、鱼罐头等，还有衣服和鞋子之类。当然衣服和鞋子必须提前订货。同时约定，如果尺码不合适，可以更换。每样商品他都只拉一点儿。他的铺子在采购药品方面帮了大忙，运上来各种绷带、药棉、碘酒、绿药水[①]、高锰酸钾等。

村子里治病时主要依靠各种草药和汤药，都是雅莎曼熬制的。老人们对药店里的药物都很戒备，很明显不赞成使用化学药品。

雅莎曼每天都熬药，而且严格遵守熬药的时间规定——要么在日出之前熬药，要么一定在日落之后。当妻子在地窖旁的小配房中忙活那些汤药时，霍夫汉内斯向两个蛋黄中倒入几勺砂糖，搅拌出浓浓的泡沫，煮上一杯浓茶，一边朝着大大敞开的厨房窗户吐出烟雾，一边时不时看着窗外被桑树枝条分割成碎块的苍白洁净的天空。

"啊哈！"霍夫汉内斯每喝下一口茶，都惬意地叫上一声。

然后从窗户里探出半个身子，喊着妻子：

"施拉普坎茨！哎，施拉普坎茨！听见我在喊你没？施拉普坎茨·雅莎曼！"

"你要干什么，沙瓦兰特·霍夫汉内斯！"雅莎曼生气地回应道。

霍夫汉内斯笑了起来。

[①] 一种含酒精的外用药水。

他们是村里最搞笑的一对夫妻。"施拉普坎茨"这个姓，来自施拉普卡①家族，而"沙瓦兰特"则来自沙瓦尔②-霍夫汉内斯家族。

马兰村每个家族都有自己的绰号。这些绰号通常是可笑和有趣的，有时则带有讽刺意味，但偶尔也会有令人极度难堪的绰号。家族绰号通常与某个人做的某件事有关。这件事，无论是好事还是坏事，都使他们区别于其他人。后来这些绰号就传给了他们的后代。

例如，雅莎曼的曾祖父年轻时常常去堂兄家做客。这个堂兄是山下模范剧院的一个首席演员。堂兄经常带他去看戏，让他见识上层社会的生活，教他穿衣打扮。有一次曾祖父从山下回来时戴了一顶人们从未见过的帽子。按马兰村人的观点，这种帽子可以被列为奇装异服。人们追问他扣在他头上的那个东西叫什么，他挑衅性地回答说："施拉普卡！"就这样人们都叫他"施拉普卡"，而他的后代则被叫作"施拉普坎茨"。

说到沙瓦兰特家族的绰号，那就是另外的故事了。霍夫汉内斯的祖父准备参加世界大战，却穿戴得像是过节一般——小胡子梳得整整齐齐，戴着毛皮高帽，子弹带交叉斜挎，穿上了一条崭新、昂贵的裤子。不过他最后却没有赶到部队上，而是遭到了炮击。一枚流弹碎片打中了腿。他伤得十分严重，被迫截掉了半截腿，

---

① 施拉普卡的意思是礼帽。

② 沙瓦尔的意思是裤子。

45

出院后直接复员回家了。在医院治疗时,霍夫汉内斯的祖父不知为什么对腿部受伤这件事没有特别悲痛,却对被迫丢掉的新裤子极度伤心。

"沙瓦尔,沙瓦尔。"他对着护士和医生抱怨了起来。就这样人们开始叫他"沙瓦尔",而他的所有后人则被叫作"沙瓦兰特"。

村里人开玩笑说,雅莎曼和霍夫汉内斯两个人就像衣柜里的衣服一样,是互补的。

霍夫汉内斯最喜欢和妻子开玩笑。他不称呼她的名字,而是称呼她的姓"施拉普坎茨"。当然,雅莎曼也是从不欠账的人。她马上会向丈夫提起他那头脑不清的祖父,那位连一分钟的仗都没打过就光荣致残的祖父。

霍夫汉内斯像往常一样和妻子"客套"了两句,抽完了烟,准备从窗口走开。这时篱笆门突然被推开了。他伸长脖子,看了看这位来得最早的客人。来的是铁匠瓦西里,肩上扛着一把镰刀向屋子走来。他是个高大、健壮的男人,两只大眼睛是灰烬的颜色,长着两道浓眉。他已经六十七岁,但看起来要年轻得多:外表整洁,神态端庄,头发雪白,双肩宽厚,两个拳头硕大无比。他年轻时因为打赌甚至一拳打死了穆库奇的公牛。穆库奇后来只能不停地骂娘,把牛肉煮了,却没有胆量去找瓦西里要钱。而且他也没有道理找瓦西里要钱,因为是他自己没脑子,自己跳出来要打赌,唾沫飞溅地想要证明,一拳放不倒一头公牛。

"那想不想我给你证明一下?"瓦西里嘿嘿一笑。

"来啊!"

瓦西里脱下坎肩,把短上衣的袖子卷到了胳膊肘上面,走到了棚子下面。那里有一头个头高大的青蓝色公牛拴在桩子上,正打着响鼻,转动着额头宽大的脑袋。

"你不会后悔吧?"同村人在穆库奇背后小声地问道。

穆库奇没有回答,而是蔑视地从鼻孔中哼了一声。瓦西里又是嘿嘿一笑,在公牛头上举起拳头,照准它的后脑一拳击下。这件事发生之后,村里的男人们再也没有人跟他打过架,甚至没人跟他吵架。他是个话不多的人,总是默不作声。你不问,他就不说。他是一个用专注的神情就能让别人尊敬他的男人。

"从眉毛往下滴着蛇毒呢!"马兰村人通常是一边面带恭敬地嘴里啧啧连声,一边这么评价这类人的。

瓦西里是个天生谦逊的人,对于同村人表现出的谦卑恭敬持讽刺态度,不过表面上从未显露。他脸色阴沉,有时甚至显得有些粗鲁和刚愎自用,但这种假装的粗鲁却吓不倒顾客。他是个手艺高超的铁匠,待人接物也很讲良心。如果顾客一时拿不出钱来,他会同意赊账,而且等多久都没有关系。全村人都欠过他的钱,但他从没跟任何人提起过欠账的事。战争过后,他的铁匠铺因为没有活计总是停工,但他从不抱怨。妻子有时会因为钱不够花而发火,不停地抱怨。他总是这样劝告妻子:"大家都这样,我们也一样。"他和妻子雅库里恰茨·马格塔西奈一起生活了差不多半个世纪。她是个做事认真、手脚勤快的女人,但太过唠叨。她跟别人意见不一致时,能没完没了地说个不停。如果她有几秒钟不说话,那是因为她要往肺里吸进更多的空气。瓦西里经常忍啊忍，最后实在忍不住了，就抓住她的胳膊肘，把她拉到远一点的房间，锁到屋里。

"你要是说够了，就告诉我一声！"

马格塔西奈被丈夫恬不知耻的行为刺激得怒火万丈。她开始高声抱怨——必须让丈夫听清自己的话才行。她先是抱怨自己不幸的命运，抱怨父亲和母亲。是他们不想要她了，所以把她嫁给了这个行事粗鲁的傻瓜，而把其他女儿都嫁到了体面的家庭，特别是小女儿，他们最喜欢的舒沙尼克。他们还给舒沙尼克凑齐了最贵重的嫁妆，有三块地毯、两箱衣服、一块肥沃的土地、三头母牛、一头母猪和二十只产蛋的母鸡。给了她那么多金首饰——她要是把这些金子都挂到身上，会压弯她那可怜的脊柱。而马格塔西奈的嫁妆比她少一半，首饰也不是金的，而是银的。但时间会摆平一切。其他孩子因为父母对马格塔西奈不公平的态度受到了惩罚，都早早过世了。几个姐姐没有挨过大饥饿，唯一的哥哥被雷击身亡，而父母最爱的小女儿舒沙尼克则因为突发心绞痛导致的呕吐物窒息而死。父母最后还是要靠她马格塔西奈来养老。当然她是不会让他们为难的，所以她一直守在他们身边。她非常有孝心，热爱自己的父母，照顾他们，保护他们。当父亲彻底瘫痪以后，是她每天给父亲端便盆，是她每次给母亲脚底垫上热好的醋浸布，来缓解母亲那没完没了的偏头痛。当舒沙尼克离开这浮世人间之后，母亲的偏头痛犯得更勤了。但后来父母也死了。父亲在马格塔西奈六十岁生日那天先走的。所以她每个生日那天都要去公墓，去给父亲上坟。母亲随后也走了，死前耗尽了女儿最后的一丝心力。她去世前居然彻底疯掉了，大小便都无法起身，最后居然用排泄物在墙上和地板上画画，所以只能把她锁在房间里，不让她满世界地去涂鸦。马格塔西奈在她母亲死后亲手铲掉了墙皮，重新装修了房子，因为母亲留在这可怜的四面墙上的"壁画"真是不少。去世前母亲的肠胃可比脑子强多了，一点毛病也没有。当然，排泄和用脑子思考是完全不一样的事。现在所有的亲人都死了，就剩下她一个人。当然她没算上那个傻子丈夫，因为你跟他连两句话都聊不起来。至少原来还可以和母亲隔着门缝儿聊几句。母亲最后虽然年老糊涂了，也是能聊个天的。虽然你跟她说一个事，她回答得驴唇不对马嘴，但总归还是有些交流。她马格塔西奈为什么这么命苦？活着时没有人喜欢，死了以后也肯定不受待见。她就像那只老狗一样，没有人忍心打死它，也没有人去关心它。不过，反正马上要死掉了！

马格塔西奈缓了口气儿，吭哧吭哧地费力爬出窗户，一边不住嘴地骂，一边用有些磨损的鞋后跟试探着，沿着一架木梯慢慢爬下。这架梯子一直放在丈夫把她锁起来的房间的窗台下面。瓦西里这时坐在铁匠铺子里，一边抽着烟斗消磨闲暇的日子，一边回忆当年的事。那时的活儿真多啊，连直个腰的时间都没有。妻子也是整天忙于家务，像冬日的夜晚一样安静、听话。

马格塔西奈坚信自己会比丈夫活得时间长，所以总是对丈夫说，你死了以后我会如何如何。但最后情况却完全相反：她在盛夏时分去地里锄草，摔了一跤，得脑溢血死了。瓦西里伤心得痛哭流涕，过了很长时间才适应了家里那种像黏稠的泥浆一样的寂静感，习惯了心灵上的平静。马格塔西奈尽管在性格上有些喜欢挑毛拣刺儿，却是个好妻子。当然，不能说她很温柔。她一辈子恰恰是与温柔无缘，对丈夫却十分忠诚、体贴，无论高兴还是悲伤，富足还是贫穷，都一直守在丈夫身边。

现在帮瓦西里收拾家务的是电报员萨特尼克，是瓦西里的堂姐。她指点他留心一下阿娜托里娅。最初瓦西里把堂姐的话当成了耳旁风，但她却没有放弃，没完没了地劝说他："我已经快八十岁了，今天在，明天可能就不在了。你当铁匠是把好手，做起家务来就像个小孩子，不会做饭，也不会洗衣服。一个男人要是老了，孤独寂寞那可比大病一场还要难受。阿娜托里娅现在还年轻，长得又漂亮，除了现在单身，还不爱唠叨，这是你最喜欢的。为什么你不找她呢？

"最主要的是，她脑子可不笨。读过那么多书呢！"萨特尼克最后抛出了撒手锏。

堂姐当然知道他的痛点在哪里。瓦西里从小就很崇拜有学问的人。他是个目不识丁的农民。他小时候在马兰村还没有学校，而一贫如洗的母亲也没有钱供他去山下上学。瓦西里费尽心力，无论如何都要给儿子们提供良好的教育。不过他自己也没放弃读书识字的念头。有段时间村里想组织夜校学习，当时瓦西里可是高兴坏了。但后来发生了大饥荒，村里半数人被饿死，所以开办夜校的事就再没人提起了。

战争夺走了他的弟弟和儿子们。儿子们从就读的科学院直接被送上了前线，瓦西里和马格塔西奈都没有机会和他们告别。弟弟是从作坊中被带走的。瓦西里到现在还记得他当时的表情：一下子像个孩子一样不知所措。弟弟抬起的左手掌中有一条深深的伤痕，正好在手上的生命线那个位置，绕过大拇指，伸向手掌侧面。他手上之所以有这道伤痕，是因为瓦西里有次没抓住盛着铁水的模具，把模具掉到了地上。一滴飞溅的铁水正好落到弟弟手上，差点把手掌烧穿。伤口愈合时间很长，很痛苦，不断地腐烂、流血。雅莎曼把自己储存的所有药膏都用在这个伤口上。当伤口最终结疤，弟弟终于可以拿起铁匠锤时，战争来临了。

瓦西里每次想起弟弟，手掌就会发麻。他总是紧锁双眉，嘴里吭哧吭哧的，无意识地搓着双手，咬紧牙关，双眼不停地眨着，竭力忍住泪水。他从来不去回想儿子们。既然在得到儿子们的死讯后，勉勉强强咬着牙忍过了钻心的疼痛，就不能再去想，永远都不能想。他也禁止妻子在没完没了的唠叨中提到儿子们的名字。

"等我们死了，和他们见了面，再说个够吧！"

马格塔西奈出乎意料地立刻同意了丈夫的要求，再也没有在丈夫面前提起儿子们的名字。瓦西里感动于妻子这么快就同意了他的要求，所以有段时间耐心地忍受着她无休止的唠叨。直到有一天，因为回家比往常早，他发现妻子站在镜子前，手里拿着儿子们的相片，一边身子有节奏地前后晃动着，目光从一张照片移到另一张照片，一边埋怨自己命不好，埋怨他们的姥爷体弱多病，只能天天躺在摇椅上。瓦西里把摇椅做了改装，只要把下面的闸板抽掉就可以在下面放上便盆，不用把老头儿抱起来。马格塔西奈只能给他改了裤子，让他不用脱下裤子就能解大便。"只能这么办，没有别的办法。"她抱怨说，"我抱不动他，又没有别人帮忙。你们的父亲一天到晚待在铺子里，不在家里露面，从太阳刚出来一直待到太阳落山。姥姥也没什么用，每天就知道去邻居家串门，去听些闲言碎语，变得古里古怪，觉得这也不对，那也不对。有时觉得她脑子坏了，当然这么想是有罪过的。有一天我在地窖里看到了她。她坐在角落里，两只眼睛发着光。她说：'我等着风停呢。'我说：'妈妈，哪有什么风啊。'她说：'你不懂这是什么风。'我跟她说：'我脑子不好使，哪懂你要干什么，哪比得上你心爱的舒沙尼克啊。'她一听到你们小姨的名字就跳了起来，尖声大叫，在地窖里折腾起来，差点把所有的陶罐都打碎了。我费了好大劲儿才勉强把她哄好，把她带回屋里，给她倒上薄荷茶，给她太阳穴抹上桑葚酒，好不容易才让她平静下来。一个月的时间安安静静地过了。过了没多久她又开始闹妖。她去了艾波冈茨·瓦琳卡家，站到门槛上跟人家说：'去叫你妈妈，我有话和她说。'她这是想和艾波冈茨·卡津卡说话呢，但卡津卡已经死了半个多世纪了。还好瓦琳卡没有生气，立马明白了，脑子清醒的人是不会干这种事的。瓦琳卡把她领进屋，让她坐在沙发床上，说：'你等一下啊，我马上去叫我妈妈。'她跑过来找我，说：'马格塔西奈，刚才是怎么怎么回事，你母亲好像有点儿心神不宁。'我们一起跑过去找她，看到你们的姥姥像个王后似的坐在地板上，身边围着沙发靠枕。她冲我们说：'你们给我拿点带芝麻的核桃酥糖，再来一格瓦康葡萄干。看着点儿，葡萄干不能带籽儿。'然后转过身冲着墙壁说起话来，她以为墙壁是卡津卡呢。"

第二天早晨，等妻子去菜园以后，瓦西里偷偷找了个时间把儿子们的照片包在报纸里，拿到了萨特尼克那儿，请她把照片藏到马格塔西奈找不到的地方。萨特尼克从他手中接过纸包，就问了一句话：为什么他这么狠心地对待妻子。

"我已经受不了她的唠叨了。现在她又要去唠叨儿子们了。我不会让她打扰他们的安宁的！"瓦西里回答得很坚决。

萨特尼克在家里找了半天，想找个隐秘的地方把照片藏起来。她最后把照片放进一个盛过糖块的铁盒子里，把盒子放到衣箱的最底层，放到一个装着薰衣草和樟脑的花布口袋下面。马格塔西奈发现相片丢了以后，没有和丈夫吵架，而是来找大姑子诉苦。萨特尼克咬着牙忍了半天，才没有坦白这件事。她劝说了弟媳很长时间，才说服她不要和瓦西里提起相片丢失的事情。马格塔西奈倒是听从了她的劝告，但心底里藏下了对丈夫的怨恨。她为了报复丈夫，在滔滔不绝的抱怨中又增加了新的含沙射影的话语，声称哪怕是最冷酷的傻子也不能把她心爱之人的影子从她心底抹去，因为她心胸很宽大，很深厚，是那些厚着脸皮偷东西的心胸狭隘的可怜人无法估量的。这个小偷居然从一个勇于自我牺牲的不幸慈母手里偷走了过去曾是、现在也是，将来仍是的最珍贵的东西。如果说那些心肠坚硬的人能够把自己的痛苦藏在心里，那她做不到，因为她已经没有力气了。她的灵魂就像撞进捕兽夹的野兽，无法脱身也没有死去，只能屈辱地等待着无法逃脱的可怕命运。瓦西里双眉紧锁，忍受着她的唠叨，嘴里吭哧吭哧的，但一句话也说不出。他最后去了铁匠铺，在冰冷的炉子旁边坐到很晚，一边抽着烟,一边不停地搓着左手,徒劳无功地想要缓解钻心的疼痛。

马格塔西奈死后,萨特尼克本打算把相片还给堂弟,但后来决定先缓一缓,让正在难受的他先冷静一下。这些照片由于糖果盒的保护安全地躲过了严寒和霉菌的破坏,被从衣箱里拿出来,放到了一个木制首饰盒里,耐心地等待着回到父亲的羽翼之下。

与此同时萨特尼克开始安排堂弟的个人生活。她先和雅莎曼聊了几句。雅莎曼看到这是个可以结束自己朋友单身生活的机会,十分高兴。她答应先和阿娜托里娅谈一下。萨特尼克得到她的支持后,开始说服堂弟。瓦西里先是置若罔闻,没把堂姐的建议当回事,后来也勉勉强强同意了,因为他自己很清楚,这世界上没有什么比晚年孤老更让人痛苦的。

瓦西里对阿娜托里娅十分尊敬。他战前有几次想去图书馆看看,请她给自己找一个识字课本,但总是懊恼地临阵退却,不敢走到她跟前。原因是有一次他看到阿娜托里娅把扫帚缠上抹布,用稀释的醋酸溶液把抹布打湿,清洗燕窝下面的石墙。扫帚小心地扫过每个燕巢的底部,生怕一不小心刮到燕巢把它碰坏了。他想起自己年轻的时候,做事没头脑,竟然因为打赌打死了毫无过错的公牛,于是追悔莫及。这就是有文化的人和不识字的人之间的差别啊!瓦西里离开图书馆,回到了自己酷热的铁匠铺。有文化的人会担心碰坏一个空鸟窝,没文化的人却为了显摆那把子蠢力气,把一头没有过错的公牛打死了。

"她聪明,读书多,要我这种粗笨的傻子干什么!"他向堂姐说出了自己的担心。

"那她前夫也聪明,也读书多吗?"萨特尼克哼了几声,"这个不长人心的恶棍把她往死里打,她这么有文化的人也只是忍着。看看你自己。你规规矩矩,干活卖力,做人靠得住。没对马格塔西奈伸过一次手,尽管她——愿她在天堂安宁——尽管她好多次确实得好好惩罚一下。亲爱的瓦索①啊,文化并不在这里,"萨特尼克用手敲了敲堂弟的脑门,"而是在这里。"她把手掌按上他的胸膛。

瓦西里听从了堂姐的劝告,等烟叶抽完了以后,就去找了霍夫汉内斯。他抽了一会儿烟,顺便就犹犹豫豫、支支吾吾地,一边不好意思地咳嗽着,一边问起了阿娜托里娅的情况。霍夫汉内斯打断了他的话:

"如果你们能在一起,我只会高兴。雅莎曼说过,阿娜托里娅不打算再结婚了。但你是了解女人的。她们脑子里今天想这个,明天又想那个了。你先给她一点儿时间,让她先适应适应。我们边走边瞧吧。"

从那天起,瓦西里就经常来找霍夫汉内斯和雅莎曼。他们要么聊东聊西,要么玩会儿西洋双陆棋。有天他在那里遇到了阿娜托里娅,就礼貌地和她打了个招呼。但阿娜托里娅不知为什么有些慌张,从雅莎曼手里拿过盐就急急忙忙地走了。

"亲爱的,你不是说镰刀用钝了吗?让瓦西里给你磨一下。"霍夫汉内斯想要留下她。

---

① 瓦西里的昵称。

"谢谢！不用了。我已经磨过了。"阿娜托里娅婉拒后就向门口走去。

"像头倔驴。跟她父亲一模一样。"等她走了以后，霍夫汉内斯摊开双手说。

"她是她父亲的女儿，我是我父亲的儿子。看谁能争得过谁吧。"瓦西里从鼻子里哼了一声。

那一次，霍夫汉内斯拍了下大腿，大笑起来。现在的他则忍着笑，看着瓦西里肩上的镰刀。精心打磨的镰刀刃在太阳下闪着光，镰刀把手打磨得十分光滑。

"我看你是带着礼物来的。"霍夫汉内斯哈哈一笑说。

瓦西里沿楼梯向上走，镰刀钩住了爬满凉台栏杆和木头立柱的葡萄藤。

"要不把工具留在下面？"霍夫汉内斯忍不住说了出来。

瓦西里有些发窘，从肩上取下镰刀，把它牢牢地靠在凉台栏杆上，免得它掉下去。

"我……我是准备去阿娜托里娅那儿来着。既然旧镰刀已经用钝了，我就给她打了把新的。"

"那怎么没去她家？"

"是……这么……回事。昨天太阳落山时我去了一趟，她家里黑着灯呢。早上我又过去了。我看到她没有把鸡放出来，院子里很干燥，肯定是没洒水，也没扫过。敲了敲门，她也没开门。"

"可能还在睡觉吧。"

"是可能还在睡觉。我想请你帮个忙，霍夫汉内斯。让雅莎曼去趟她那儿,看一下她怎么了。"

"她在熬草药呢。熬完了就去看下。不过,"霍夫汉内斯意有所指地说,"我要是你,肯定就自己把事情搞定了,好在谢天谢地,你已经下了决心。"

瓦西里挠了挠后脑勺,又把镰刀扛到肩上。

"我再去敲敲门。"

"要不把镰刀放下吧。你扛着镰刀,就好像多喜欢这镰刀似的。它反正也跑不了。你回头再拿走也可以。"

"不了。我最好还是这样。"

"是啊。带着工具更容易求婚成功。"

"什么?"

"我说祝你成功。你回头来下,跟我讲一下,你那边有什么结果。"

等瓦西里走出院门后,霍夫汉内斯穿上鞋,把鞋带塞进鞋里,免得踩在脚底下,就急急忙忙地去配房找妻子。雅莎曼正把放凉的药液通过纱布倒进一个深色的玻璃瓶里。房间里弥漫着浓重的枯草和山茱萸酒的味道,她一直使用这种酒来调制草药。

"你听我说,雅莎曼。"霍夫汉内斯小心地关上身后的门,免得让阳光照进房间,这会破坏熬出的草药。

"你刚才跟谁聊天了?"

"跟瓦西里。他说阿娜托里娅不给他开门。"

"什么叫'不给他开门'?"

"就是不给他开门。估计是看到镰刀后害怕了。"

57

雅莎曼拿着药滤子愣住了。

"什么镰刀？"

"他扛着镰刀想去她那儿做客。他不想再等她大发慈悲，所以主动带着工具来了。还说，'你要是拒绝的话，看我不砍下你的脑袋。'"

雅莎曼用鼻子哼了一声，斜着瞟了一眼丈夫。丈夫则不动声色地拿起盛药液的瓶子在光线下看着，然后把瓶子放回架子上，鼻子里也哼了一声。

"我本来想去给烟草浇水呢，现在只能等瓦西里回来了。真想知道是个什么结果啊。"

"他要是能说服她就太好了。"雅莎曼叹了一口气。

第三章

　　每当父亲左腿微曲，右手猛然抡圆镰刀砍下一排草时，阿娜托里娅就能看到父亲短上衣下面和塞进靴筒的裤子里的肌肉猛地绷紧。"衣服这么贴身的话，干活大概不方便吧。"她这么想着。下起了雨。雨很大，但出人意料让她觉得很轻柔。阿娜托里娅摊开手掌，感受到雨点带来的触摸感，这感觉就像小牛犊格鲁沙的呼吸那样小心翼翼。小时候她每天早晨都会给格鲁沙带来几根胡萝卜。小牛吃完胡萝卜以后会温柔地冲她的手掌呼吸，用柔软的灰白睫毛下的两只湿润的大眼睛看着她。

　　"格——鲁——沙——"阿娜托里娅心里有所触动，喊道，"格——鲁——沙——"

　　"哞——"小牛抖动着大耳朵回应她，"哞——"

　　阿娜托里娅深深地吸了一口湿润的空气。苹果散发出的微微气味让她有些眩晕：浅红色的苹果小小的，切口上带着粉红色的斑点，露着深红色的果核。妈妈总是用这些苹果煮糖水，煮时会加上蜂蜜、肉桂，所以糖水香味扑鼻。姐姐捏着长长的果柄，把苹果从盘子里拎出来托在手心上，免得苹果汁水掉到地板上，递给她说道："吃吧。"

雨水好像洗刷着所有的心灵创伤。它抚平她的头发，拥抱她的双肩，拍得她后脑痒痒的。阿娜托里娅在雨中仰起脸，但仍睁着眼睛，这样能一直看着父亲。她很高兴，因为父亲恰恰选了割草的工作，这可是雨季里最轻松的工作。

"艾——里——克①——"她拉长声调喊了起来，"艾——里——克——"

父亲没有听到她的喊声。他正有节奏地，好像并不费力地挥动着沉重的巨大镰刀向田边割去。这种镰刀的刀刃有九个手指那么长，只有那些身材高大、力量巨大的人才抡得动。马兰村把这些人称为"阿日达克"，就是巨人的意思。卡皮顿是一个真正的"阿日达克"。他身体魁梧，身高两米，身体像山崖一样挺拔不屈。他两肩宽阔：一边肩膀上坐着两个大女儿，另一边坐着沃斯凯和阿娜托里娅，扛着她们转圈。只能听见她们兴奋的尖叫声，伴着马奈奶奶心惊胆战的叫喊声："别摔着她们，亲爱的卡皮顿啊，别摔着她们。"

"摔不着。"卡皮顿笑着说。

长长的雨帘垂落，好像要把整个世界包裹起来，催人入眠。雨水向后推着她的双肩，推向嘈杂而又沉重的后方。她不想转身，也不想回到那里。雨流变得越来越稠密，阿娜托里娅看不见父亲了。

―――――――

① 艾里克在亚美尼亚语中意为父亲。

她开始担心父亲,想走近父亲,但双脚却不听使唤。身后的声音,开始模模糊糊,后来声音越来越大,最后终于冲破了看不见的屏障,裹挟在旋风中,把顽强、悠长、绝望的声音送到她身边:

"阿娜托里娅!喂,阿娜托里娅!阿——娜——托——里——娅——"

阿娜托里娅睁开双眼。她一眼就看到了从屋顶房梁上垂落下来的,随着穿堂风悠悠荡荡飘着的蜘蛛丝。马奈奶奶要是看见肯定要骂了:一个勤劳的女主人是不会让家里有蜘蛛网的。勤劳的女主人每天至少要用缠着干布的墩布把屋子上面的角落打扫一遍,免得被全村人把自己当成懒婆娘。

她把脸埋在双掌中,重重地叹了一口气。没有死成。

她掀开被子,极其小心地坐了起来。仔细垫好的护垫已经湿到了边缘,睡觉时穿的上衣向上卷了起来。耳朵里嗡嗡地响,嘴里也苦得很。她皱了下眉头,倒了一杯水后喝了。头晕稍微缓解了一些。后腰酸痛得要命,就好像昨天没有在床上躺着,而是在菜园里忙了一整天似的。阿娜托里娅把目光投向窗台边静静的太阳光线,惊讶于自己居然睡到了正午。她刚要起身,突然听到隔壁房间里有脚步声。她刚把头靠在枕头上,把被子拉到身上,就听见轻轻的敲门声。

"你在吗,阿娜托里娅?我是瓦西里。"

阿娜托里娅猛地一惊。是不是有什么坏消息?

"出什么事了?"她问道。

门吱嘎响了一下,稍稍打开一点。

"我敲了半天门,没有反应。我围着房子转了一圈,看到窗子是开着的。我喊你,你不答应。所以就进来了,万一你需要帮忙呢。"

阿娜托里娅叹了一口气。现在知道是谁把她从梦境中唤回了。她坐起来,从椅背上抓过短外套。她穿上外套,系上所有的扣子,用手把头发梳理整齐。整理了下被子,把床单全部盖住。

"既然已经来了,那就进来吧。"

门外窸窸窣窣地响了一会儿。然后两扇门打开,一把磨得锋利的镰刀伸进屋里来。阿娜托里娅愣愣地看着瓦西里小心地躲开衣柜,把镰刀头朝下倚在墙边。然后他向她转过身来,轻轻点了下头:"早上好!"

她小心地点了下头作为回应,惊讶的目光没有从镰刀上移开。

"你病了吗?要不我去雅莎曼那儿拿点药?"瓦西里问道。

阿娜托里娅摇了两下头,慢慢把目光移到客人脚上。他进屋时把鞋子脱了,露出两只不同颜色的袜子:一只是褐色的,另一只则五颜六色——带着蓝色、黄色和绿色的条纹。瓦西里察觉到她的目光,感到十分尴尬。瓦西里嘟哝了一句"穿袜子时没细看"。他原地挪动着两只脚,想把两只硕大的手放进裤子口袋里却没有成功,就把双手背到身后。他表情有些沮丧。

"那我走了?"

"你来干什么?"阿娜托里娅终于能说话了。

"我给你送了把镰刀来。"瓦西里吭哧吭哧地说了出来。他懊恼于自己的犹犹豫豫,生气地加了一句:"还想让你嫁给我。"

阿娜托里娅翻了个白眼儿。他每天在自己家旁边转来转去，要么去找霍夫汉内斯下棋，要么让雅莎曼创造机会和自己说话。现在是自己来了，还不知为什么扛来一把新镰刀。他就好像屁股上沾满了烟灰一样不自在地站在那儿：又想把烟灰抖下去，又怕把地板弄脏了。

马兰村每个人都知道其他人的底细，对其他人的情况都了如指掌，了解他们所有的痛苦、委屈、病痛和百年难遇的欢欣。村里人虽然相互体贴、亲近，但只是一种睦邻关系，仅此而已。阿娜托里娅不清楚，为什么瓦西里突然想要扰乱这种平静的生活。瓦西里成年之后的生活经历在她眼前闪过。从阿娜托里娅十九岁那年回到父亲留给自己的房子那天（瓦西里那天刚好生了第一个儿子），到马格塔西奈死后，他成为鳏夫的那一天，这一切都历历在目。她对他有好感只是因为他是同村人，但没有和他一起生活的念头。她却又不好意思让他失望。你看，他已经在那儿愁眉不展了，瓦西里皱着眉头在那儿沉默不语，两只大眼睛瞪着，眼睛的颜色就像灰烬一样。

阿娜托里娅好长时间一语不发。瓦西里局促不安地等待着，两眼紧张地注视着阿娜托里娅茫然若失的脸。他想，如果阿娜托里娅拒绝的话，他肯定一刻也不拖延，马上去电报局找堂姐，让她死心，再也不要撺掇他做这些傻事了。他自己已经凑合着生活三年了，就继续这么凑合吧。那些残疾人都能毫无怨言地过完一辈子，他又能抱怨什么呢？谢天谢地，他现在手脚健全，脑子也还管用。

继续拖着没有什么意义。阿娜托里娅看得出瓦西里的两眼越来越阴沉，就像暴雨前的乌云，于是下了决心。她反正已经命不长了，就别让瓦西里因为被拒绝而怨恨她了。她努力平静下来，轻轻点了下头，笑了一下。

"你，同意了？"瓦西里有些发愣。

"是的。"阿娜托里娅回答得很直白。

瓦西里有些发窘。他已经精心地做好了情况不妙就撤退的打算，却没有想到，如果事情成功的话该如何应对。他像被雷击了一样，张着嘴站在那儿。

"你改主意了？"阿娜托里娅笑了起来。

"不，不！"瓦西里最终回过神来，咳嗽了一声，急急忙忙向门口走去，"我去电报局，把萨特尼克拉过来。"

"为什么？"

"来求婚。凡事都得按照章程，按规矩来。"

"我们两个都不是二十来岁的年轻人了，"阿娜托里娅慢声细语地劝说着，"就不举行仪式了吧。"

"要是不举行仪式，那我们还拖什么？"瓦西里来了精神头儿，"你收拾下东西，搬到我那儿去住吧。"

"不。在我家里生活吧。我想这样。"

"听你的。那我去收拾下。晚上我就把东西搬过来。"

阿娜托里娅举起手，提出了请求。

"你给我两天时间吧。"

"为什么？"

"嗯……我得适应一下。你过来之前，房子也要收拾一下。"

"好吧，那就听你的。"

瓦西里拿起镰刀，放在肩上。

"你的工具都放在哪里？"

"在那个大地窖里。你顺着梯子走下去，往右转就是。"

"我把镰刀放过去。我跟雅莎曼和霍夫汉内斯也说一声，你这儿一切正常。他们大概也很担心。"

"他们担心什么？"

"这我哪知道？"

"你跟他们说，我一会儿去看他们。"

"那我也去看下他们。"瓦西里关上门，走出屋子。

阿娜托里娅听着他的脚步声逐渐远去。她觉得有些内疚，但又没有别的选择。最主要的是她要先把这位不请自来的客人送走，因此她只能答应瓦西里的请求。没事儿，他也不是小孩子了，能挺过去的。她掀开被子，小心翼翼地下了床。她要做的第一件事，就是紧皱眉头，强忍着恶心，把血污的衣服脱了下来。她对自己的身体充满了难言的厌恶，哪怕当年月经带来的痛苦一点点磨灭了她对怀孕的渴望时，也没有像现在这样厌恶过。她被月经折磨了一辈子，直到快五十岁才绝经，几乎被榨干了最后一点忍耐力。她每次来月经时都痛不欲生，都忍不住要自杀，不想再忍受这种疼痛。为了减缓疼痛，她把鹅油和辣椒油混合后涂到小腹上，却一点儿效果也没有。雅莎曼的药也不管用。她每次都用毛巾把自己紧紧裹住，在椅子上蜷缩着坐上漫长的四天时间，因为坐着时疼痛更容易忍受。她每月都要咬着牙忍受这种折磨，但从没有抱怨过。只是偶尔会趴在雅莎曼的肩膀上痛哭，与其说是因为疼痛哭泣，倒不如说是因为委屈和绝望而哭泣。而她在绝经八年以后又开始出血，这到底是怎么回事？她不知道原因，不过也没什么可担心的。当生命只剩下几个小时，担心又有什么意义？

没有时间思前想后了，得马上把自己收拾好。阿娜托里娅尽量深呼吸，缓慢地呼吸，缓解着恶心感。她闭上眼睛，扶着墙，一边适应着头晕感，一边慢慢走着。她走到厨房里，第一件事就是找能吃的东西。她在架子上找到了一个忘记收起来的果酱瓶，里面还剩了一些玫瑰酱。她把果酱吃完，感觉嘴里一点味道也没有。但甜食让她有了一点儿力气。她洗了个澡，穿上一身干净衣服。她用围巾把潮湿的头发扎了起来，坐着休息了一会儿，把被褥重新铺好。她从接雨的水桶里舀了一盆水，向水里放了一小撮碱面，这样更容易洗去衣服上的血斑，就把衣服泡了进去。她把鸡从笼子里放了出来，掐了一束蜜蜂花，走下地窖，想去拿点蜂蜜。新镰刀挂在钩子上，用钝的旧镰刀不见了，显然是瓦西里拿去修理了。她又一次觉得心里内疚，不过现在还不是内疚的时候，只能先不去管它了。她拿了蜂蜜盘子就回屋了。她先用蜜蜂花和蜂蜜煮了点儿水，再就着水吃了一块面包，这样就能坚持一段时间了。

雅莎曼来看她时，她正把洗好的衣服拿到院子里准备晾上。

雅莎曼没说"你好"，开门见山地说道："你一直没去找我，我就自己过来了。"

"我一直在忙这些家务事。马上就做完了。"阿娜托里娅回答说。

雅莎曼有些不安地看了她一眼。

"你今天脸色有点儿苍白。头疼吗？"

"没睡醒，所以脸有点儿发白。"

"要不我去给你煮点儿薄荷茶？"

"谢谢！不用了。我已经煮好了。"

两人打完招呼以后，雅莎曼双手叉腰，把头歪向肩膀。当她对别人有意见时，总是站成这种姿势。

"瓦西里来了一趟。他说你们已经谈好了。你却什么也不说？"

"就那么回事吧！"

"你别'就那么回事'！详细说一下！"

阿娜托里娅解开围巾，把匆忙编好的辫子打开，让头发干得快一些。她把洗衣盆从地上拿起，把它靠在柴垛上。她刚才用洗衣盆把衣服端出来晾上，一会儿还要把晾干的衣服放到盆里。

"没什么可说的，雅莎曼。他让我嫁给他，我就同意了。我哪怕不跟他走，你们也不会丢下我不管的。对吧？"

"是的。"雅莎曼表示同意。

"所以我就同意了。"

"你做得对。瓦西里是个好人，是个不错的男人。你们两个人没有理由都孤独终老。"

"我们进屋吧，不要老在太阳底下站着了。"阿娜托里娅想换个话题，提议进屋里去聊，但突然想起寿衣还放在客厅里，放在最显眼的地方。雅莎曼和瓦西里不一样，马上就能猜到寿衣为什么会放在桌子上。

"算了。还是在凉台上坐会儿吧。屋里有些闷热。"她马上改了口,"要不来点儿茶水?我这儿也没别的东西招待你。我还没来得及做午饭。"

"还是去我们家吧。我发好了面,正准备做奶酪馅饼呢。还掐了点甜菜梗儿和鸡肠菜。你帮着我准备蒜和酸奶。霍夫汉内斯到家前我们正好可以把饭做好。瓦西里也说了要过来吃饭。"雅莎曼两只眼睛紧盯着她,嘿嘿一笑,但马上又一本正经地说:"我看到你的脸色不舒服。你今天脸色特别苍白。"

洗衣服已经耗尽了阿娜托里娅最后一丝力气。她现在唯一想做的就是安静地躺一会儿。但她没法拒绝,否则会让雅莎曼更加担心。所以她什么也没说就走向院门。只能再坚持一下了。

雅莎曼回到家以后,先给她倒了一杯元宝草煮的茶,逼着她吃了些带蜂蜜的蜂巢,并且嘱咐她把蜂蜡咽下去,不能吐出来。阿娜托里娅喝完茶以后感觉好多了。耳朵里的耳鸣声变小了,也不再恶心。她从早晨就感到口渴,现在渴得更厉害了。她要了一杯水,小口喝着,担心又会大出血。

厨房里发好的面散发出一阵阵香味儿。阿娜托里娅喜欢闻这种酸酸的香味儿,有一种清凉的湿气。趁着雅莎曼烤馅饼的时候,她择好了鸡肠菜和甜菜梗儿,在凉水中仔细地把菜洗净后,就开始烧菜。她先用黄油把一个葱段儿焖好,然后把切碎的蔬菜放到锅里,盖上了盖子。当蔬菜刚刚烧出汁儿,油刚刚煮沸,她把蔬菜从火上端下来,撒上盐后晾在一边。她剥好几瓣儿蒜,放到一个石制蒜臼里,撒了一撮儿盐,把蒜捣成了蒜泥后,加了些凉酸奶,搅了一会儿也放在一边。蒜泥还要等一会儿才能用。等酸奶吸满了蒜香以后,就可以把它倒到焖好的蔬菜上了。

两个好朋友坐在凉台上等男人们回来。纤细的葡萄卷须缠绕着沉重的木制房梁,伸向上面的石板瓦房顶。厨房里的奶酪馅饼已经放凉了。花园里一只孤独的蟋蟀把黄昏当成了夜晚,在忧伤地唱歌。太阳慢慢西沉,躲进一朵朵云彩中,就好像女人试穿衣服一样,一件件地换下绚丽的云裳。阿娜托里娅后背靠在清凉的石墙上,雅莎曼小声地哼着农家小调儿。

"我梦见父亲了。"阿娜托里娅说道。

雅莎曼停止了唱歌,但没有转过头来,只是把双手放到了胸前。

"他说了什么话吗?"她沉默了一分钟后问道。

"没有。都没朝我这边看。"

雅莎曼松开双手,明显地放松了身体。

"今天是星期几?"

"星期四。"

"星期四是好日子。"

马兰村人对梦赋予了特殊的意义。他们会把自己做的梦告诉别人,努力猜测梦里包含的意义。他们每次都要看做梦的日子。如果是星期日做的梦,那没什么好担心的,因为星期日做的梦总是喜庆的,没什么预兆。但如果是在星期二晚上做的梦,那就要记住梦境里的一切,因为星期三的凌晨,在第一声和第二声公鸡啼鸣之间会做那些预兆吉凶的梦。

69

"真想知道,他在那里过得怎么样。"阿娜托里娅叹了一口气。

"既然你梦到了他,就说明过得挺好的。"

"你这么想吗?"

"我怎么想的,就怎么说。"

"那么你是在安慰我吧。"

"哪里只是安慰你啊?我也在安慰我自己。"

五月傍晚的天空低低地垂下,透出浓重的感觉,散发着黑莓一样的色彩。如果你用手指划破黑莓,它会裂出一道道波纹,露出柔软的、天鹅绒一样的新鲜果肉。

"只要我们还没死,就不知道,我们不在的话,他们过得怎么样。"阿娜托里娅朝着天上某个地方喃喃自语。

雅莎曼脸色平静地点了下头。她从沙发床的扶手上拿起叠成四层的毛毯,粗糙的手划过毛毯侧边儿已经破损的缝合处。得缝一下了,要不然再洗一次就坏了。

第四章

"人的记忆是有选择性的。你可能刚刚还委屈得要死,但一转眼就忘了母亲如何恶狠狠地用棍子抽你,因为你从邻居车库里偷了一个车轮。马车早就散架不能用了,但剩下了一个车轮,一个结实、硕大、浑圆的车轮。把轮子顺着坑坑洼洼的乡村道路滚下去,你就可以在轮子后面飞奔,连蹦带跳地越过铺满黄泥的毛玻璃一样的雨水坑,紧张兴奋得心脏好像要停止跳动。你早就忘掉了对母亲的不满,原谅了她。但邻居乌南,那个身材高大、长着浓密大胡子和凶狠下巴的男人是无论如何也不能忘记、不能原谅的。他没有像个男人一样,往你后脑勺上抽一巴掌,然后把车轮夺回去,而是把你拖回了家,交给了母亲。她又能怎么办呢?她还欠他三格瓦康黄油呢,已经欠了两年了。她没法一下子还上这些黄油,乌南不知为什么不想让她一点点儿还。母亲又不能让他一下子把半罐子黄油拿走,让几个饥饿的孩子没饭吃。所以你的后背就遭了殃,整整三天时间只能趴着睡觉。

"我母亲是从山下某个地方搬来的,所以不太懂本地方言。她带着四个孩子,奇迹般地躲过了大屠杀,从山下跑到了马兰村,在阿尔沙克-贝克庄园里住了下来。阿尔沙克-贝克，愿他在天国安宁，是个慷慨而且心善的人。他在自己庄园里安顿了母亲一家，后来又给他们提供了各种安家物资。他曾经许诺给他们一笔钱，后来却没来得及给，因为布尔什维克来了。他逃到了南方，据说从那里出海去了西方。沙皇被推翻后，阿尔沙克-贝克庄园也被洗劫一空。母亲和四个孩子没有办法，只能搬到马尼什卡拉山西坡上他们那幢还未建好的房子里居住。房子里没有家具，也没有食物，只能去邻居乌南那里寻求帮助。母亲去中心广场上把从乌南那里借来的一半黄油换成了一格瓦康小麦和一桶土豆，用剩下的一半黄油勉勉强强坚持到了开春。三月份草木发芽。他们在菜园里种上了庄稼，这才慢慢开始了正常生活。

"每当乌南提醒母亲该归还黄油时，母亲总是温和地用老家方言回答——库达姆①。乌南开始时笑话母亲的方言，后来就干脆叫她'库达姆'。后来她偿还了黄油，但乌南仍然顽固地用绰号称呼她。孩子，所以我们就叫'库达曼茨'。这个名字是从'库达姆'这个词来的，意思是'会给的'，孩子。"②

瓦西里把刀头从镰刀把手上拆下来，轻巧地用锤子把刀头上的铆钉退掉，把它放在磨刀石上磨起来。他用多年作坊生涯养成的准确手法，不慌不忙地磨着。铁匠铺里光线暗淡，气温凉爽。很久没用的工具上都落满了灰尘。有时瓦西里看都不看，从工具

---

① 库达姆，亚美尼亚某地方言，意思是会还的，会给的。

② 这是库达曼茨·瓦西里在回忆他父亲给他讲述家族往事。

架子上拿起什么东西，但随后一边骂着，一边从手上抖下一团团灰尘。

以前来铺子里的人很多，忙得连腰都直不起来。炉膛里吹出的热风呼呼作响，不仅让人不敢吸气，连呼气都觉得灼人口鼻。铺子里唯一的垃圾就是金属废料。现在的铺子已经被人遗忘，毫无用处，被灰尘包裹着。铺子屋顶的很多瓦片已经碎裂，墙壁上也布满了裂缝，像人一样到了暮年，不再为人所需，正慢慢走向死亡。

"没事儿干最害人了。"父亲总是喜欢这么说，"要是天天没事儿干，只是玩耍，活着就没有什么劲头儿了。"

瓦西里现在理解了，父亲的话是对的。当一个人不能给周围人带来好处时，他的生活就失去了真正的意义。一个人怎样才能给别人带来好处呢？只能靠自己的劳动。

瓦西里八岁那年，父亲把他领到了铁匠铺，想让他学点手艺。从那天算起，已经过了半个多世纪了。他是个好帮手，喜欢干活，什么活计都能马上学会，学了一段时间后就承担了部分工作。父亲死时他刚满十五岁。瓦西里一辈子都忘不了那一天。那是一个早晨，虽然很早，但村里人都已起床。各家的栅栏门吱吱呀呀地打开、关上，狗的叫声此起彼伏，公鸡喔喔地叫，牛哞哞地叫着；道路上走着一群牲畜，弥漫着褐色的尘土。走在最前面的是肚子圆滚滚的母牛，后面跟着山羊和绵羊。牧人和他的两个儿子赶着畜群向前走。一个儿子肩上的包袱里盛着口粮。另一个儿子看到畜群走得太散，就笨拙地晃动着手里长长的棍子，嘴里响亮地喊着"啾、啾",把牛往前赶。瓦西里和父亲让开畜群,站在路边,等待散发着潮湿稻草和刺鼻畜粪气味的畜群从身边蜂拥而过。父亲的手掌抚过潮湿的栅栏,把上面的露水拂掉,张开嘴刚要说些什么,就肩膀一歪,滑向地面,嘴里急促地喘着气。

母亲当时已经怀孕一个多月了,安葬完父亲后马上就病倒了。她病了很长时间,半年后才痊愈。瓦西里耐心、细致地照顾母亲,不让别人帮忙。他用勺子喂她吃饭,给她喂药,自己帮忙给母亲洗澡。他先往大盆里灌满热水,放进一撮儿肥皂粉。再把她的外衣脱掉,只剩睡衣,帮她洗头发和双脚,擦洗干瘦的后背——突出的椎骨和肋条清晰可见。然后他站在门口,让母亲一个人待在屋里,伤感地听着病重的母亲一边痛苦地哼哼着,一边脱下睡衣,把身体洗完,再换上干净衣服。他把母亲抱到沙发床上,给她围上被子,让她喝点儿热茶,等她睡着以后才会离开。如果天气晴朗,他会把母亲抱到花园里,让她呼吸一下新鲜空气。母亲轻得像一只麻雀,但怀孕的肚子又圆又大。瓦西里把她放到梨树下面的长凳上,让母亲后背靠在粗糙的树干上,一边看着母亲,一边做着农活——松土、浇水、锄草。

他下午去铁匠铺干活时,会把母亲留给婶婶或堂姐萨特尼克照顾。那时堂姐已经出嫁,生下了第二个儿子。

母亲奇迹般地生下了一个男孩儿。男孩儿尽管身体虚弱,总是生病,但总算活了下来。这是母亲在生下瓦西里之后的第八个孩子,也是唯一活下来的孩子。其他七个孩子都胎死腹中。父母每次都痛哭流涕,但仍希望再生下一个孩子。马兰村是父权制社会,每个家庭都很大，孩子很多，只有他们家没这么幸运。

母亲生下孩子以后又焕发了活力。这个家终于苏醒了，又弥漫着他儿时就已经习惯的饭菜香味。他是多么渴望这家庭的馨香：加了香料的烟熏火腿、喷香的核桃酱、加了各种香草的羊奶干酪。他回到家里后听到的不再是死一样的寂静，而是黄油搅拌器当当的敲击声、石磨盘转动的沙沙声和馕饼炉扑面而来的热浪。那是母亲烤完馕饼以后，在用小火慢炖着加了香料的羊肉。

为了纪念父亲阿柯普，给男孩也起了父亲的名字，这是阿鲁夏克家族里第二个阿柯普。阿鲁夏克是奶奶家族的姓，现在这个家族却被粗鲁无礼的邻居起了个侮辱性的绰号"库达姆"。男孩儿长得很机灵，却出人意料地很安静，总是若有所思。瓦西里喜欢弟弟，喜欢得心疼，但从不娇惯他，也不让母亲娇惯他。他看到马兰村正在建设的学校后十分高兴，决定无论如何也要让弟弟识字。铁匠铺的收益不大，但很稳定。瓦西里差不多把所有的钱都交给了母亲，但留下了一点钱备用，想着以后把阿柯普送到山下学习，因为那里的教育水平更高。那年春天他十九岁，已经到了结婚年龄。母亲几次暗示他，让他留心雅库里恰茨·马格塔西奈——这是个金子一样的好姑娘，朴素文静，干活踏实。为什么不把她娶回家呢？但瓦西里一直犹犹豫豫，担心雅库里恰茨·彼得洛斯看不上他这个没文化的小铁匠，不会把女儿嫁给他。母亲没有征求他的意见，把自己少得可怜的首饰装进包袱——只有一套耳环、两个戒指和一个手镯，就来到了彼得洛斯家里。彼得洛斯家人对她有些戒备，但很热情，摆上了桌子，端上来丰盛的点心招待她——有玫瑰糖饼、核桃软糕、酥脆的榛子饼干。母亲有点儿胆怯，但强迫自己把话说完了。她把桌上的盘子推到一边，解开包袱，把里面的首饰倒到桌子上："这是我能给您的马格塔西奈的所有东西。"

"她就这么紧紧地盯着我，目光一次也没有挪开，没有说一句废话。"时隔多年后彼得洛斯这样对瓦西里说，"她坐得笔直，两只手放在膝盖上，就像在和身份平等的人说话。所以我才同意把女儿嫁给你。"

两家决定秋收后举行婚礼，按习惯来讲大家也都是在这个时候举行婚礼。然而他们没想到等了整整五年才结婚。先是马格塔西奈的哥哥被雷击身亡，需要守丧。后来则是由于在马尼什卡拉山上肆虐的大饥荒。第一个干旱的夏季之后就出现了大饥荒，后来再也没有好转，一直在持续。直到多年以后，马兰村人才痛苦地想起，大饥荒就好像在和他们玩猫鼠游戏，给他们派过几个报信人，给了他们一些暗示，让他们警觉，当然也可能是在嘲笑他们……但终日忙于生活琐事的人们并没有看出这些暗示中隐含的意义。

一切都开始于那个晚上：全村人都被奇怪的声音吵醒，人们把脸贴到窗户上，惊恐地看到一大群家鼠、野鼠排成一列列长长的队伍，塞塞窣窣地一路走向中心广场。走在最前面的是神情恐怖的公鼠。它们不出声地走着，身上布满了多次战斗后留下的伤痕。后面是小鼠们在乱糟糟地走着。它们咬着前面老鼠的尾巴，走得跌跌撞撞，没有秩序。小鼠们此起彼伏，想要跳到大鼠的背上，却被大鼠咬伤，疼得吱吱乱叫，落到地上，被后面的老鼠踩在脚下。走在最后面的是母鼠。奇怪的是它们对幼崽的死亡漠不关心，排成杂乱的队伍冷漠地绕过血迹斑斑的、濒死抽搐的小鼠。

清冷的月亮挂在天空，像一个巨大的磨盘。不知为什么，院子里的狗一声也不叫。这些狗体型巨大，样子笨拙，以往哪怕听到微小的声音也会发出令人生畏的狂吠。被吓呆的人们瑟缩着把身体探向凉台，默默地看着窗外不祥的、无法理解的鼠群迁移。鼠群走到中心广场后混乱地挤成一堆，然后像一起一伏的波浪一样飞奔向村边，之后就好像融化在苍白的月光中一样不见了，只留下潮湿的腐败气息和散布在坑坑洼洼的乡村道路上僵死的老鼠尸体。第二天早晨，马兰村人没有像往常一样在地下室和地窖中忙碌。但女主人们担心老鼠会回来，仍然向谷仓周围的地面撒上了防鼠的狗尾草草籽，把用砒霜泡过的碎玻璃敲入空空的老鼠洞，把储物架子远远地拖离墙壁，让老鼠跳不到上面去。山下人说，老鼠们去了东方，投入了黑水翻滚的无边海洋里；说住在大洋边的人看到，失去理智的老鼠们跳进了朝霞照耀下彩虹一般的海水中，在海水中扑腾着磨得流血的爪子游来游去。最后所有老鼠都筋疲力尽，奄奄一息，痛苦地吱吱叫着，一群群沉入覆盖着令人窒息的淤泥的死气沉沉的海底。

如果不是随后不久，在报喜节前夕，在一个安静、阳光明媚的四月正午又发生了不幸，人们大概还在继续谈论这个异常事件。那天的天空从早晨开始就很宁静，万里无云，预示当天的天气将会十分煦暖、阳光明媚。但随后，天空中突然升起了一块硕大、漆黑的幕布，从地平线的一边延伸到另一边，天空中还充满着不祥的噼里啪啦的声音。手忙脚乱的妇女们还来不及取下晾衣绳上的卡子，把晾好的衣服扯下来，把鸡鸭赶进笼子，就看见乌云突然变成了一团团巨大的、翅膀尖尖的昆虫冲进了村子。昆虫像令人恶心的污泥一样，成团地糊在它们飞行路线上的所有东西上面——花园、菜园、栅栏、房子和各种建筑物，等等。满眼都是昆虫在乱舞，就好像上帝震怒于人类的恶行，从天空降下昆虫雨来惩罚人类。成团的昆虫无休止地在空中乱舞，爬进人们嘴里，糊住人们的眼睛，啃光了植物的嫩芽，吃光了家禽的食槽，甚至要抢吃牲畜的饲料。它们通过烟囱钻进屋子，在屋子角落和缝隙里到处乱爬，在墙壁和家具上留下洗不掉的黑色斑点。它们体型巨大、样子恐怖——每只都有小拇指那么长，长着透明的黄绿色翅膀，背上有五条纵向的条纹，肥硕的灰色腹部有五条横向条纹。它们飞快地繁殖，就好像准备占领全世界所有角落，哪里也不放过。母虫为了吸引雄虫，双翅振动发出嚓嚓的摩擦声，声音响亮，让人耳膜发胀。它们在空中交配，像石头一样摔向地面，疯狂地绕着圈旋转。雄虫呻吟着，也发出嚓嚓的声音，但无法摆脱母虫，因为被母虫喷上了有毒的唾腺分泌物而无法动弹。几个小时以后，刚脱壳的幼虫像是永远吃不饱一样，什么都吃。你还没注意它们长什么样儿，一转眼它们就长成了手指那么大的、丑陋的凝胶状蛆虫。它们不仅会把植物吃掉，连蚂蚁、甲虫、蜜蜂这样的小昆虫都不放过。

　　马兰村人竭尽全力抵抗着。他们把烟囱钉死，把家禽和狗锁进地窖，不敢去放牧牲畜，不敢打开窗户，只能把床单挂在门洞里。出门时只能穿厚衣服，把全身都包裹住，脖子上缠着长围巾，头上紧紧地裹上头巾,只露出两只眼睛。人们开始时用拍打地毯的拍子杀死这些虫子,但随后马上只是抓住虫子并把它们扔出门外,因为这些虫子临死时会释放出一摊腐蚀性毒液,手只要沾上这种毒液就会被腐蚀。伤口会一直流脓,很难愈合。平时用的杀虫剂对这些虫子没有作用。它们甚至对未稀释的醋精和砒霜都免疫。雅莎曼用蓖麻、藜芦和颠茄煮了一大锅药,放在院子里,然而对虫子却毫无作用。

被派去山下求助的人两手空空地回到了山上——以前用的化学杀虫剂没有效果,而且由于过度使用和使用时不小心使得很多人中了毒。实际山下的情况比藏在高高的马尼什卡拉山上的马兰村更加糟糕,因为与山风呼啸的山顶相比,虫子更喜欢安静、富足的山下。回到山上的马兰村人说,山下的人们在虫子入侵的第三天就已经开始恐慌。有人放出风声,说马上就没有吃的东西了,因为储备的物资马上要用完了,而新的物资无处获取,因为生产已经陷入停滞。恐慌造成了严重后果:先是商店货架被抢购一空,后来所有的库房也被抢劫一空。等政府派来军队,宣布戒严时,已经没有什么东西可以保护了:人们把抢到的东西都拿回家里,准备用生命去保护这些东西。至于后来情况如何,马兰村人不清楚,甚至都不想去猜测。当你已然知道人性如何,再去猜测又有什么意义呢?

虫子到五月份才消失。黑压压的虫群冲天而起,嚓嚓地叫着,绕着马尼什卡拉山和山下谷地盘旋,然后飞向了北方,留下了被啃光了最后一根小草的牧场、光秃秃的山头和被污染的水源。虫子飞走后,大自然重新焕发了生机。草木长出了新叶子,无边的田野中泛出了绿色。虫子飞走后下了一星期的雨,洗刷着虫子入侵带来的污秽:有毒的排泄物,幼虫脱下的壳,被啃到只剩下骨头的鸟类尸体以及被吃掉的其他昆虫的壳。但刚下过雨,旱灾就随之而来。极度炽热的太阳酷热、耀眼,像一个硕大无比的火球低垂在山谷上空,蒸发了所有的水汽,烤焦了刚刚透出地面的绿色,把全世界都握在火焰巨掌当中。人们热得直不起腰,热得喘不上气来。大地干涸龟裂,落下一层层尘土,就像在炉子上烧得通红,发出嘶嘶声响的烙铁。河流先是变浅,后来则完全消失了。泉眼干涸了,树荫也不再让人觉得凉爽。树木枯萎,就像被暴风雨折断的帆船桅杆一样,浑身扭曲地立在那里。

  干旱是大饥荒到来之前最后的信使。随后大饥荒便乘着太阳风拉的灾难之车降临了。它散发着恶臭,行事卑鄙,从不知怜悯和同情,比世界上最恐怖的死亡还令人恐惧。瓦西里每次想起那个恐怖的年代,就忍不住连连咳嗽,咳得肺里难受,咳得喘不上气来。他会一杯接一杯地喝水,但仍然渴得要命,只能忍着窒息,忍着咳嗽引起的疼痛,弯下腰来,流出无助的眼泪。他想起当年是如何宰杀最后一只绵羊的。干旱烤焦的草场上青草少得可怜,根本没有草料,牲畜们像冰雹一样纷纷倒下。人们把死掉的牲畜埋起来,匆忙杀掉那些快死的家畜,处理好以后浸入卤水中,然后在风中晾干。

  瓦西里的父亲从前花了一小笔钱买了一只公羊。那是一只体型硕大的纯种绵羊,是既产肉又产毛的羊。它去年冬天就已经重达将近五百格瓦康,但三个多月的干旱使它瘦得只剩皮包骨头,几乎完全失明,掉光了所有牙齿。瓦西里把它按倒,用膝盖抵住它。以前要想放倒它需要喊来几个壮小伙子帮忙,而现在它自己就放弃挣扎了。它已经预感到了死亡,像母牛一样凄惨地"哞哞"叫着。瓦西里转过头,用锋利的尖刀割开公羊无助的喉咙。他等公羊不再抽搐了,用一只手把变软的公羊拎起来,用一个铁钩子穿过公羊肌腱把它挂起来,等着血流净。五岁的阿柯普在不远处站着,屏住呼吸,不出声地看着哥哥准确地、一点点儿地挥动刀子,从羊身上割下羊皮。在这只不幸的牲畜胃里发现了塑料碎片、衣服夹子和阿柯普一天前不见的一只皮鞋。母亲先是用炭灰擦了鞋子(水只能省着用),后来又用浸了白酒的抹布擦了鞋子,但阿柯普断然拒绝再穿这只鞋子。

大饥荒年代在瓦西里的记忆中留下了一个黑洞。他从不让自己去回忆这些往事,怕自己想起那些无法补救的事情。但他没办法完全隔绝这些回忆。它们会从过往的旋涡中泛起,随后不可遏抑地,用刺痛心灵的细节久久地折磨他。瓦西里到现在还记得母亲熬的稀薄的菜汤的苦味。这是母亲跟别人学的,用草根、云杉球果和树皮熬成的菜汤。那时,蔬菜是花多少钱也买不到的。杀死家畜后晾干的肉只坚持了几个月时间,吃完以后就没有什么可吃的了。干旱到了秋末才退走。久违的雨十一月份才下起来,让怯生生的大自然得以在下雪前的短暂时间内冒出一抹绿色。

村里人用这些小草、草根、云杉球果和树皮坚持到了三月份,但过冬后村里人死了一半。二月份成了安葬月。瓦西里每天早晨和村里其他男人一起走遍各家,收殓死去的人,把他们埋葬到一个公共墓穴里——大家已经没有力气为每个死者挖单独的墓穴了。老人和孩子是最早走的,妇女们紧随其后,男人们坚持的时间长一点。这是一个无人能胜任的差使,是一个非人的诅咒——你要把那些你亲近的人、那些比你的生命还重要的人一一送往另一个世界。

唯一一个在大饥荒第一年去世的年轻男人是阿娜托里娅的父亲卡皮顿。他埋葬了两个女儿后,把阿娜托里娅送到山下,把她托付给了一个远房亲戚。他在年迈的马奈奶奶死后,陷入了无边的绝望中,彻底放弃了喝水和微薄的食物。头两天他还有些力气,能帮着村里人收殓尸体,到第三天就虚弱得不行了,躺下就再也没有站起来。

只有霍夫汉内斯知道卡皮顿是想自杀。他苦苦相劝,让好友不要自寻短见,因为这是有罪的。他提醒他想一想阿娜托里娅,但卡皮顿根本不理会他的劝告,只报以冰冷的沉默。到最后要咽气时才说了几句话,请他把自己和妻子、女儿葬在一起,不要葬到公共墓穴中。霍夫汉内斯把瓦西里喊来帮忙。他们忍耐着极度的虚弱无力,打开了沃斯凯的墓穴,把包裹在被子里的卡皮顿的尸体放进腐朽了一半的棺材里。死的人太多了,没有人用棺材来安葬死者,只想着尽快让死者入土。然后两个人抽着烟坐了很长时间,一句话也没有说,没有在意刺骨的寒冷和钻进衣领的冰冷雪花。瓦西里模模糊糊地猜到了卡皮顿的死因,但什么也没问。不过每年二月份,瓦西里和霍夫汉内斯都要去一趟卡皮顿的墓地。

他们用胳膊肘撑着公墓冰冷的围墙，沉默地站着。

　　直到很久以后，有一次霍夫汉内斯才稍稍坦白说："我们这些人啊，能不能指责其他人的行为呢？"他叹了一口气，打开了祭祀用的香包。

　　"有些决定和行为是不应该被指责的。"瓦西里脱口而出。

　　霍夫汉内斯没有答话，但告别时紧紧地握了握他的手。从那天以后，他们再也没有去过卡皮顿坟上。显然，瓦西里的话说服了霍夫汉内斯。即便他没有说明卡皮顿的行为是正确的，起码也说明他这一步是无法避免的，于是霍夫汉内斯不再打扰这位已故的朋友。

　　在瓦西里的记忆中，大饥荒开始之后第一个严寒的二月份里并不只是没完没了地埋葬同村人，还有弟弟莫名其妙的行为也让他无法忘记。阿柯普瘦成了皮包骨，但靠着马格塔西奈家送给他们的蜂蜜，长得出奇地机灵和健康。母亲把一勺蜂蜜溶化在一罐温水中，加入些松果，每天早晨、白天和晚上喂给儿子喝。弟弟尽管长得很瘦，瘦得身体近乎透明，但仍然长得十分活泼、愉快。然而尽管他的身体状态让大家高兴，精神状态却让大家十分担心。他白天一整天都活蹦乱跳，到了晚上却一下子蔫了下来，死活也不肯躺到床上，而是在挂着冰冷霜花的窗户旁一坐就是大半夜。他坐在羊毛被子里，神情紧张地看着黑暗的窗外。人们问他在看什么，他回答在看蓝柱子。母亲也往窗外看，但什么也看不到。她害怕了，哭了起来。但阿柯普好像没看到母亲在哭，对让他睡觉的劝告听而不闻。

有一次，瓦西里想把他抱到床上，他突然大哭了起来，只能又把他放回窗户旁。现在大人们也只能跟着他熬夜。母亲认为小儿子的魂魄被恶魔偷走了，每天祈祷，而瓦西里则和弟弟聊天来分散他的注意力。阿柯普倒是能回应哥哥的聊天，但目光仍紧盯着窗外，有时突然停下来，嘴唇不出声地颤动，手指蜷曲，伸长脖子，额头抵在窗户玻璃上，眼睛从上到下看着。过了一两个小时，就好像确认黑夜中再也看不到什么东西后，他叹了一口气，站起来，宣布今天一共有五个和四个柱子（他只能数到五），就躺下睡觉了。有一次瓦西里把当天夜里死去的同村人的数量和阿柯普提到的"蓝柱子"的数量做了对比，惊恐地发现，两个数目是相同的。他没有把这事告诉母亲，免得让她更害怕，但是第二天晚上开始仔细地观察弟弟。阿柯普没有显出一点害怕的表情，只是有时突然哆嗦一下，然后就又在那里坐着发愣，呼吸也很细微，一动不动地坐在那儿，只是朝上面的某个地方看着。

"告诉我，你看到什么了？"瓦西里问他。

"嗯。"阿柯普说得磕磕巴巴，"天上先是有光，跟星星一样。从那儿下来一个柱子。跟水一样，是蓝色的。还有一点紫色。"

"跟水一样是什么意思？像河一样往下流？"

"不是。是透明的，跟水一样。能看见里面的东西。"

"里面有什么东西？"

"柱子里面有两个人。不对，开始是一个人。他从天上下来。他有翅膀。他不用翅膀飞，翅膀挂在他后面。长翅膀的人下来，然后带着人飞起来，有时是女孩儿，有时是男孩儿，有时是奶奶，有时是爷爷。"

"他带他们去哪里了？"

"上面。"

"上面有什么？"

"蓝色的光。"

瓦西里回过头看了一眼母亲。她坐在那儿，两只手落在膝盖上，热泪顺着苍白、枯瘦的脸颊流下来。瓦西里害怕起来，心疼地看着无助而又惊慌失措的母亲。

"他能看见死亡天使。"他冲母亲笑了一下，但马上用手捂住了嘴。他双唇不由自主地颤抖起来，这让他感觉到惊慌和恐惧。

那天晚上阿柯普一共数了"五个、五个和三个蓝柱子"。白天村子里共安葬了十三个死者。第二天晚上，他用被子把弟弟包起来，抱着他走到村子的寨墙边。还好不用走太远，只走过五个院落就到了马尼什卡拉山的山边，那里被地震破坏得像个尖尖的豁口。他站在悬崖边上，转过身，让阿柯普看着漆黑一团的山下。

"你看那边有什么？"

"那边亮得跟白天一样。"男孩头也不回地答道。

"因为那边有太阳在照着？"

"不是，亲爱的瓦索。那边有很多蓝柱子，蓝柱子照得很亮。"

儿子能看到来凡间迎接死者的死亡天使，母亲无论如何也无法接受这个事实，但她努力适应着这个情况。这确实让她承受着巨大的痛苦，每天都痛哭和祈祷。而瓦西里也毫无办法，只能每天晚上坐在沙发床上打盹儿，等着阿柯普数完最后飞向天空的魂灵后，抱他去床上睡觉。母亲让弟弟和哥哥一起睡，因为担心天使发现有人能看到他们，会过来把孩子带走。但死亡天使没空理他们，因为他们忙着接收越来越多的受尽折磨的灵魂，并把他们送到天上，已经累得筋疲力尽。

"破晓是个最可怕的时间。"母亲压低声音告诫大儿子说，"你们的奶奶，已故的阿鲁夏克说过，人们经常是在公鸡睡得最沉的时候死的。它们睡得最沉的时候就是在破晓，半夜到出现第一道朝霞之间的时间。"

"这跟公鸡睡觉有什么关系？"瓦西里看着坐在窗边纹丝不动的弟弟，不解地问道。

"因为它们能用叫声吓退死神。如果一个人白天死了，那是因为公鸡还没来得及叫起来。"

瓦西里摇了摇头，重重地叹了一口气说："马上要到春天了，大饥荒要结束了，人们不会再死了。你会看到阿柯普慢慢安静下来的。"

一切就和他说的一模一样。一两周之后，当荨麻、荠菜和锦葵这些春天的植物冒出地面时，只剩一半人的村子里恢复了一点儿活力。人们开始在菜园和花园里忙碌，把最珍贵的蔬菜种子拿了出来。阿柯普第一次没有到深夜才入睡，而是在小孩子应该睡觉的时间入睡了。从那天起他睡得很安稳，一直睡到中午，显然是在补充那些坐在窗前错过的睡眠。

将近四月时，山下人终于想起了马兰村。有一天，从山下开来一辆装着小麦和土豆的卡车，由士兵护送着来到了马兰村。士兵们给每户分发了用来播种的三格瓦康小麦和四格瓦康土豆。小麦种子很普通，是当地常见的品种，看来并非所有的政府粮仓都被饥饿折磨得失去理智的人们洗劫一空。土豆则是新品种，长长的，表面光滑，没有什么瑕疵和皱褶，每个看起来都像一个亮闪闪的冰糖块。士兵们解释说："这是从海外某个地方运来的救灾物资，在我们这个地区得到推广的希望不大，但必须把它种下去，因为现在已经没有任何食物了，需要咬咬牙坚持到有收成的时候。"过了一周又运来一批救灾物资，是几十车的家畜。这是从北部山口运来的物资，这个山口穿过由群山围成的弧形山脉与山外世界相连。经过救灾部门的细致分配，马兰村共分到一头母牛、一头母绵羊、两头山羊和一头猪。那头猪样子整齐，洗得干干净净，就好像用流水仔细清洗过的圆芜菁一样，这让全村人连声称奇，咋舌不止。他们围着这头猪转来转去，惊奇于这头猪的小耳朵和光滑的皮肤，因为当地的猪以其大象一般的巨大耳朵和长长的猪毛而在全州闻名，而这只嫩乎乎、粉嘟嘟的小动物居然长着心形的猪鼻子和娇小的猪脚。

在马兰村人好好地欣赏了一番这奇异的小猪之后，终于清醒过来，提出了一个问题——如何处理这些救济物资。最后决定把这些家畜养在瓦诺家里，因为他们家的畜栏最宽敞、最干净。挤出的奶会严格在有孩子的那些家庭中分配。等家畜下了崽儿，就可以在各家分配了，这样每家慢慢就会拥有自己的家畜，村子里也会慢慢有了新的畜群……但是人们突然意识到了一件事：如果运来的都是母家畜，怎么能产崽儿呢？去哪儿找公畜给它们配种呢？电报员萨特尼克给山下发了加急电报，却没有收到回电。不过，一周之后开来了第二辆卡车，送来了大家期待已久的公家畜和一群家禽：火鸡、鸭子、珍珠鸡和鹅。这些家禽是用十八个大木箱运来的，这是为了避免它们在路上被家畜踩死。当最后一个木箱打开时，村民们一下子都惊呆了——从里面居然走出来了一只雪白的孔雀。孔雀脱困以后，有点不高兴地叫了两声，就瘸着腿走开了，被春雨打湿而变得蓬松的羽毛拖着路上的污泥。卡车卸下家畜和家禽后早已扬尘而去，已经到了山下。这只孔雀是从哪儿来的，怎么处理它，已经无人可问。现在是瓦诺负责照顾这群从北方运来的"诺亚方舟"①上的动物，所以根据他的要求，萨特尼克又起草了一封新电报发给山下。这次他们没有等很长时间。山下发来一封简短但有些生气的批评电报：我们没时间理会你们不合时宜的玩笑。

　　村民们把孔雀和其他家禽养在了一起，但它总是委屈地啼叫，并且拒绝从家禽食槽里吃东西。瓦诺的妻子瓦琳卡把它带回了屋子里，小心地用勺子倒着水，在木盆里给它洗了澡。这么漂亮的鸟儿，臭得却像落汤鸡一样，瓦琳卡觉得实在难以心安。孔雀围着一块旧床单，在瓦琳卡膝盖上蹲了一个多小时，才晾干了羽毛。等身上的羽毛晾干了，孔雀咚的一声跳到地板上，迈着小碎步走向屋门口，忧郁地叫了起来，想要出门。瓦琳卡打开屋门。它从咕咕乱叫的母鸡、珍珠鸡和鹅身边经过，看也不看它们，没有目

---

① 根据《圣经》记载，诺亚方舟是诺亚依据上帝的嘱托而建造的一艘巨大船只，以便让诺亚与他的家人以及世界上的各种陆上生物能够躲避一场因神的惩罚而造的洪灾。

的地在院子里转了一会儿后回到凉台上，躲到一个木头长凳下就不作声了。人们想把它从那里拖出来，却根本办不到——只要有人走近它两步以内，它就会痛苦地尖叫，所以瓦琳卡给它放了一个水盆儿，给它撒了点儿弄碎的荨麻和酸模草，禁止家人在凉台上停留，免得吓着孔雀。孔雀逐渐平静下来，从长凳下面走出来，啄了两口荨麻，从凉台一个角落走到另一个角落，就这样走了一整天。晚上跳到凉台栏杆上睡着了，华丽的长尾巴拖到了地板上。

它慢慢习惯了新家，甚至还出了门去散步。它走在路上，东张西望，一直走到了悬崖边上。它在那儿呆呆地站了很长时间，美丽而庄重，头上是雪白的羽冠，身上是沾满了褐色尘土的白羽毛。它看着天上某个地方，有时会叫上两声，叫声刺痛人的心灵。它整年都住在凉台上。瓦诺给它钉了一个大箱子，里面铺上了干草，但孔雀坚决不去箱子里睡。它直到最冷的季节才卧到箱子里，身上披着细心的瓦琳卡给它盖上的一件旧毛毯，闷闷不乐地一声不吭，漠不关心的目光盯着偶尔飞入房檐的雪花。它有时会费力地走进院子，看一会儿院子里飞舞的雪花。它一下子就和厚厚的积雪融为了一体，在乡村背景下显出不合时宜的奢华。然后拍打着被雪淋湿的翅膀，飞回凉台，在栏杆上呆呆地立一会儿，就又钻回铺满干草的箱子里。

运来的其他动物很快习惯了新地方。母牛和母羊产了很多奶，甚至可以把一部分奶做成黄油和奶酪。当然食物的产量很少，只够分给有孩子的家庭。入夏前，村子里的情况得到了改善。菜园和花园都变得郁郁葱葱，醋栗和马林果树变得色彩斑斓，然而这

89

生机带来的喜悦却被担心所压抑：人们害怕旱灾还会回来。旱灾真的回来了，虽然时间没有去年那么长，但像烈火一般更严酷。旱灾是在七月末来到的，比去年来得晚。好在人们已经收割了部分庄稼，这才救了全村人。运来的土豆没有发芽，然而瓦西里家菜园里的几块陈年土豆突然发了芽。这些土豆是上一年的产物，机缘巧合被遗忘在了土里。母亲把这些土豆挖出来，一直藏到了春天，然后种到了土里。第二年村里人靠着盐渍西红柿和黄瓜、浆果、蘑菇、胡桃、榛子、山毛榉等各类食物坚持了很长时间。当然蜂蜜也起了很大作用。感谢上帝！蜂房挺过了大饥荒，村里人得以在酷热到来之前储备了大量蜂蜜。后来到了十月份，等天气凉下来以后，又收获了一些蜂蜜。

　　瓦西里和阿柯普的母亲死在大饥饿开始后的第二个冬天，一直撑到了冬末。她死在了中午时分。她本来是想躺下来打个盹儿，就再也没有醒来。两个儿子都在铁匠铺。瓦西里把阿柯普带去铁匠铺散心，因为他在这一年冬天来临之后晚上又开始失眠。小男孩儿正低头看着哥哥把熔化的金属倒进模具里，突然猛地站直了身子，拉了一下哥哥的胳膊肘。老天保佑！瓦西里居然没有被铁水淋到身上。他正想训斥弟弟两句，但突然闭住了嘴。他看到阿柯普脸色苍白、神情呆滞，张着嘴使劲儿呼吸，拼命想说什么，却什么也说不出来。瓦西里害怕了，担心弟弟在闷热的铺子里窒息，把他抱到了房子外面。阿柯普费力地喘了一会儿气，哭了起来，声音哽咽地说："亲爱的瓦索，天使来接妈妈了。"

　　瓦西里拔腿就跑，慌不择路，长长的铁匠护裙拍打着双腿。

他把阿柯普紧紧地按在胸前,两只胳膊努力把他包裹起来——街上寒风刺骨,他们跑出来时没穿外衣。家里弥漫着令人绝望的寂静,母亲像个孩子一样侧卧着,双手交叠放在脸颊下面。瓦西里把弟弟放到沙发床边上,跪着爬到母亲身边,双唇贴上母亲的鬓角,感受到了母亲死后冰冷的皮肤,然后就痛苦地哭了起来。

在这个寒冷的冬夜里,阿柯普第一次没有在窗前长坐。他在母亲尸体前号啕大哭,哭了一整天,哭得筋疲力尽,晚上突然发起了高烧。被喊来帮忙的雅莎曼想把他抱回家照顾,但他不同意,喊着:"我就在这儿,我不走。"雅莎曼脱下他所有的衣服,用桑葚酒给他擦遍全身,把他包在羊毛被子里,给他喝了点山茱萸煮的草药,让他发了汗。之后又给他擦了桑葚酒,等到确认体温确实降下来以后才回了家,并且答应第二天早晨再过来。晚上,阿柯普把滚烫的额头贴在哥哥肩膀上,承认他早就知道母亲会死在冬天。

"所以我每天坐在窗户旁,看着他们都飞去了哪里。要是我留在家里就好了……要是我没跟你去铺子里就好了……"

"那你能做什么?"

"我会求天使不要带走她。"

"天使不会听你的。"

"说不定会听呢。"

阿柯普从那天起就没有坐在窗户旁守夜。当瓦西里小心翼翼地问他为什么这样时,他回答说:"现在已经不用再担心了,因为家里不会再死人了。"

91

第二个冬天不像前一年那么令人绝望，不过仍有很多人去了另外一个世界。很多人去世并不是因为饥饿，而是因为吃了很长时间的粗劣的食物导致的营养不良病死的。那年冬天瓦西里和阿柯普失去了母亲，雅莎曼和霍夫汉内斯失去了儿子和两个孙子，马格塔西奈的父母则失去了三个女儿。彼得洛斯家里只活下来两个孩子：十八岁的马格塔西奈和十岁的舒沙尼克，后者在春天到来之前奇迹般地战胜了重度肺炎活了下来。被悲伤击垮的彼得洛斯大方地请瓦西里把阿柯普送到他们家生活，解释说五六岁的小孩需要女人的照顾和关心。但瓦西里礼貌地感谢后拒绝了，说他们能照顾自己。他没有提起结婚的事。整个村子都在守孝，怎么能举行婚礼呢？但未来岳父自己提起了这事儿："我们再等一年。如果我们能熬过这个冬天，你们下一年春天就结婚。"

　　马格塔西奈那时已经长成了一个真正的美人。她身材纤细，眼睛和头发都是乌黑色的，个子很高，只比瓦西里矮一点，但长得很漂亮：高高的额头，秀气的鼻子，脖子很纤细，手脚也很修长。她和未婚夫在一起时并不腼腆，相反视线从不离开他。她和她的母亲每周去未婚夫家里做一次客，帮着收拾家务和做饭。有次她和未婚夫单独在一起待了很长时间，最后允许他握了自己的手，亲了自己的脸颊。这是她在结婚之前唯一的一次不合传统的行为。马兰村的规矩十分严格：姑娘们出嫁时必须是处女，不允许接吻；寡居的妇女很少会再嫁，会终生为丈夫守孝。

　　每逢星期日，瓦西里和阿柯普会回访马格塔西奈，去她家做客。他们总会带一些礼物，要么带点草莓，要么带点蘑菇，要么是五六个青苹果。马格塔西奈的母亲每次都非常勉强地接受了这些谦虚的礼物,她眼中充满泪水,因为村里的每一粒食物都是按量分发的,极其珍贵。饥饿抹平了富人和穷人之间的差异,就好像在执行末日审判一样,满脸蔑视地在坟墓边把所有人排成一行,带着一种不加掩饰的满足感对他们大肆嘲弄:一会儿用高温把出土的庄稼烤焦;一会儿不停地浇下大雨,把田野变成无法通行的沼泽;一会儿又升起了乌云,降下鸡蛋大小的冰雹把果树上纤弱的花朵打碎。食物极其匮乏,人们很长时间没见过肉食了。森林里剩下的动物已经很少了。那些躲过干旱的动物去年冬天大部分被猎杀了。数量不多的动物躲过猎枪后藏进了密林,轻易不会探头。但毫无疑问,生命终究还是占了上风,正从大饥荒的魔爪下一点点夺回村庄。冬天时作为救济物资运来的家畜生下了幼崽儿,家畜的数量几乎翻了一番。在春天时瓦琳卡的院子里跑满了半岁的鸡崽儿和鸭崽儿,到冬天就长大了。母猪也出人意料地下了崽儿,总共生了十二只长着厚毛的毛茸茸的小猪。人们看到这些猪崽后,都不禁哎呀大叫,连连咂舌:这些从北方运来的毛皮光滑的腰部雪白的小猪怎么能生出和它们完全不一样的幼崽儿呢?

  大饥荒持续了三年时间,留下了一片公墓,那里长眠着许多马兰村的人,还有一个弥漫着无尽悲痛的村庄。

  如果瓦西里偶尔想感受一下自己早已忘却的幸福,他会小心地屏住呼吸,绕开那些曾给他带来无穷无尽心理创伤的痛苦回忆:父亲的死、母亲的死、弟弟的死、马格塔西奈的死、三个差不多同龄的儿子的死。他会回想更遥远的时光。那时夏季的原野无边无际,高耸的树冠直插云天。他会回忆小时候的情景。五岁的他坐在奶奶阿鲁夏克的膝盖上。奶奶用干枯的手掌抚摸着他的头,给他讲童话故事。他会想起母亲。母亲年轻、漂亮,肩上扛着铜罐从泉边走来。她担心摔倒,小心翼翼地走着,低头看着脚下。当她看到儿子时,脸上会绽开灿烂的笑容。他会想起父亲。父亲的头发早早就白了,但人却显得年轻、健壮,睫毛和眉毛被铁匠铺的炉火烤得焦黄。有时,在傍晚时分,当院子里凉意袭人时,父亲会从铁匠铺里走出来,休息一会儿。父亲会背靠着石墙,给瓦西里讲述家族的历史。讲述他的母亲如何奇迹般地躲过大屠杀,带着四个孩子跑到了这里;讲述失踪的阿尔沙克-贝克是多么的高尚,收容了他们这个不幸的家庭;讲述邻居乌南是如何恶劣,不让他们家一点点儿偿还黄油,而且还给阿鲁夏克起了个侮辱性的绰号"库达姆"。

"所以我们就叫'库达曼茨',孩子。"父亲总是一成不变地这样结束自己的讲述,"这个名字是从'库达姆'这个词来的,意思是'会给的'。"

第五章

　　阿娜托里娅第二天没有死，第三天也没有死，第四天出血则完全停止了。她耳朵里仍嗡嗡作响，浑身的不适像波浪一样翻来覆去地折磨着她。她有时太难受，只能扶着墙，小心地滑到地板上坐下，闭上双眼，撑过突如其来的头晕。除了身体酸痛和小腹剧痛外，双手也经常感到麻木：她从桌上拿起茶，惊讶于茶水为什么这么快就凉了。喝了一口才发现，茶还是热的，只是自己的手指头没有感觉了。她没有惊慌失措，更没有因为身体状况而打算做傻事，而是继续平静地做着家务。当雅莎曼发现她坐在院子里的地上惊慌失措，继而盘问她时，她撒谎说是因为吃了发酵过劲儿的白菜而吃坏了肚子，说这些白菜是去年腌的，她没舍得扔。雅莎曼摸了她的脉搏，量了心跳以后，赶紧让她喝了治疗胃病的草药和用樱桃李、山茱萸熬的糖水。阿娜托里娅第二天觉得自己好了一点儿，但仍觉得浑身酸痛无力，仍然头晕得厉害。

　　唯一让她感到不安的并不是身体上的痛苦，而是瓦西里要搬过来了。她没有力气去找他道歉并且拒绝他，所以她请霍夫汉内斯替她去找瓦西里。霍夫汉内斯开始很不乐意，但最后只能同意了。

但当他发现已经来不及做这件事时,忍不住高兴起来。因为当天晚上,未婚夫在堂姐的陪伴下来到了她家。未婚夫穿着新衣服,扛着修好的镰刀,端着一摞刚烙好的玉米饼。萨特尼克郑重其事地托着一盘刚从果园里摘下来的草莓。一只浑身雪白、体型高大的坎普尔犬[①]赶着一头母山羊、两头已经成年的山羊和两头温顺的绵羊走在他们后面。几头羊一边杂沓地走着,一边各自咩咩叫着。最后压阵的是一头老得半死的公山羊。它的一只角断了,一只眼睛有白内障。

阿娜托里娅刚从地窖里拿了点儿黄油回来。她看到这些客人后不由得退后一步,用手扶住了楼梯栏杆,没有转身,小心地弯下腰,把黄油盘子放在最下面的楼梯上。

"晚上好啊!新娘子。"萨特尼克和她打着招呼。

"说好是明天搬过来的吧。"阿娜托里娅含糊不清地说道。

"你扶一下栅栏门,我们把羊赶进去。"瓦西里没听清她说什么,请她帮下忙。

阿娜托里娅走向大门口,脑子里疯狂地思考着,如何才能摆脱这个尴尬的局面。但她什么办法也没想出,只能手忙脚乱地打开了院门,看着一群家畜推推搡搡地走进院子。瓦西里把一个装着东西的包袱放到墙边,把盛着温热的玉米饼的托盘递给她,就胸有成竹地把牲畜都赶进了羊圈里。羊圈已经空了半年了,因为阿娜托里娅的几头母羊生病了,冬天时就已经死了。她想在入秋

[①] 亚美尼亚狼狗,是一个本地犬种。

前再养几只羊,已经和雅莎曼说好了,从她那儿要一只小羊羔。等羊羔长大一点,能离开母羊生活了,就牵回自己家里。坎普尔犬把羊群赶进羊圈,然后跑了回来,把潮湿的鼻子伸到阿娜托里娅裙摆下面闻了闻,然后抬起毛茸茸的大脑袋,简短地叫了一声。

"它这是认可你了,"萨特尼克笑了起来,"亲爱的帕特罗,这是你的新主人。"

阿娜托里娅机械地用手抚摸了一下帕特罗的头,挠了挠它的耳朵后面。

"不是说好了明天才搬过来吗?"阿娜托里娅看到瓦西里把羊圈门锁好,正要把修好的镰刀放进地窖,于是又冲他问了一次。

"是吗?"萨特尼克有些奇怪,"我弟弟说,你跟他说了,后天就搬过来吧。"

"我说是两天之后。"

"那看来是他理解错了。那么,亲爱的新娘子,我是继续在墙这儿站着,还是你邀请我进家里坐坐?"

"当然,请您进来。"阿娜托里娅突然明白过来。

"把东西放下吧,瓦西里会自己拿进来的。"萨特尼克向楼梯走去,"可别忘了拿黄油。要不帕特罗一口就吞下去了。是不是啊,亲爱的帕特罗?"

帕特罗汪了一声,摇起了尾巴。

"它在哪里睡啊?在羊圈里吗?"阿娜托里娅问道。

"它自己的窝里。我弟弟回头拿过来。"

瓦西里走出地窖,把地窖门仔细关好,用指头严厉地指了下帕特罗。

"不许来这里,明白吗?"

帕特罗哀嚎起来,低着头,迈着小碎步走向男主人,粗大的狗爪子可笑地来回倒换着。

"我昨天把一整块儿低盐奶酪放在家里,忘了藏好。过了一秒钟回来一看,它把奶酪全给偷吃了。"瓦西里看到阿娜托里娅好奇地望着他便解释说,"明天我给地窖门加上一个门闩,不让它到里面去。屋门也要加一个门闩。"

阿娜托里娅把盛着玉米饼的托盘捧在胸前,默不作声地走上楼梯。她还有些头晕,两条腿发软,不听使唤。脑子里乱哄哄的,什么念头也没有。她只有一个问题一直停在嘴边没提出来:"为什么?"她与其说是想问瓦西里和萨特尼克这个问题,倒不如说是想问自己。如果是她自己把事情搞砸了,那关他们两人什么事?"我招待他们喝点儿茶,吃点儿东西,就让他们回去吧。"她终于做出了决定。

萨特尼克从楼梯上拿起阿娜托里娅忘记的黄油,走进厨房,用围裙边儿擦了下黄油盘子底部,把它放在桌子上,然后坐了下来,用一只手撑着爬满皱纹的脸。瓦西里在帕特罗面前把屋门关上,对它说:"去院子里跑会儿,你这个不要脸的家伙。"然后把东西都放到了走廊上。他犹豫了一秒钟,看样子是想问把东西放在哪里,但挥了下手,就把东西挂在了沙发床的扶手上。回头再归置吧。阿娜托里娅趁着客人们在忙活,打开了炉门,爬到橱柜上去拿火柴。这时阿娜托里娅突然感到头晕,浑身无力,尽管顺势倚靠在壁炉外墙上，没有直接摔到地上，但仍身子一歪重重地撞到壁炉上，失去了知觉。

她醒来时已经躺在床上，闻到了强烈的药膏味儿，这是雅莎曼涂到她鬓角上的药散出的气味儿。萨特尼克坐在床边，在给她按摩双脚，正使劲儿地按压脚趾肚儿上面的位置。隔壁房间里霍夫汉内斯正在和瓦西里说话。她努力听了半天，只听到了片言只语："她病了三天了，我妻子怎么也搞不清她是怎么回事。""我搬家搬得不是时候。""恰恰相反，晚上得有人照顾她啊。"

"如果她到明天早晨还不见好转，我就往山下发电报，让他们把救护车派上来。"萨特尼克小声说道。

"别打扰我。"阿娜托里娅想提出请求，却没有发出声来，只是长长地呻吟了一声。

"什么？"雅莎曼朝她弯下身子。

阿娜托里娅想看她一眼，眼皮却像灌了铅一样沉重。她闭着眼睛，一只手乱摸着，抓到了朋友的手指后虚弱无力地握住。

"不要。"她低声说道，"不要。"

屋外响起了帕特罗响亮、凶狠的叫声。萨特尼克小心地把阿娜托里娅的双脚放到床单上，站起身，飞快地迈着小碎步走到窗前，冲院子里严厉地晃了几下手指："住嘴，你这只贫嘴狗。否则把你拴起来。"帕特罗朝她奔过来，却没注意脚下的路，猛地撞到一个接雨水的桶上，把桶撞翻了。狗被桶里微臭的水淋了一身，一下子愣在那里。桶在地上滚动着，发出敲鼓一样的巨大声音，撞到了木头围墙上，惊得鸡鸭都不安地叫起来，羊圈的羊也有些骚动。隔壁响起了匆忙的脚步声,那是瓦西里被响声惊动,急急忙忙走到院里,看发生了什么事。

跟这些人在一起,连安安静静地死都办不到。阿娜托里娅脑子里刚想到这些,身体就突然轻松起来,一下子就睡着了。她睡得很沉,第二天中午才睁开眼睛,是被帕特罗的叫声和跑步声吵醒的:它正沿院墙跑着,沉重的爪子踩踏着小草,对着五月份很少见的蒲公英绒球汪汪叫着。到六月份,等大片的杨树也开花以后,满天飞舞的蒲公英绒毛和杨花会像雪花一样落下。

阿娜托里娅的连衣裙被整齐地叠好,放在椅子背上。她穿好裙子,系好所有扣子,低头找鞋子,却没有找到。她小心翼翼地起身,感觉身子出乎意料的轻快,一点也不沉重。腰也不再酸痛,呼吸轻松了很多。她深吸了一口气,慢慢地呼出,感觉头还有些眩晕,但很轻微。厨房里的餐具在叮当作响。显然,是雅莎曼在做饭。阿娜托里娅来到客厅,看到沙发床还没有收起,应该是有人晚上为了照顾她,在这个房间里过夜了。长长的走廊里地板吱嘎作响。走廊被窗外的阳光照得明晃晃的。沿走廊直行,再向右转就是厨房门。她走得很慢,脚掌感受着被太阳晒得暖暖的地板,眉头却因为脚下的尘土皱了起来。已经四天多没有打扫房间了,得打起精神来,先打扫一下房子了。明天有力气的话,再用墩布把全家拖一遍。厨房的门是大开的,窗户上的印花布窗帘被穿堂风吹得飘来荡去。瓦西里坐在桌边,正眯缝着双眼,嘴里咬着已经熄灭的烟斗,笨拙地握着刀子,给一个变软的小土豆削皮。

瓦西里马上站了起来,想把她扶到椅子上。但阿娜托里娅做了个手势，意思是我不需要帮助，我自己来。

"我去给你拿鞋。雅莎曼昨天把一瓶子药酒撒到鞋子上了。只能洗了一下。等着晒干呢。估计已经干了。"

他走到凉台上，回来时手上拿着一双鞋。他弯下身子，把鞋子放在地板上，有些喘息。

"我帮你穿上吧。"

"我都没力气穿鞋了吗？"阿娜托里娅生气了。

"听你的。"瓦西里没有坚持，又拿起了削土豆皮的刀子，"雅莎曼早上过来看了一趟。听了你的心跳，说你好多了。她让我把土豆皮削了，把炉子生起来。这不，我正努力削皮呢。"

"谁在隔壁房间过的夜？"

"我。我去看了你几次，听了听你的呼吸怎么样。你的呼吸很微弱，我只能把耳朵贴到你嘴唇上。"

阿娜托里娅用手掌在脚底搓了一下，把沾在上面的脏东西搓掉，穿上了鞋子。如果以前，当一个男人睡在她隔壁，晚上还进了她的房间，她肯定会觉得不好意思。现在她已经被病痛折磨得无可奈何，只是态度有一点冷淡罢了。态度的事可以以后再说，现在得赶紧打消瓦西里搬家的愚蠢想法。她鼓起勇气，对瓦西里说："你得搬回自己家里去。"

瓦西里把一个削好的土豆丢进盘子里："为什么？"

"我们在做蠢事。"

"可能是做蠢事吧。但你为什么还要再说蠢话呢？"

阿娜托里娅看到他眼里的讥讽，生气了："你什么意思？什么叫我说蠢话?"

"对我们这个年龄的人来说,不能总是变来变去的。我们既然已经住到一起了,为什么还要分开?人们会怎么想我们?"

"对我们这个年龄的人来说,不用再担心别人怎么想了。"阿娜托里娅学着他的口气说。

瓦西里从鼻子里哼了一声,把烟斗从一个嘴角挪到另一个嘴角,站起身,把刀子当的一声放在阿娜托里娅面前的桌子上:

"既然你这么能说,那自己干吧。我去给炉子生火。"

阿娜托里娅耸了一下肩,拿起了刀子。

雅莎曼和霍夫汉内斯来看他们时,正好赶上了这一幕赏心悦目的家庭场景:阿娜托里娅嘴唇紧紧地闭成一条线,正在削土豆皮;瓦西里则跪在地上,往炉子里吹着火。瓦西里看到邻居们来了以后,站起来朝霍夫汉内斯伸出右手:"下午好!"

"你也下午好啊!邻居。"

雅莎曼把盛着放凉的斯巴斯汤[①]的锅放到桌上,走到阿娜托里娅跟前。

"我们来看看你怎么样了。坐直了。看着我的手指尖。"

阿娜托里娅老老实实地照做了。雅莎曼把手指立在阿娜托里娅的脸旁,把手指从右移到左,又从左移到右,仔细观察着她的眼睛,随后轻松地长出了一口气:"你的眼球没有跳动。头晕应该是好了。"

---

① 一种亚美尼亚汤,主料为麦子粒和酸奶,夏季放凉喝,冬季加热后喝。

"是的，好点儿了。"阿娜托里娅表示同意。

"我给你熬了点儿蔷薇果和薄荷，等着晒凉呢。我待会儿给你拿过来。你今天一天都要喝这个汤。瓦诺今天要杀一只羊，答应把羊肝和羊心给我。我把羊肝、羊心和洋葱焖一下。今天你还得吃这个。不要皱眉头。既然生病了，那就得治。"

阿娜托里娅叹了一口气："我挺好的。我的血压显然是下降了，这事在每个人身上都会发生。我现在头疼的是，我想把瓦西里打发走，但他不同意。他说，我们年纪都这么大了，为什么还要再丢次脸，东西已经搬过来了，还要再搬回去。"

瓦西里一脸平静，就好像两人谈论的事情与他无关一样。他把炉门打开，用火钩子把炉子里的木柴翻动了一会儿，让炉火烧得更均匀。

"什么叫把人家打发走？我们已经决定了要给你们庆祝一下这个……嗯，喜事。"霍夫汉内斯的话里透着一股高兴劲儿，"在我们院子里支一张桌子，大家坐一下。萨特尼克已经通知全村人了。她正想着如何做婚礼用的果仁馅饼呢。"

"什么果仁馅饼啊？！"阿娜托里娅吓了一跳，"你们会让我们被大家笑话的！"

"就是普通的婚礼果仁馅饼啊，用核桃和蜂蜜做的，里面放一个硬币。谁吃到这个幸运币，谁就是下一个结婚的人。"霍夫汉内斯说到最后，哈哈笑了一声。

阿娜托里娅定定地看着他："你们在搞什么啊！你们是不是疯了？"

"你说什么啊！说话注意点儿。"

"能跟你们好好说话吗？"

"不是能不能的问题，是必须好好说话！"

当阿娜托里娅和霍夫汉内斯拌嘴的时候，雅莎曼把削好的土豆在水里涮了一下，把一个平底煎锅放到炉子上，往锅里放了一勺黄油。她等黄油化开以后，把刚刚切碎的土豆放到锅里，立刻用锅盖把煎锅盖上了。

"霍夫汉内斯，你们去菜园里揪几棵菜来。奶酪也拿一点儿过来。等土豆煎好了，我们就吃饭。"她对丈夫说道。

"菜园子昨天没有浇水。"阿娜托里娅想了想说道。

"我早上就浇过了。"瓦西里硬邦邦地甩下一句话，朝门口走去。霍夫汉内斯不满地嘟哝着，跟在他后面也走了出去。

雅莎曼等男人们走出屋子，拉了把椅子坐到她跟前。

"你干什么要耍脾气？"

"我不想和他一块儿过，所以耍脾气。"

"你想老了连个伴儿也没有吗？"

"有伴儿还是没伴儿，有什么区别吗？反正都是老呗。"

"既然没有区别，那你犯什么犟呢？"

阿娜托里娅用手敲了下桌子："我不是犯犟。我就是不喜欢这样。"她生气地屈指数了起来，"我不喜欢他这么快就搬了过来，不喜欢那只老是叫的狗，不喜欢羊圈里的那些羊。他把它们赶过来之前都不问我一下，好像他才是这个家的主人。"

"那他应该怎么办呢？"

"我也不知道。起码要问我一下能不能搬过来吧。"

"我们村子的男人什么时候问过我们同不同意?"

阿娜托里娅把身子靠在椅背上,疲惫地用手擦了擦眼睛。

"应该一开始就不同意的。"

"既然已经同意了,那现在生气还有什么用?"

"这个事我能反悔吗?"

"要是答应了以后再反悔,那叫什么事儿啊?"

阿娜托里娅不知道怎么回答。雅莎曼站起身,把斯巴斯汤倒进几个盘子里,切好了面包。她用木勺把土豆翻了个儿,撒上了盐。阿娜托里娅生气地紧闭双唇,看着雅莎曼忙活着。她不明白,为什么她的朋友不仅不支持她,反而劝说她接受现实。

雅莎曼察觉到她眼里的不高兴。

"亲爱的,你要是知道孤独终老有多痛苦,就好了。"她拖长声音,话里透着悲伤。

"我知道的。"阿娜托里娅有些沮丧。

"既然你知道……你也看到了,我们过得怎么样。我们都在等死,等着一个又一个的葬礼。我们往后还有什么呢?既没有光明,也没有希望。你为什么要拒绝别人,为什么不让别人能够幸福一点儿呢?哪怕你不关心自己,也要考虑一下他吧。"

凉台地板吱吱嘎嘎地响了起来,这是霍夫汉内斯和瓦西里从菜园里回来了。帕特罗无精打采地跟在他们后面,不停地委屈呜咽着。

雅莎曼往窗户外看了一眼,问道:"它为什么老是叫呢?"

"想吃奶酪了。我给它掰了一块儿,它嫌少。我真是鬼迷心窍了,老了还养只狗。是萨特尼克让我养的。'养吧,养吧。'"瓦西里惟妙惟肖地学着堂姐说话,"说什么,养了狗,你就不那么孤单了。"

"你这个姐是有点事儿多。一会儿给你找只狗,一会儿又给你找个老婆。"

瓦西里笑了起来,有些不好意思。他掰下一块儿奶酪,扔给帕特罗:"好了,就这么多了。"

狗一眨眼就把奶酪吞了下去,想再呜咽几声,再给自己要点奶酪,但看到主人严厉的目光后,知道再纠缠下去也没有用,就两步跳下台阶,跑到院子里追鸡去了。

大家安安静静、心平气和地吃着午饭。他们很少说话,说的也都是些不重要的事情。但阿娜托里娅从餐勺的叮当声、从请求递面包或切块儿奶酪的话语中、从发干的面包皮和喝水声中体会到了一种久违的感觉。这种感觉平淡、熟悉,然而却让她第一次感觉到生活不仅是一种理所当然的存在,而是上天的恩赐。她偷偷地把目光从雅莎曼转向霍夫汉内斯,又转向瓦西里,捕捉着他们每一个从容不迫的动作,心底里应和着这些动作。她觉得奇怪,为什么以前没有发现自己和周围一切的这种必然的联系——无论是和周围的人,还是和院子里的鸡鸭以及古老墓园里那些石头的联系。"没有天堂,就没有地狱。"阿娜托里娅忽然明白了,"幸福是天堂,痛苦就是地狱。上帝之所以无处不在,并不只是因为他是万能的,还因为我们的主就是那无数条看不见的线,把我们紧紧拴到一起。"

饭后她顺从地喝下雅莎曼端来的蔷薇果茶,躺到了床上,一觉睡到了傍晚。当她醒来时,散发着五月草场气息的畜群已经伴着余晖从牧场回村了。畜群沿着弯弯曲曲的村路蹒跚而行,到每家的门口都停一下,畜群变得越来越小。当阿娜托里娅走出屋门时,瓦西里刚刚把自己家的几只羊领回来。他和牧人按着惯例聊了几句后,就赶着羊去了羊圈。他看到阿娜托里娅站在凉台上,就放慢脚步,抬起嘴角冲她笑了一下。阿娜托里娅直到现在才看清他那双刚毅灰色的眼睛。她把胳膊肘撑在栏杆上,拘谨地朝他点了下头说道:"我去挤奶。你往羊圈里拎点水吧,挤奶前先给它们洗一下。"

"我自己挤就行了。萨特尼克教过我了。"

"她教你挤奶了?"

"是啊。"

"怎么样?好挤吗?"

"母羊们暂时没什么意见吧。"

阿娜托里娅把脸埋在双掌中,忍不住笑了起来。

"你去拎水吧。今天你得自己来挤牛奶了。我在旁边看着。"

第二部

给讲述的人

第一章

　　瓦诺家的房子坐落在马尼什卡拉山右山坡的悬崖边上。地震时悬崖裂开，一部分山体轰然落入深涧，仅在山崖边留下一块凸出的山体，而他们家的房子就矗立在这块山体上。房子周围钉着坚固的栅栏墙，有一个宽大的果园，还有一个菜园和几间坚固的小配房。地震时周围的房子都掉进深涧中，而瓦诺家不仅房子完好无损，所有的财物也都得以保全，甚至连堆在围墙外等着劈成柴火的木头都没有损失。马兰村人打破脑袋也没想清楚，这到底是怎么做到的。

　　瓦琳卡相信，上天之所以保全他们家，并不是出于怜悯，而是因为一不小心忘了他们家。显然，当上天用死亡之手划出那条线，把全村人的生与死分开时，因为某个原因分了下心，划线的手绕过了他们家。瓦诺则和妻子不同，他不相信有什么超自然的力量。相反，当他听到妻子唉声叹气地哭着数落，回想着地震时的情景，说他们家当时也有可能轰然一声掉进深涧，变成一堆碎土时，就变得愤怒异常。

　　"还不如直接死了省心呢！"他生气地打断了妻子的唠叨。

瓦琳卡感觉受了委屈，"哎呀"了一声，一只手抓住了胸口。瓦诺砰地关上了门，去了花园里。花园边儿上长着一棵歪歪扭扭的老樱桃树，树下有一个长凳。长凳很小，两个成年人坐不开，一个人坐也不方便：长凳的一条腿腐烂后断掉了，所以只能坐在另一边，免得长凳翻倒。

瓦诺喜欢在老樱桃树下坐着，回想死去的亲人们，他能一直坐到星星布满天空。他的母亲是阿尔沙克-贝克的妹妹。阿尔沙克-贝克在20世纪初，新政权推翻沙皇后跑到了国外。母亲的祖父列文-贝克是卢西尼家族东部贵族分支的后代（他总是骄傲地强调，家族的远祖是莱翁·卢西尼六世——奇里乞亚王国的最后一位骑士、宝剑勋章骑士及耶路撒冷的管家）。他反对孙女嫁给一个平民。但瓦诺的母亲是个有主见的姑娘，在贵族女子中学上学时接受了许多平等婚姻的思想以及女子参政运动的倾向，没有屈从于祖父的意志，而是和一个农家小子交往起来。当然，这个农民的家境还算富裕，但终究还是农民出身。她很清楚，家人们肯定不会同意这桩不平等的婚姻，所以就和心爱的人一起私奔，跑到了山下。等她确信已经怀孕后，才回到了山上。

列文-贝克因孙女的执拗而暴跳如雷，发誓这辈子永远再不和她来往。祖父以一种独特的方式信守了自己的誓言。母亲讲述过，她回到祖宅后，直接来到祖父的书房里。他一生大部分时间都在这个书房里读书和写字。她趴在地板上，把头放在祖父的膝盖上。祖父默不作声，用因年老而无力的手掌抚摸着她的头发，每一次手掌的碰触都像是在给她祝福。母亲那时即将临产，近一个月来呕吐得十分严重，深受其害。但母亲在与祖父独处的那段时间内出人意料地安静下来，甚至还能吃上一点东西，而平时只要一闻到食物就会呕吐不止。祖父最后也没和孙女说一句话，就这样走了，却把一幅手绘的莱翁六世的画像作为遗产留给了她。画像上莱翁六世身着十字军骑士盔甲，背后飘扬的旗帜上绣着卢西尼家族白蓝相间的族徽。这可能是对孙女的教诲，也可能是一种责备。母亲则不愧是祖父的好孙女，神色如常地把画像挂到客厅中最显眼的地方，不仅在画像下面摆上花瓶，而且花瓶中的花永远都是新鲜的。

哥哥在新政权上台后被迫逃往海外。她和哥哥离别时痛苦万分，显然从心底里已经明白，这辈子他们再也见不到了。哥哥逃跑后，没有人去迫害她，她自己也小心行事，从不到当时被抢劫一空后国有化的家族庄园里去。她愤怒地拒绝了丈夫提出的把画像付之一炬的建议，把那位帝王祖先的画像从墙上摘下来，把它放到了阁楼里。

"我不会毁掉祖父留给我的唯一纪念物。"她打断丈夫的话，把画像藏到一个盛着各种无用家什的大木箱子后面。画像后来就一直放在那里，布满了苍蝇粪、灰尘和蜘蛛网，注定被后代子孙无视，让其在"百年孤独"中绝望地受潮、褪色。

她为了彻底掩盖自己的贵族出身，不让新政权对其耿耿于怀，改了丈夫的姓。这在马兰村是从未有过的事情，因为当地的姑娘们出嫁后从不改姓，从不脱离自己的家族，永远是家族不可分离的一分子。村里人都对瓦诺母亲姓氏的秘密守口如瓶，私下里却把她的丈夫称为"梅利康茨①的女婿"。所以人们都称呼瓦诺家族为梅利康茨(公爵家的孩子)。

梅利康茨·蒂格兰是瓦诺的大孙子,也是唯一的孙子。他出生在"诺亚方舟"动物来到村里的那一年,是唯一出生在大饥荒年代并且从饥荒中活下来的婴儿。瓦诺记得孙子出生的那天早晨的每个细节。儿媳妇被分娩的痛苦折磨了整整十个小时,到黎明前生下了一个男孩儿。男孩那么小,那么瘦弱,他的一只手掌就能托起男孩儿的身体。儿媳妇第二天就死了,不仅是因为分娩时的疲惫和出血,还因为饥饿已经让她极度虚弱。于是照顾新生儿的重担就落在瓦琳卡肩上,而那时她刚刚埋葬了自己的两个小女儿。

蒂格兰出生的那天早晨,那只白孔雀第一次走到悬崖边,坚定地、一动不动地站在那里,就像在站岗一样,直到晚上才回家。它筋疲力尽,背上和翅膀上脱了毛,随后的一个月时间内也一直在脱毛。瓦琳卡每天都能从凉台角落里扫出一堆孔雀羽毛。她把羽毛放在袋子里,想以后挑选一下,用这些羽毛给新生儿缝一个褥子。整整一个月时间,新生儿都在生与死的边缘徘徊,但最终摆脱了死神,开始慢慢康复。脱去旧毛的孔雀慢慢长出了新的茸毛。茸毛很轻柔,就像新生儿的呼吸一样没有重量。没有人注意到这个奇怪的巧合。直到有一天瓦琳卡好不容易找到时间,打开扎住袋子口的绳子,发现里面没有孔雀羽毛,只有一堆很像草木灰烬

---

① 梅利康茨来源于亚美尼亚语"梅利克"一词,意思为公爵。

的碎屑。她抓了一把碎屑，凑到眼前仔细观察。灰烬比尘土还要轻，像太阳下的白雪一样闪闪发光，散发出肉桂和桃仁的味道。瓦诺叮嘱妻子不要把这件事告诉别人，不光因为担心别人把他们当成疯子，而且因为他自己也解释不清这到底是怎么回事。他把盛着灰烬的袋子埋到围墙下，不知为什么用枯死的树枝匆忙编成了一个十字架，把它插到了土里。没想到枯死的树枝却活了过来，长成了一棵歪歪扭扭，却能产果子的樱桃树。瓦诺费尽心思想把它的树干矫直，但樱桃树却顽固地扭曲着身子，把树枝弯向在地震中崩裂的马尼什卡拉山山坡，夏天把血红的果实撒向悲伤的深涧，秋天则飘下片片深红的落叶。

蒂格兰小时体弱多病、神经衰弱，晚上睡不着，总是不住声地啼哭。他五岁时身体才强壮起来，开始说话，但在很长一段时间内只会说些简单的话语，比如我想喝水、我要面包之类。祖父和祖母在大饥荒年代失去了所有孩子，所以对他十分宠爱。瓦琳卡从不放心让他一个人待着，哪怕去邻居家做客也要带着他。当女人们一边忙着手里的活计（有的拿着绷子在绣花，有的用织针在织毛袜子，有人织补衣服上的破洞），一边小声地聊着事情的时候，蒂格兰就在旁边玩着木头小兵或石子儿。瓦琳卡傍晚做家务时，会把孙子交给丈夫。祖父会带着孙子去菜园里除草，把鸡鸭赶进笼子，然后长得同样消瘦和高挑的爷孙俩会坐到小樱桃树下的那张长凳上。瓦诺会给孙子讲故事，有他想出来的故事，也有真实发生的事情。蒂格兰用小拳头支着脸颊听着祖父讲故事。他长得白白净净、身体虚弱。如果用手摸一下他的后背，能用指头摸出突出的椎骨。当男孩儿在院子里跌跌撞撞地跑着,哪怕当鞋尖踢到小石头,快要摔倒、擦破鼻子时,爷爷和奶奶都像两个雕像一样一动不动,紧张地注视着他的一举一动。每次当男孩儿被绊了一下,瓦琳卡忍不住要扑过去扶住孙子时,瓦诺则恰恰相反,不仅站着不动,而且会生气地拉住妻子的胳膊肘:"不能扶,让他摔打摔打。男孩儿就是要自己摔倒后自己站起来。"在这种时候,那只孤僻成性,对周围事物一向漠不关心的孔雀会突然飞到栏杆上,一边一眼不眨地看着男孩,一边不安地"呱——呱——"叫着,顶着雪白的庄严羽冠的鸟头跟随着跑动的男孩儿转来转去。蒂格兰是它唯一感兴趣的事物,其他的一切对它来说仿佛根本就不存在。

　　瓦诺怀疑孔雀并非随随便便才来到这个村子的,它如果不是身怀重大使命,那也是有着某个目的。有次他把时间往前倒推,把日期排列后发现,载着家禽的卡车来到村里的时间恰恰是儿媳妇告诉他自己怀孕的那一天。瓦诺是个思维正常的人,对所有无法解释的现象都持怀疑态度,于是试图找出对这些事情的合理解释。但他没有成功,只能扫兴地挥了下手,认可了这世上有些东西是无法用语言来解释,人类智慧也无法理解的。他猜到孔雀的出现与蒂格兰有某种联系,但什么也没有告诉妻子。否则她又该"哎呀"一声,抓住胸口,做出各种猜测,然后去惊扰左邻右舍了。马兰村人虽然都很明智,但他们相信解梦和各种征兆,听到这个消息后无疑会时不时地来瞅一眼孔雀,惊扰得孔雀坐立不安,就像孔雀刚到村里的时候,全村人都震惊于孔雀的高傲美丽,挤在院子里，一边咂着舌头，一边等孔雀放松注意力，走到距它两步以内的距离时，想要抚摸一下它华美的羽毛。

瓦诺对孔雀十分尊重，所以决定用力所能及的方法表达对它的感谢：在凉台上铺了毯子，给凉台栏杆安上了三根栖木，让它能更轻松地爬上栏杆，吩咐妻子往它的食盘里只撒些精选的麦子和葡萄干，每天亲手给它换几次小壶里的饮用水。但孔雀根本不关注这些事情。它不大喜欢吃东西，总是嫌弃地刨着食盘里的粮食，对那些栖木视而不见，费力地拍打着翅膀，直接飞上栏杆，停在栏杆边上，用失神的眼光盯着下面乱走的鸡鸭。

瓦诺坐车去了趟山下，花大价钱买了一只母孔雀回来。当然，不是白孔雀，是一只花孔雀。山下根本没有人养白孔雀，就连花孔雀也只有三只。他小心翼翼地把母孔雀放到凉台上，但白孔雀连看都没看母孔雀一眼。母孔雀走过花花绿绿的地毯，在食盘里啄了几口，喝了点儿水，就走到院子里，和母鸡、火鸡打成了一片。瓦诺仔细地观察了半年时间，确信白孔雀对母孔雀没有丝毫兴趣，就又去了趟山下，想把母孔雀退给原来的主人。那人勉勉强强同意收回母孔雀，但只同意返还一半的钱。

瓦诺并不担心钱的问题。他唯一担心的是，他做的这一切是否足够向孙子的救星表达谢意。瓦诺从未怀疑，蒂格兰是由于孔雀的原因才活下来的。孔雀对他的关心不屑一顾。它除了蒂格兰之外，对任何人都从不关注。它通常是静悄悄的、冷冷的，但有时会走到深涧边，向天上发出令人心碎的忧伤叫声，就好像请求允许它返回无故被放逐前的地方。它的叫声传不到天上，只能悻悻回家,长长的雪白尾羽扫起了路上的灰尘。它回家以后,就钻到凉台角落里,很长时间都不会出来。

蒂格兰和瓦诺不同,从小就对白孔雀习以为常,把它住在家里凉台上的事看作是理所当然的事情,像对待其他家禽一样对待它。只是有一次他感到好奇,为什么母鸡、珍珠鸡和火鸡都住在鸡笼里,而孔雀则睡在凉台上。

"是怕孔雀的长尾巴妨碍到那些家禽。"瓦诺想了想,决定这样回答孙子的问题。

"那好吧。"蒂格兰想都没想就同意了祖父的说法。他无条件地信任祖父和祖母。他成长为一个富有同情心、勤劳并且很好学的男孩儿,特别喜欢上学。他是学校里唯一的学生,因为当他上一年级时,大饥荒后出生的孩子们都刚刚学会说话。他每星期上两次课,学习很努力,当然并没有表现出什么超人的才智,但读过很多书。因此当时的图书管理员阿娜托里娅对他极其宠爱,允许他借阅图书的时间超出规定期限。他总是乐于帮助大人做家务:一会儿帮着祖父在菜园里松土,一会儿帮着提水,一会儿家里有事时帮着去找邻居,要么在手摇磨上飞快地把小麦磨成面粉,而祖母要磨这些面粉需要花上半天时间。

当他十四岁时,已经长成一个聪明伶俐、热爱劳动,对生活相当满意的少年。如果说他有什么苦恼的事,那就是太孤单了。他一个朋友也找不到。村里唯一的年轻人只有铁匠瓦西里的弟弟,他那时已经二十二岁了,但因为健康原因几乎不和他人交往。对于蒂格兰这个嘴唇上长出茸毛、说话已经变声的小伙子来说,和那些七岁大的小孩子们玩耍是很无聊的,没有意思。因此当他读完八年级以后,在女校长和阿娜托里娅的劝说下,祖父和祖母极不情愿地同意送他到山下继续接受教育。

与孙子的分离就像用刀子割去了老两口儿的心头肉。瓦诺失眠了很长一段时间。瓦琳卡则因为神经问题直接病倒了,好在最后没有造成严重的后果。瓦琳卡流了一星期的眼泪后起了床,她消瘦、苍老了很多,但活了下来。蒂格兰借住在马兰村女校长山下的一个远亲家里,用食品来支付房租。瓦琳卡每周两次装满两袋东西,用邮车寄到山下。一袋里是食物,有奶酪、黄油、腌肉、蜂蜜、果脯、腌制品和一堆馕饼。另一袋里则是洗好之后整齐熨好的蒂格兰的衣服(下一趟邮车会把需要洗的衣服送回来)。蒂格兰每年在圣诞节和暑期时会回家两次,看望老人们。高中即将毕业时,他的个子已经长高了很多,身体也健壮了不少,声音也变粗了。他和爷爷、奶奶说话总是很温柔,但不再让他们干活:他自己除草、收庄稼、修屋顶。入秋前就把木柴劈好,另外在摆放柴垛时还特意把去年的干柴放在上面,湿柴放在下面。

他高中毕业后考进了一所军事学院,二十五岁那年他的军衔已经不低了。那一年他正准备结婚,但没来得及,因为战争爆发了。他指挥的部队陷入了包围圈,之后在长达八年时间内没有收到任何关于他的消息。瓦琳卡哭坏了眼睛,每天,甚至每小时都在祈祷,几乎踩坏了老教堂的门槛。瓦诺腿部静脉的问题很严重,两腿酸痛,火烧火燎地疼,但老头儿不露声色,咬牙挺着。那时的孔雀已经相当老了,但出人意料地精力充沛,身体健康。这也让瓦诺充满了信心——毫无疑问，孙子还活着，不可能有什么问题。后来当只能拆掉凉台上的木板用来烧炉子时，瓦琳卡把孔雀抱进了屋里。孔雀顺从地到了屋里，住进了厨房。它每天晚上静静地看着炉火燃烧，看着火光在墙壁上时隐时现地跳动。这段时间孔雀脱毛脱得厉害。瓦诺把这些羽毛仔细收集起来，都放到了枕头套里。瓦琳卡当时正在给前线织毛袜和毛衣。她在每个邮包上都不写收件人，往每个包裹里面放了一个瓦诺用木头削出的小圣母像和一根孔雀羽毛。邮包上没写地址，所以寄出去以后不会被退回来。而马兰村其他人家，尽管没有收到阵亡通知书，却收到了被退回的包裹。

  瓦诺记得战争结束的那个春天。他清清楚楚地记得每一个细节，就像记得蒂格兰出生那天一样。前一天他莫名其妙地算起了日子，发现从孔雀来到他们家那天算起，已经过了整整三十三年。第二天早晨他和瓦琳卡被孔雀嘶哑的叫声惊醒。孔雀奇迹般地爬到了门口，而这个冬天它几乎从没站起来过，连抬头都很勉强。它不停地用鸟喙啄着门，想叫人帮忙把门打开。瓦诺抱起它，走到凉台上，正好看到栅栏门被推开，看到身材消瘦、满脸伤疤，但还活着的孙子走进了院子。孔雀当天晚上就死了，死时听着蒂格兰的讲述，死在他的怀抱里。蒂格兰讲到他如何陷入重围，如何奇迹般地从战俘营逃走，如何一直在森林里打游击。讲到他的腿是怎么受伤的，而为了避免伤口感染恶化，他只能把大腿上的肉活生生烧焦，所以他的腿上留下了一道深深的伤口。这道伤口不仅丑陋，而且还禁锢着肌肉，所以大腿没法伸直。当孙子讲述时，瓦诺清晰地察觉到，从天上轻轻吹下来一股气息，吹到了群山之下，吹开了窗子，吹进了屋里。这股气息就像一双双手掌，这些手掌又变成了一个摇篮，托起鸟中之王熠熠生辉的灵魂，向上飞去，留下一股肉桂和桃仁味混合的淡淡馨香，还留下一种不可捉摸、无法理解，但无限美好的东西。

孔雀被安葬在悬崖边上。蒂格兰从瓦西里那里给孔雀墓地订购了一套不高的栅栏，在它的坟上栽上了几株山地百合。他打算以后一辈子住在村里，就去了趟山下，放弃了军职和荣誉。但后来又听从了爷爷、奶奶的哀求，一年后整装出发，去了北部山口，在那里过起了新的生活。但愿他在那里再也不会遇到战争！他成了马兰村唯一从前线生还的男人，也是最后一个离开这个只有老人的村庄的年轻人。他在北方的生活很困难，但他从不诉苦，也没有气馁。他找到了工作，过了一段时间娶了个当地女人，带着个一岁的女儿，妻子有一个像歌一样好听的名字——娜斯塔霞。瓦诺和瓦琳卡总是慢慢地读出她的名字：娜——斯——塔——霞。他们只见过她的照片。她是个漂亮姑娘，长着高高的颧骨和丰满的嘴唇，头发是浅色的鬈发，眼睛大大的，大概是天蓝色，也可能是橄榄绿色。孙子走了六年了，一次也没有回过马兰村。最近却寄来了一个让祖父、祖母十分高兴的消息：他的妻子十二月份产下了一个儿子。为了纪念瓦诺的爷爷，他们给孩子取名叫基拉克斯。

信是从北部山口那个像马蹄铁一样拱卫着山下的地方寄回来的，信中承诺不久以后就会回来探望。瓦琳卡用晒干的薰衣草把这些信件包起来，藏进了五斗橱里。尽管她能背下每封信的内容，但依然经常去找阿娜托里娅，请她再读一遍。瓦诺每天坐在老樱桃树下，一边在脑子里翻来覆去地回忆着那些故去的亲人，一边凝视着悬崖边缘。如果天气晴朗，悬崖就沐浴在明媚的阳光中，冬天则包裹上皑皑白雪。如果遇上阴天，悬崖上的石头湿漉漉的，看起来十分阴郁，让人感到压抑。白孔雀的坟上有时会闪耀出淡淡的辉光。瓦诺看到辉光后，会从长凳上费力站起来，朝着孔雀坟墓外的栅栏走去，但最终却没有走进栅栏门，因为他有点儿害怕。他手搭凉棚，眯缝着眼，仔细打量着立在那里的银白色孤单侧影，那像扇子一样打开的尾羽，高傲抬起的羽冠下的鸟头，凝望着沉默天空的茫然若失的目光。

第二章

　　瓦诺死在了圣灵降临节[①]的前一天。他吃完午饭后躺下，想休息一会儿，就再也没有醒来。瓦琳卡就好像知道丈夫可能会发生什么事一样，从早晨起就寸步不离地跟着他：和他一起在菜园里忙活；一起下到寨墙边掐了点儿酸模草，好中午做馅饼；又一起去了趟中心广场，和村里人打了个招呼，顺便看下有谁带了什么东西来交换；回来的路上又去了趟穆库奇的小铺子里，把给瓦诺订购的鞋拿了回来。

　　鞋子看起来不错：结实耐穿，是用牛皮做的；鞋底很硬，能扛得住村里那条碎石密布的老路；没有鞋带儿，穿起来容易多了。不用吭哧吭哧地弯下腰，眯缝着昏花的老眼，用不听使唤的手指去摸索着系鞋带儿。鞋子有点大，但这让一直因为静脉曲张受罪的瓦诺很高兴，因为鞋子的每一次挤压都让他承受着钻心的疼痛。就连瓦琳卡给他织毛袜时都不能用松紧带，免得挤到他那十分敏

[①] 天主教礼仪年规定，每年复活节后第五十日为"圣灵降临节"，又称"五旬节"（最初是犹太人的重要节日）。圣灵降临节为复活节后第七个星期日。

感的脚踝部皮肤。

　　瓦诺穿上鞋试了一下,从铺子的一个角落走到另一个角落,在锈迹斑斑的镜子里看到了自己的形象。他长舒了一口气。他想穿着这双鞋回家,但瓦琳卡不同意。

　　"圣灵降临节再穿吧。"她把那双已经穿坏的旧鞋递给丈夫,"过节嘛,就得穿新鞋。"

　　瓦诺没有争论,沉默地付了款就走出铺子,抗议性地把盛着酸模草的包袱和新鞋留在了铺子里。瓦琳卡摇了摇头,拿起了东西,和穆库奇道别后就去追丈夫。瓦诺把因为多年劳作而变形的双手背到身后,头也不回地在前面走着。

　　"你拿上酸模草也行啊!"妻子一边追赶他一边喊道。

　　"不拿。"瓦诺头也不回地嘟哝了一声。

　　"我说的话怎么又惹你不高兴了?圣灵降临节过两天就到了,你这两天都忍不了吗?"

　　瓦诺又沉默了。瓦琳卡加快了脚步,赶到丈夫身旁,把鞋盒塞到他手里。瓦诺接过盒子,却连头都没朝她转过去。

　　"你年纪大了以后脾气真是变坏了。连这种小事儿你也生气。"瓦琳卡叹了一口气。

　　"你不搞这些小事儿,我就不会生气了。"

　　"我说什么不中听的话了吗?"

　　"什么也没说!"

　　"我就是没说什么嘛。我也是为你好嘛。这辈子我给你出过一次坏主意吗?"

她打开栅栏门，转身让丈夫进院子。但丈夫却赌气从她身边走过，朝着远处的围墙走去。那里的木栅栏根部已经朽坏，一截栅栏靠在早已不产果实的醋栗丛上。瓦琳卡把双手交叠放在心口上，紧紧抿着薄薄的嘴唇，看着丈夫侧过身，把鞋子和盛着酸模草的包袱举过头顶，塞进围墙上面窄窄的空当里。她挥了下手，就进屋子去热饭了。等他吃饱了就好商量了。她是这么想的。

瓦诺的裤腿挂到了栅栏的一个凸起的树杈儿上。他往回抽了下腿，想把腿收回来，却听到裤腿"刺啦"响了一声，于是骂一声"见鬼"。他把腿收回来，看了一下裤子。裤子上一块布被撕开了，无可奈何地挂在裤腿上，露出了小腿的一部分。他用另一只脚踩在撕破的布上，把它扯了下来，丢到草地上。

"你在这儿待着吧！"他生气地甩下一句话，可能是冲着撕坏的布，也可能是冲自己说的。然后就穿过落满粉色和雪白色花瓣的果园向屋子走去。

他走到凉台前，坐在了楼梯最上面的台阶上。他卷了一支烟后抽起来，生气地从嘴里连连吐出旱烟末儿。当然，瓦琳卡说得对，他年纪大了以后脾气变坏了。但她的脾气也没变好啊！她好挑眼，从不让步，从早到晚就知道挑他的刺儿。你毛巾搭得不对啊。你怎么又把水洒了？窗户怎么开这么小？你看的地方不对，你想的也不对。今天吃早饭时，瓦琳卡因为他把茶溅出来了，数落了他半天。说不能先倒水，要先放糖[1]。这样倒水时就不会溢出来，搅

---

[1] 俄语国家的人喝茶时，会往茶水里加糖。

动时水也不会溅出来。

"你怎么坐在楼梯上了？后背会着凉的。过会儿又弯不下腰了！"瓦琳卡好像听到了他的心声，从屋里探出头来说道。

"说不定我就是想要这样呢！"瓦诺顶了她一句。

"想要哪样？"

"想要着凉。"

"瓦诺！"

"干什么？"

瓦琳卡习惯性地想要大肆挖苦他一番，但又忍住了。

"算了。饭热好了，去吃吧。"

瓦诺本来已经准备被妻子好一顿数落，一下子变得不知所措了，不过脸上倒是没有表现出来。

"我抽完烟，马上去吃。"

瓦琳卡把门半关，进了屋子里。厨房的窗户大开着，能听到她一边用勺子刮着锅底，一边把昨天的剩汤倒进盘子里。主菜是火鸡块炖土豆，还有桃子蜜饯——地窖里只剩最后两罐了。她本来想留到圣灵降临节再吃，但后来挥了下手，打开了其中一罐，想让丈夫高兴一下。桃子蜜饯是他最爱吃的，他吃起来就像孩子突然得到了最心爱的零食一样：一边因为吃得太快而噎住，一边舔着手指，满意地眯着眼睛。

瓦诺吃完了午饭，依着老习惯去躺着休息会儿，瓦琳卡则去缝羊毛被。这个活计只能趴在地板上干，否则本来在被套里铺得平平整整的羊毛就会变得疙里疙瘩了。她侧着身子坐在被子上，顺着被子边缘挪动着。先用大针脚把被子圈了个边儿，缝到被子中心后，缝了一个太阳一样的大圈儿——她母亲卡津卡就是这么缝的。她的母亲以一双巧手和条理井然的做事风格而远近闻名。她教会了孩子们做手工活，教她们干净整洁地做事，所以马兰村人都认为她的女儿们是最令人羡慕的新娘人选。大女儿萨鲁依住在峡谷边，房子后面就是格里高利·卢萨沃里奇教堂。以前瓦琳卡每个周六去教堂做完晨祷后就去看她。萨鲁依很少去教堂祈祷，因为要照顾患有重度窒息症的公公。瓦琳卡会帮姐姐做一整天的家务——做饭、收拾屋子、看孩子。当姐姐的公公因为严重咳嗽而闭气时，瓦琳卡坐在床边照顾他，好让姐姐能睡一觉，休息一会儿。瓦琳卡出嫁后，母亲搬到了她家里去住，所以她常常把外甥们带回自己家里，这样母亲也能帮着带孩子。

　　大地震吞噬了萨鲁依全家，包括她和她的丈夫、公公和三个孩子——一个女孩儿和两个男孩儿。每当瓦琳卡想起因为巨大痛苦而发疯的母亲在悬崖边上跑来跑去，呼唤着惨死的女儿和外孙的名字时，她就觉得浑身麻木无力。从那个悲惨的日子之后，母亲总是从睡梦中惊醒，满面泪痕。她整天都在无声地痛哭，不管是在做饭还是洗衣服时，收拾家务还是去买东西时，都在流泪，悲伤地流泪，不停地流泪。瓦琳卡每天早晨给她的两个手腕系上手帕，让她擦脸，但每过一个小时就要换下这些被泪水湿透的手帕。卡津卡就这样走了，就像抱着耶稣尸体在哭泣的圣母那样，在悲痛中去世了。她死在了雨季，当时正大雨滂沱。她死后大雨又下了整整七天，只停了一小会儿，让给她送殡的队伍能赶到墓园，把她的棺木送进土里。

瓦琳卡每两三年洗一次羊毛被，每次都会在被子中央缝上一个永远不变的圆圈。她用这个像太阳一样的圆圈来纪念母亲、姐姐、兄弟们和那些孩子们。他们像细沙穿过手指缝儿一样消失不见，去往宇宙的边缘。一个个封印把亡者与家人分开。每个封印都像针孔一样微小，像大山一样沉重。你看不清它们是什么模样，没法把它们打开，也没有力气把它们推开，无法让人走过去。

瓦诺和瓦琳卡夫妻俩卧室的墙上有一条不显眼的裂缝，这是在地震那天出现的，后来则慢慢伸长，最后延伸到了天花板上。裂缝伸长到天花板以后逐渐变宽，在石墙中一点点扩大。白天会有一线阳光透过裂缝照射进来，晚上则有昏暗的月光从裂缝中漫入房间。瓦诺用柱子加固了这面墙，用建筑砂浆填死了裂缝。但房子好像会呼吸、会活动一样，窗框和侧墙好像在吱嘎作响，所以灰浆粘得并不牢固，慢慢地变成了碎末儿，重新露出墙上那道被撕裂的伤口。瓦诺生了气，又用水泥把裂缝仔细填好，但徒劳无功，因为一两年以后水泥也掉落了，露出的裂缝里长满了枯草。这些野草不顾一切地直接从石头中长出来。当被激怒的瓦诺再次想要重新把裂缝填死时，蜘蛛已经在小草上面结下了一张薄网。倔强的阳光穿过裂缝，在漆成蓝色的地板上投射出了一条狭长的光带。

"到处都是生命啊。"瓦琳卡感到很神奇，仔细查看了布满昆虫尸体的蜘蛛网和从墙外长到屋里的干枯的草茎后说道："到处都是死亡，到处都是生命。"

最后一次修补墙壁是在前年夏天，两年过后水泥开始脱落，裂缝里长满了野草。瓦诺正好想重新修补一下墙壁，于是计划在秋天，等天气凉爽一点儿再动手。瓦琳卡则是满心恐惧地等着维修工作的开始——墙壁维修起来好像并不复杂，但肯定要忙碌一整天，清理起来需要一周时间。她本想把卧室门锁上，就让裂缝爬满整个房间吧。他们可以搬到客厅里去住。但丈夫不同意："地震都没把我们赶走。难道这条裂缝就可以把我们赶走吗？"他生气地指着裂缝的方向。瓦琳卡有时会和他争论两句，但后来也不再争论了——想做就做吧。既然这么多年他和这条裂缝的仗还没打够，那就随他吧。每个人都有自己的生活目标，也有自己的战斗。

　　瓦琳卡缝完被子以后，把被子拿到院子里，搭到了晾衣绳上，让它们晒晒太阳，吹吹风。晚上要把箱子里塞上薰衣草，把被子放到箱子里，等天气冷了再拿出来。瓦琳卡从地窖里拿了一些午后要吃的玛川酸奶和奶酪面包，然后想去叫醒睡着的丈夫。通往卧室的路经过一个不大的门厅、两个房间和一个装满了旧家具的客厅。她每年只在圣诞节和复活节时才到这个客厅里去。遇到节日会来客人，需要用客厅里的大桌子招待客人。在走向卧室时，她的神经没有一丝颤动，也没有一丝哀怨，尽管她一直有些预感。但当瓦琳卡打开屋门时，瞬间意识到发生了什么事。她顺着惯性向前走了几步后才停下来，双眼定定地看着丈夫。瓦诺躺在床上，头毫无生机地向后仰着，左手纠缠在床头的几根木条里，被子团在腿上。太阳尽管已经西斜，房间里却充满了耀眼的阳光。阳光从墙上的裂缝照进来，像一道光流，无法阻挡，光辉夺目，映照在丈夫的眼睛上，闪耀着琉璃一样的光华。

"亲爱的瓦诺？"瓦琳卡低低地叫了一声。

救护车狂暴的警笛声惊起村里的动物，沿着粗糙、崎岖不平的村路飞奔。这时瓦琳卡把家里的镜子都蒙上了床单，用香料熏了卧室。她在医生到来之前，已经把院子里打扫过了，洒上了水。母鸡和火鸡都被赶进了鸡笼，免得它们无忧无虑、稀里糊涂的样子刺激到别人。瓦琳卡全身换上黑色丧服，神情严肃地坐在瓦诺床头，双手垂在膝盖上，默默地注视着墙上的裂缝。

"现在谁去修理这条裂缝啊？"她向着空气发问。

医生是个瘦得出奇的鼓鼻梁男人，两只眼睛因为睡眠不足有些充血。他不情愿地转过身，看了看那条从地板一直延伸到天花板的将近三厘米宽的裂缝。他毫无表情地耸了耸肩，沉默了一会儿。然后终于还是想确认一下："炸弹炸的？"

"地震震的。"

怎么能在这个裂缝通透的房子里住了半个世纪呢？医生没有问出口。他开了死亡证明后，就在救护车刺耳的警笛声和满院子鸡鸭的叫声中去了山下。

瓦琳卡安葬丈夫时给他穿上了旧的斜纹布衣服和一双旧鞋。她想把那双新鞋退还给穆库奇。

尽管瓦琳卡有自己的打算，然而这件事最后却出现了让人意想不到的结局。她在安葬丈夫之后的那天晚上梦到了他。他脸色阴沉，只穿着衣服和袜子，满脸责备地看着她说："你把新鞋藏起来了！"

瓦琳卡出了一身冷汗后醒了过来，辗转反侧再也不能入睡。早晨，她跑到教堂里，给丈夫点上了一支安息蜡烛。然后去了穆库奇的铺子里，问能不能把鞋退掉。人家告诉她，可以退掉。

晚上她又梦到了瓦诺。他站在那里，全身赤裸，膝盖以下没在沼泽里，满脸责备地看着她，一句话也不说。

"你这是干什么？"瓦琳卡有些伤心，"鞋子是可以退的。钱不是那么好挣的！"

瓦诺转过身，一瘸一拐地向沼泽深处走去，费力地移动着虚弱的、静脉曲张的双腿。

瓦琳卡难过得心都要碎了。

"你等一等。等有人死了，我让人给你带过去。"她喊了一声。

瓦诺点了下头，没有转身，只是加快了步伐。瓦琳卡看到，丈夫已经不再一瘸一拐了。

一个月过去了，马兰村都没有人去世。后来终于有了"机会"：贝尔万茨·玛丽亚姆的婆婆去世了。瓦琳卡用崭新的餐巾把丈夫的鞋子包了起来，去找她。瓦琳卡请她把鞋子放到棺材里。

"我应该把它放哪里啊？"玛丽亚姆无助地摊开双手，"你是知道的，她有多胖。"她停了下来，左右张望了一下，才接着小声说，"我们只能给婆婆买了最大的棺材，才能勉勉强强放下她！"

瓦琳卡痛哭起来。她告诉玛丽亚姆，为什么没让瓦诺穿上新鞋。他又是怎么在床上躺着，如何一只手卡在沙发床头的木条里，如何双腿因为静脉曲张变成了蓝色，全身赤裸地在沼泽里徘徊。

玛丽亚姆咬着嘴唇，连连叹气。她最后拿过了鞋子。

"我给婆婆穿上吧。她估计不会在意穿什么鞋子跨过那个世界的门槛。"

这件事就这么定了下来。

第三章

信封很大，皱得厉害，上面贴满了五颜六色的邮票。邮递员是个很瘦、身材细长而结实的男人。他戴着一顶破旧的帽子，裤子很长，膝盖处磨得发亮。他从挎在肩上的书包中抽出这封信后，翻转过来看了一眼地址。他能背出信封上的地址，但不知为什么还是看了一眼：马兰村，马尼什卡拉山西坡尽头院。

"希望是个好消息。"他嘟哝了一声，"我可不想跑这么远送个坏消息。"

"一切都是主的旨意。"阿扎里亚神父冷冷地说道。

邮递员把信放进书包，小心地拉上拉链，咬着嘴唇，看着神父。

"阿扎里亚神父，可以再提一个问题吗？"

"够了，玛米康！"神父生气地打断他的话，用手掌按住胸前的十字架，免得它晃来晃去，然后加快了步伐。

玛米康看着阿扎里亚神父沿着破旧的村路大步流星地走着，教士长袍的袖子和下摆被卷着尘土的干燥的风吹得不停地飘荡。天气很热，空气中弥漫着被晒得发烫的石头、刚被割下的青草和干枯的元宝草叶子的味道。从峡谷方向飞来一群燕子，绝望地叽叽喳喳地叫着,在人们头顶盘旋了一阵,迎着太阳飞向了东方。

玛米康在原地踏了几步,深吸一口气,然后慢慢把肺里的空气呼出。他整理了一下肩上的包带,把帽子摘下来,小心地把上面的土抖掉。他往上提了一下裤子。他做这些动作时,眼光没有离开越走越远的神父的后背。

阿扎里亚神父就好像能感觉到玛米康的目光一样。他步子迈得很大,但走得并不快,也没有回过头。直到走到路边时(这条路向右转,消失在陡直的悬崖后面)才站住脚,不情愿地向后看了一眼。

"你走不走?"

"我还能怎么着,神父?当然走啊!"玛米康很高兴自己比神父更固执,马上追了上去。

"倔得跟个驴子一样。"阿扎里亚忍不住说道。

"是啊。"邮递员骄傲地说。

刚才两人走到马尼什卡拉山脚下时,玛米康居然对"当别人打你左脸的时候,你把右脸也给他"这个观点提出了质疑。从这个时刻起,两人的谈话就有点儿偏离正道了。神父感觉邮递员这种不尊重教义的态度令他的灵魂受到了严重侮辱,于是好好地给他上了一课,想要对方相信,他的质疑是毫无根据的。玛米康认真听完了阿扎里亚神父的讲解后,咂了下舌头,把帽子推到脑后,挠了几下额头,嘴里开始不满意地咕哝:

"神父,你现在设想一下,如果'当别人打你左脸的时候,你把右脸也给他'这句话不是耶稣说的,而是地主说的——是地主对着没有公民权、不能辩解的仆人说的。那么仆人除了心怀仇恨之外，还能有其他情绪吗？"

"你是什么意思？"

"我的意思是，这句话的意义不能因为说话人不同而有所改变。否则这话还有什么道理？"

阿扎里亚神父本想反驳，但后来挥了下手，不再理会了。他很了解玛米康。他如果犯了拧，那么九头牛也拉不回来。所以最好不要去说服他。他们聊着些没有意义的话题，一起走完了后面的路。尽管玛米康屡次想要聊回神学话题，但阿扎里亚神父都不配合，彻底断绝了玛米康想要重新挑起辩论的企图。

玛米康加速向前走到离神父几步远的距离后，停下来转过身，开玩笑地微微鞠躬，低下长着大鼻子的干瘦的头。

"如果有些教义没有什么意义，我们要怎么办？"他又着重问了一遍。

"那么你会愚蠢地生，也会愚蠢地死。"阿扎里亚神父打断他的话。

"神父，你给我解释一下吧，不要总是挖苦我。"

"给你解释有用吗？你还是原来的老样子。"

"这倒也是。"

阿扎里亚神父从衣服口袋里掏出念珠，一边用手捻着磨得变形的石头，一边走上了大路。玛米康跟在他后面，鼻子里小声地哼着歌儿。

他们剩下的路程并不长，只有三公里，但都是上坡路。在马尼什卡拉山的最高峰上，有一个掩映在果园中的用石头建成的古老村庄正等待着他们。阿扎里亚神父去村里做安魂弥撒，而玛米康则是去送信。

今天是星期三。鸡叫之前旭日已经在东方升起。昨天晚上露水下得很重，甚至可以用手把露水捧起来。夏天终于到了。

一个不是很长，但出人意料地宽的棺材放在桌子上。棺材摆放如通常那样，亡者的脚朝向门口。周围坐了几个年长的妇女。她们黑色上衣的扣子全部扣好，白发都绾成了规规矩矩的发髻。

她们没有人哭泣，甚至没有人做出悲伤的样子。只有坐在边上的一个鼻子尖尖的妇女看到神父后哭了几声，然后用手帕响亮地擤了下鼻涕。其他人都默不作声地站了起来，鞠了个躬，站到几个角落里。

阿扎里亚神父绕过桌子，站到了棺材前面。他看了一眼死者。对于死者来说，棺材明显太小了。她躺在棺材里，身子两侧被紧紧地夹住，宽阔的肩膀碰到了耳朵，脸色阴郁，看起来很不满意。死者双手静静地放在硕大、浑圆的腹部。左手压着右手，无名指上一个磨得很厉害的订婚戒指闪着暗淡的光。一块雪青色的丝绸布料把死者从胸部盖到脚上，从布料下露出一双男鞋的鞋尖。应该是四十五码的鞋。

阿扎里亚神父看到鞋子以后愣了一下，有些慌乱，不过努力控制着没有表现出来。他打开圣礼书，做了一下深呼吸，就紧盯着书上的文字，读起了祷文。然而令他极度恐惧的是，他时不时地读错,读得磕磕巴巴,老是重复。他为了提高注意力,清了清喉咙,皱起了眉头,倒换着脚站着,使劲揪了一下胡子。但他没注意揪胡子的力度,揪的力气太大,被口水呛了一下,咳嗽起来。

人们给他端来了水。他喝了水,努力眯缝起双眼,不去看从华丽的丝绸下突兀伸出的鞋子。然而一切都徒劳无功。他递回水杯后,两只眼睛又开始凝望这双鞋子。巨大的鞋子就像磁石一样吸引着他,让他无法集中注意力,无法把心思聚焦到安灵仪式上。几个老妇人双手交叉在胸前,靠墙站着,默默地等待着。只有那个尖鼻子妇人在她们之间快速地走来走去——给这个人拿点水,从那个人手里接过围巾,整齐地叠起来,搭到角落里一个被压坏的扶手椅的椅背上。

"得再坚持一会儿。"阿扎里亚神父给自己下了死命令,不出声地做了个深呼吸,又打开了圣礼书。

几个老态龙钟的男人在院子里的一截梁木上坐成一排,一边抽着烟,一边小声交谈着。一棵树冠宽大的核桃树下摆着一张葬礼后酬宾宴用的桌子,桌布边儿在风中不断地抖动着。当然,现在桌子上除了餐具和盐瓶之外什么也没有。不过葬礼结束以后会马上摆满食物。一位老妇人走到院门外,把一条毛巾搭在肩上,身边放了一桶水,耐心地等待着。每个从墓园回来的人都走到她跟前,捧着手放到她身前。她用杯子舀起水来,浇向伸到她面前的双手上,洗去从公墓带回来的悲伤。人们洗了一下手,用挂在她肩上的毛巾把手掌擦干,然后才走进院子,等着按各种规矩给他们摆上酬宾宴。

阿扎里亚神父被安灵祈祷折磨到了中午，这通常也是仪式结束的时间。随后几个人走进屋子，要把棺材抬走。大家费了好大劲儿，足足五个老男人，加上恰巧赶到的玛米康，才勉勉强强能够抬起沉重的棺材。由于棺材特别宽，没有办法直着通过门洞，所以只能倾斜着抬出来。出门时还要扶着逝者，上帝保佑，免得她从棺材里掉出来。院门外有一辆驴拉的吱嘎作响的大车正等着人们把棺材抬出来。穆库奇每周两次赶着这辆车去山下拉货。棺材安放到车上以后，人们松了一口气。送葬的队伍沿着一条狭窄的山间小路朝着野草丛生的古老墓园方向蜿蜒而上。

"啾！啾！"穆库奇赶牲口的声音低沉、悲伤，这也是丧事上应该遵守的规矩。

家里留下了尖鼻子妇人和瓦琳卡。瓦琳卡个子高高的，身材消瘦，长着一双清澈的蓝眼睛和满头白发。她的祖父曾在奥尼克手下的沙皇军队里服过役。祖父退役后回到家乡，说话时总爱带上一句莫名其妙的"艾波古"，所以后来人们就叫他"艾波古"，他的后人则被叫作"艾波冈茨"。她们在厨房里不停地忙活着——把带着酸味儿的家常面包切成片儿，往各个大盘子里放上一块块儿自制火腿和盐煮牛肉、一把把儿洗好的绿叶菜和小萝卜。等送葬的人们回来之前才能把这些食物拿到院子里，免得被风吹干、被苍蝇弄脏了。

"阿扎里亚神父看到以后，差点儿把词儿全忘了。"尖鼻子妇人鼻子里哼了一声，一边在水里涮着一整块羊奶干酪的外皮，一边说道。

"也许应该提前提醒他一下,她脚上穿的是我丈夫的鞋子。"瓦琳卡若有所思地拖长声音说道。

"也许是应该提醒一下。一开始就没有想到,后来就不方便提醒了。"

阿扎里亚神父对神秘曲折的鞋子事件一无所知,他现在已经不再想着如何才能保持一脸平静。他脸部抽动着,看着三个老人拼命把身体压在棺盖上,想把镶着不伦不类的深红色边条的棺盖钉死。棺盖则拼命抵抗,在棺材上滑来滑去,无论如何也不就位:要么是鞋子碍事,要么是逝者浑圆的肚子碍事。老妇人们张着嘴不出声地做出惊叫的样子,害怕地翻着白眼儿,却没有出什么主意——当你自己都不知道怎么办时,又能给别人出什么主意呢。

时间在令人难堪的忙乱中慢慢流逝,就好像过了一个世纪。最后男人们勉勉强强地把棺盖钉好,把它放进墓穴,匆忙地把墓穴填满,就散开了。

阿扎里亚神父回过神来,喃喃地念着下葬时的安魂祷文。老人们则垂下眼睛,听着他读祷文。其中一个突然咳嗽起来,走到了一边,免得影响神父,后来则远远地走出墓园大门,因为怎么也止不住咳嗽。阿扎里亚神父做完祈祷仪式后,还向送殡队伍画了个十字,然后就走向墓园大门。

那辆把棺材拉到墓园的驴车载上神父往村里赶去。

阿扎里亚神父坐在车上,一只手紧紧抓住长满毛刺的车帮。车虽然走得不快,颠簸得却很厉害。当然,他也可以让穆库奇停下车,走着回去,但这会让穆库奇觉得受了天大的委屈,所以他

139

只能紧咬牙关忍耐着,眼睛死死地盯着前方,脑子里数着到逝者家里还需要拐几个弯儿。路上他只回头看了一眼玛米康。看到熟悉的邮递员的帽子后,他稍稍有些安心。已经下午两点了,剩下的时间不多了。先要参加酬宾宴,之后还要赶回山下。当然,沿着马尼什卡拉山向下走上十公里不像上山那么累。但路程很长,日落前才能赶回家。

第四章

太阳懒洋洋的，不想露面，就好像在和人玩捉迷藏：先露出一个边儿，然后再露出另一个边儿；先拉过云彩把自己盖起来，又慢慢地探出头来。最后等太阳玩够了，猛地从远方地平线上跳了起来，越升越高，把整个天空都撒满了火红的光线。

瓦琳卡一大早差不多就把家务活儿都做完了：先是把鸡鸭从笼子里放了出来——它们飞快地在院子里散开，咕咕、咯咯地叫着，在每棵草下面翻找着呆头呆脑的蚯蚓或莽撞的小昆虫。她挤了奶后把羊交给了牧人，然后飞快地给菜园除了草。从接雨水的大桶里拎来了水，把菜畦浇了一遍，特别细心地浇了家独行菜和香菜。这两种菜和其他蔬菜相比，最怕天气炎热。

她干完院子里的活儿以后，就回屋去做饭了。她迈过门槛，在关上屋门之前停了一下，转身满意地看了一眼收拾得干净利落的院子。木柴垛上的一根根劈柴码得整整齐齐。仔细洗过后又用淡蓝色颜料染过的衣服整齐地晒在绳子上，随着晨风轻轻晃动。几个铜锅被沙子"狠狠"地洗了半天，正放在栅栏下面"恢复精神"。铜锅已经晾干了，闪闪发光，让太阳都黯然失色。

厨房里也洁净如新。地板被细心地刮净,你就是趴在地上也找不出一粒灰尘来。餐橱里一摞摞的碗盘码得不高,但每摞都一样高。杯子把手都朝向右边,这样拿起一个杯子时不会碰到其他杯子,也不会搞乱排成一列列的杯子的位置。

瓦琳卡点起了木柴炉子,把昨天拔完毛、掏光内脏的鸡肉放到炉子上煮起来,然后准备去地窖里拿点面粉——该准备做奶酪饼的发面了。玛米康送来的信里带来了一个好消息:蒂格兰终于要回来了,而且不是一个人回来,而是全家一起回——带着妻子、养女和半岁的儿子。儿子叫基拉克斯,按北方人的习惯叫什么奇怪的"基里尔"。

"基——里尔,基里——尔。"瓦琳卡一边变着花样叫着曾孙子的名字,一边听着这不太习惯的发音。

信封当时放在了凉台上。玛米康发现家里没人,就把信放在了地板上,不过在上面压了块石头,免得让风给吹跑了。

"本来是想拿到葬礼上来呢。后来一想,万一跟您碰不上怎么办。所以我把信放在门槛旁了。"他在玛丽亚姆家遇到了瓦琳卡,抱歉地冲她摊开双手。

"你知道信里写了什么吗?"她迫不及待地打断他。

"我哪儿知道啊?"玛米康感到受了委屈,"我可不看别人的信。"

瓦琳卡抽了个时间,按着她这样高龄的人所能达到的最快速度,急急忙忙到家拿了信回来。信封里有一张信纸,是从练习本上撕下来的作业纸,上面写满了密密麻麻的小字,另外她还发现了三张照片。她拿着曾孙子的照片看了半天,看着他胖乎乎、粉扑扑的小脸,感觉心跳都要停止了。他正睡在小床上,小脸扭向一边,从被子里伸出两个小拳头。瓦琳卡不高兴地咋了下舌头。为什么不把他裹在襁褓里?八个月以前要把孩子紧紧地裹好,这样他才能睡得安稳些。你看他歪着没牙的小嘴儿在笑,怪不得叫他"基拉克斯",就像他那个一百年前的天祖基拉克斯一样,也是歪着没牙的嘴在笑。第三张照片是全家福。头发明显花白、身体变胖的蒂格兰揽着七岁养女的肩膀,旁边坐着的妻子正笑着,胸前按着不太高兴的儿子。"瞧瞧!"瓦琳卡一边欣赏着曾孙子脸上不满意的神情,一边自豪地想道:"还是个小娃娃呢,就已经有脾气了!"

阿娜托里娅没有去酬宾宴,因为病后还很虚弱,所以留在了家里。瓦琳卡急急忙忙去找电报员萨特尼克。但她没带眼镜,连字行都分不开。她只能按捺着焦急的心情,等待送殡仪式结束。要按她的本心,会把一切事情都抛在脑后,跑着去找阿娜托里娅。但她不好意思把玛丽亚姆一个人丢下,人家刚刚帮她安排把鞋子送到了另一个世界。她耐心地等到人们都各自回家了,然后又帮着收拾了桌子,洗了餐具。因此等她赶到阿娜托里娅家时,已经黄昏了。再等一会儿,马尼什卡拉山就会被笼罩在漆黑的南方夜色中。

瓦琳卡在院子里遇到了阿娜托里娅。她正双手抱胸,看着帕特罗一边翻着白眼儿,一边高兴地叫着,啃着一块硕大的羊头骨。

阿娜托里娅没有和客人说"你好",却说了句:"有的狗吃

143

到一块煮汤的骨头就幸福得不得了。"

"有的人收到孙子的一封信就够了。"瓦琳卡高兴地挥了下信封。

阿娜托里娅抽出照片,把它们放到了一边。照片可以一会儿再看,先看看信里写了什么。她的目光飞快地在字里行间掠过——收到这些无法预见的消息时,她总是这样读,好选择合适的话语向收信人解释。瓦琳卡焦急地等待着,忍不住把身体重心从一只脚换到另一只脚上。

"蒂格兰马上要来了!"阿娜托里娅两手拍了一下,"全家一起来!"

瓦琳卡觉得自己喘不上气来了。

"什、什么时候到?"她勉强说了出来。

"六月三号。"

"今天几号?"

阿娜托里娅抬眼向天,想搞清今天是星期几,如果已经想不起是几号的话。但随后挥了下手,匆忙进了屋。瓦琳卡双手抓着空信封,跟在她身后也进了屋。

"瓦索,哎,瓦索!"阿娜托里娅推开屋门喊道。

"哎,亲爱的娜托[1]!"瓦西里不知在哪个屋子里应了一声。

阿娜托里娅听到丈夫亲昵的称呼后有些不好意思,瞟了瓦琳卡一眼。但瓦琳卡已经完全沉浸在孙子要回家的消息中,没有发

---

[1] 阿娜托里娅的表爱称呼。

现称呼中有什么异常,或者故意装作没发现。

"瓦索,今天是几号?"阿娜托里娅问道。

"一号!"

"一号!"瓦琳卡好像被雷击了,一下子愣住了,然后清醒过来,拍了下膝盖,急急忙忙地顺着楼梯往下走,"这是怎么回事啊?就是说,他们后天就到了?!"

"信!"阿娜托里娅追出来喊了一声。

"对,还有信!"瓦琳卡急忙转过身来。

等瓦西里走到门槛时,瓦琳卡早就没影儿了。

"出什么事了?"他问阿娜托里娅。

"梅利康茨·蒂格兰后天回来。带着全家回来。"

"啊!……"瓦西里先是很高兴,然后想起了自己儿子,变得神情沮丧。他的两只大大的、银灰色眼睛瞬间变得黯然,唇角哆嗦了一下,然后嘴角垂了下来。

阿娜托里娅抱住他,靠在了他胸前。"嘘——"他长出了一口气,抚摸着她的头,"没什么事。亲爱的娜托,没什么事。"

花园围墙边,幸福的帕特罗手忙脚乱地刨着地,凶狠地朝看不见的敌人低声呜呜叫着,把一根香甜的骨头埋到了地里。

瓦琳卡去地窖里拿面粉。地窖的墙是石制的,哪怕是在最炎热的夏季正午也能保持地窖内的阴凉。墙上挂满了风干蔬菜和一穗穗的红玉米。木架子上放着很多口朝下的空罐子:去年冬天的存货已经用完,还不到准备新口粮的时候。最高一层的板子上放着一个硬纸盒，里面放满了动起来沙沙响的白色小包儿。瓦琳卡踮起脚尖儿，摸到硬纸盒儿，从里面抽出一个小包儿，走到地窖小窗旁，老眼昏花地找了半天才确定了生产日期。她高兴极了，把硬纸盒拿了下来，急忙走到院子里。

蒂格兰三年前在他居住的那个北方城市开了家面包坊。过了一段时间，恰恰在圣诞节前夕，他寄来了一个沉重的包裹。邮递员玛米康一边"见鬼、见鬼"地骂着，一边花了整整半天时间才把它拖上马尼什卡拉山。他到山上以后，冷得骨头都在打战，脸冻得发青，唇边的小胡子都结了冰。瓦琳卡给他倒了一盘子滚烫的菜豆汤，还给他拿了一瓶桑葚酒，免得他抱怨起来没完。他就着盐渍黄精和半块家常面包把热汤喝完，喝了两小杯酒，要了块羊皮帕子，用它围住脸，准备踏上回程。不过在出发之前帮着瓦诺打开了邮包。邮包上盖着北方邮局的蓝色防水邮戳，里面放着几个焖肉罐头、鱼罐头、真空包装的肉肠、三包大叶红茶和一个盒子，里面装了五十小包干酵母。

"这是什么东西？"瓦琳卡把小包儿在手里翻了几下问道。

"狗屎。就是这玩意儿。"玛米康从鼻子里哼了一声。

"'狗屎'指的是什么？"

"这是酵母。我嫂子发面时不用面肥，加的就是酵母。面发得很快，但面包吃起来没有味道，就像吃棉花一样。"

他意兴索然地咋了几下舌头，用羊皮帕子遮住鼻子，挥了下手权作告别，就英勇无畏地踏进了暴风雪。

瓦琳卡把餐具收拾完，拿到厨房里洗了，然后坐下来想了一会儿。她没有把这些酵母弃之高阁,而是用酵母发了点儿面,做了个试验。她用木柴炉烤了几张馕饼,从饼上切了一个边儿,就着奶酪仔细嚼着,然后又就着蜂蜜,再然后就着黄油尝了尝。

瓦诺也抠下一片儿饼,尝了尝,撇了撇嘴:"我不吃这东西!"

瓦琳卡往肩上披了件厚重的毛织上衣,把半块馕饼包在餐巾里,去找女邻居了。

"不咋地。"女邻居把饼从嘴里吐出来,下了个无情的判语。

"是不咋地。"瓦琳卡同意她的说法,叹了一口气。

她没有把蒂格兰寄来的酵母扔掉。她把剩余的酵母都放到了地窖里,准备等它们一过期就扔掉。

令人感到神奇的是,酵母恰恰在蒂格兰到来的前一天过期了。瓦琳卡郑重其事地把酵母拿到了院子里。银白色的漂亮包装纸在阳光下闪闪发亮。她把这些酵母在手里转动了几下,想了一会儿,拿了把剪刀,小心地剪开每个包装,把酵母倒在一个盘子里。她最后把所有的酵母都倒进了粪坑里,然后把包装纸叠成一摞儿,用一根粗线捆起来,放到了厨房中最高的柜子里。以后说不定有用呢。

最后,她觉得已经做完了该做的事情,就去准备做奶酪饼的面团了。她用水、盐、面粉和好了面,用核桃香味儿的奶油把面团分成几层,然后把面团放进了阴凉的地窖中,等着明天再用。热的奶酪饼才好吃,所以她会等心爱的客人来了以后再烤。在她准备面团的时候,鸡肉已经煮好了。瓦琳卡把鸡汤滤出,往里面撒了盐,把精挑细选的麦仁一粒粒洗好,放入鸡汤中,搅拌后放在炉子上用小火煮起来。然后坐下来给鸡肉去骨。

餐具柜最上面一层摆着瓦诺的相片。瓦琳卡自己动手，用那个鞋盒给相片做了个相框。相片上的瓦诺是四十一岁，和现在他们的孙子蒂格兰年龄一样大。

"亲爱的瓦诺，"瓦琳卡抬眼看着相片上微笑的丈夫，"我不会给你丢脸，不会败坏你的名声的。我会好好招待他们——给他们做好吃的，床铺也是干净的，对他们温柔、有耐心。所以你就不要担心了。娜兹……斯塔斯……霞①会满意的。"

---

① 对瓦琳卡来说，"娜斯塔霞"这个俄语名字不常见，所以念起来很拗口。

148

第五章

　　星星还没来得及融化在天空中，早起的蜜蜂已经在卖力地嗡嗡叫着朝睡醒的花朵飞去，恩爱的小鸟们开始叽叽喳喳地歌唱新的一天。世界是如此美好和宁静，就好像酣睡以后洗过澡、吃饱饭的孩子一样欢欣雀跃，唱起了歌。空气如此纯净，空气中仿佛飘动着细细的、明亮的响声，像一滴滴的水一样在缓缓流动。空气在飘荡，在聚集，在浮动，在飞溅，在呼吸，在……发出一股味儿。这股味儿太冲，使得全村所有人，除了赶车去山下的穆库奇和恰恰在今天犯了痛风病的老阿涅斯，都集合到了瓦琳卡家里。甚至连阿娜托里娅也被丈夫搀扶着走来了，这是她第一次在丈夫陪伴下出现在众人面前。她不想抛头露面，不想吸引大家的注意力。不过其实没必要，因为所有人并没有注意她，而是都在看着被吓坏的瓦琳卡。她头上包着头巾，正徒劳无功地在昨天晚上从土里涌出地面，并且把院子淹没的东西上面踩来踩去。

　　永远被打扫、收拾得干干净净、整齐有致的院落现在变成了一幕人间惨剧，以至于每个刚赶到的人往院子里看了一眼就马上退后，要么骂一句"见鬼"，要么抬眼向天，就好像请求老天垂怜一样，然后赶紧走远。

"这是出什么事儿了？"时不时会有人问上一句。

"我们也想知道啊！"先来的人这么回答说。

"这是酵母。"瓦琳卡呼出了一口气。她侧身挤出院门，扯下围巾，用手摸了下头发，把一绺散乱的头发整好，然后把脸埋在双掌中，大哭起来。

"什么'酵母'？"人们开始有些不安。

"是蒂格兰三年前寄来的。已经过期了，所以我把它扔了。显然它还没过期。夏天院子里热，晚上因为热就发酵了，就……"瓦琳卡流着眼泪，开始结结巴巴地讲述。

周围笼罩着死一般的寂静。马兰村人怀疑地交换了下眼色，又重新盯着她，显然在等她接着讲些什么或哪怕把发生的事情解释清楚。但瓦琳卡只是哽咽了一声，摊开双手，表示就是这么回事，再也没有什么需要解释的了。

"她说什么?！"佩基南茨·苏伦——一个听力迟钝、老态龙钟的九十岁老头儿声音嘶哑地问道，"谁一晚上在她家院子里堆了这么多大粪啊？"

霍夫汉内斯忍不住扑哧一笑。其他男人也开始哈哈大笑。苏伦疑惑不解地看着其他村民，然后挥了下手，自己也笑起来。

"你们帮着清理一下吧。我孙子今天回来。要是他一个人回来也就算了，可还带着全家呢！"瓦琳卡开始央求大家。

"啊哈。也就是说如果他一个人回来，那就不用收拾了？是吗？"霍夫汉内斯挖苦了一句。

"你挖苦她干什么？"雅莎曼开始训斥他：女人们不想分享男人们的这种快乐，而是双手抱胸，不满地抿着嘴唇，等着男人们笑完，"要是蒂格兰一个人回来，他自己就能清理了。农村的这些……好事，他又不是没见过。但是他妻子要回来，这就不一样了。"

"那是。北方人估计拉屎能拉出花儿来。跟我们可不一样。"

雅莎曼咋了下舌头，生气地走到了一边。老头儿们又要笑了一会儿，笑话瓦琳卡不动脑筋就把酵母倒进坑里，然后就安静下来，开始商量如何处理这整院子的麻烦东西。

大家争论了一会儿后决定挖个坑，把大粪都丢进去，用土夯实，厕所口则用木板盖上，上面用水泥浆浇死。

"要不它还会发酵，这味儿一直到冬天也散不净。"霍夫汉内斯做了个结论。

"那我们去哪儿上厕所啊？"瓦琳卡提出了问题。

霍夫汉内斯想再开个玩笑，但转头看到妻子严厉的目光后，马上改了主意。

"先去邻居那儿上厕所吧。蒂格兰来了以后，我们再挖一个新厕所。谁家有水泥？"

电报员萨特尼克家里有水泥。尽管有些变硬了，但还能用。

清理工作用了半天多的时间。直到傍晚，疲惫不堪的老人们才各自回家。瓦琳卡提议请大家吃个饭，但被婉拒了。得回家洗一下，换衣服，而且清理了这么多……总的来说，现在顾不上吃饭。邻居啊，不好意思了。

"本来想好好接待他们呢，结果搞成这样了。"瓦琳卡扫视着被挖得乱七八糟的院子，擦着眼泪说。

"这恰恰是好事。"走在最后的瓦西里劝说她，"每次考验都会带走一个不幸。你就想想自己又赎免了一件坏事就可以了。"

瓦琳卡听着这些话，点了几下头，但还是没有宽心。她把大家送走后，生起了炉子，等着水烧开的时候，尽力把院子里收拾了一遍。她把盛水泥的纸袋子清扫、拍打了一遍，整齐地叠了起来，准备回头把这些袋子还给萨特尼克。万一有什么用呢。她把水桶拎回配房，把沾满水泥的铁锹洗好。大清早就把全村人都赶起来的臭味变得很淡，只剩下凝固后的水泥散发的湿雾一样的气味儿，但瓦琳卡并不担心这些气味儿。她收拾完以后，迅速洗了个澡，用粗糙的丝瓜瓢子狠命地擦着身体。她把今天穿过的衣服团成一团儿，藏进自己房间——以后再洗吧。

她梳好头，把湿漉漉的头发编成两条辫子，用木簪盘在脑后。穿上一件干净的连衣裙，系上了一条丝绸围裙。炉子里烧红的木柴发出轻微的噼啪声，慢慢地散发着热量。瓦琳卡去地窖中拿来了麦仁汤，放在炉子上加热，然后走到凉台上，坐到了长椅上。以前这张长椅也放在这个位置上，是为了不让人们走到孔雀住的地方。她把双手放在膝盖上，耐心地等待着。等穆库奇家的驴车停在栅栏门外时，劳累了一整天而筋疲力尽的她，在漫长的等待之后，安静地酣睡起来。

第六章

　　娜斯塔霞觉得村庄的样子和听完丈夫描述后自己想象的完全一样——都是石头建筑，屋顶上盖着破碎的瓦片，弯弯曲曲的围墙透出衰朽的气息，一个个壁炉烟囱伸向蓝天。她来到村子以后，第二天花一个小时就走遍了全村。瓦琳卡用一块大方巾三两下裹成了一个包被，现在基留沙①正在他母亲怀里的包被中蜷成一团，睡得正香。艾丽莎围着她跑来跑去，一会儿拿着一枝毛茸茸的黄色锦葵花跑过来："妈妈，你闻一下，好奇怪的味道。"一会儿又跑到她前面，不耐烦地单脚跳来跳去，等着她走近："妈妈，你看，这个房子坏了，屋顶上有个大洞，大门敞开着，我们过去吧？过去吧？"

　　"走吧。"娜斯塔霞同意了，但没有进屋子。万一墙壁或者天花板掉下来怎么办？她站在院子里，仔细打量着被虫子咬得千疮百孔的凉台木板。如果仔细看，还能看到木板上的简约图案——圣杯、十字架和太阳。房子的正面爬满了葡萄藤，因为无人看管

---

① 基拉克斯的昵称。

而枝蔓横生。栅栏门上的门闩吱嘎响着,把不请自来的客人送回了崎岖不平、布满石子的村路上。几棵果树害病多年,长得歪歪扭扭,早已不结果实,在她们身后发出阵阵叹息。另一个被废弃的院子里的凉台上挂着几排晒干的烟叶。看得出,这是村里人为了自己抽烟而种的烟叶。"妈妈,这是什么东西啊?"艾丽莎把长满雀斑的小脸转向了烟叶。"这是烟叶。"娜斯塔霞解释说。

"谁能想到,香烟是用叶子做的!"艾丽莎困惑地摇了几下头。

娜斯塔霞轻声笑了起来,怕吵醒在怀里睡觉的儿子。女儿极富好奇心,这虽然让她很开心,但也让她无法集中注意力。

"如果我下次自己出来散步,你不会生气吧?"她问道。

"我是不是妨碍你了?"艾丽莎嘟起小嘴。

"没有。但我需要集中注意力。你明白吗?"

"你又要想事了吗?"

"是的。"

"好吧。你明天自己出来散步吧。我留在家里陪爸爸。"

"谢谢你,好女儿。"娜斯塔霞大为感动。

"不——客——气——"艾丽莎已经跑远了,灵巧地跳过一个个下雨后出现的水洼。

瓦琳卡正用手遮着太阳,站在院门口迎接她们。娜斯塔霞再一次惊讶于她朴素的美丽——黝黑的脸上那双清澈的蓝眼睛,笔直修长的鼻子,一双薄嘴唇倔强地抿着。她很高兴,蒂格兰曾教给她和艾丽莎说马兰村的语言,否则她怎么和这位祖婆婆交流?

"你们累了吧?"瓦琳卡一边问,一边从孙媳妇手里接过睡得迷迷糊糊的孩子。

"没有!"艾丽莎响亮地喊了一声,从瓦琳卡身边溜过,向蒂格兰跑去。他正在一个放木柴的板棚那儿忙活。瓦琳卡想用这个板棚当厕所。

"搞那么坚实的厕所有什么用呢?"当孙子提议用石头给她搭一个厕所时,她摆了下手说,"我一个人住,板棚也很久没用了。你也看到了,木柴都放在房檐下,这样离得近。你只要在板棚角落里挖个坑儿,盖上木板,竖个挡板就可以了。能对付过去的。"

"厕所我们回头再说。我先修一下卧室的墙。"蒂格兰下了保证。

"不要动那堵墙。你爷爷的灵魂就飞进那条裂缝了。我不久也要飞进去了。"

"这大概就是他一辈子和这条裂缝斗争的原因吧。看来,他就知道,最后结果是这样的。"蒂格兰回答说。说起祖父的死,他十分内疚,良心受着折磨。回家的事一拖再拖,一会儿是这个事影响了,一会儿是那件事妨碍了。等最终准备好回家时,却没来得及在祖父生前赶回,就连葬礼也没赶上。不过误了葬礼并不是他的问题,因为他在祖父死了一周后才收到电报。电报因为某个原因在电报局里耽误了。他一个月以后才回到马兰村。本想一个人来,不想在这里长待,而是把祖母接走。但妻子坚持全家一起来。

"我什么时候才能看到你出生的地方啊?"

蒂格兰请她暂时不要向祖母透露他们此行的真正目的。

155

"她不会同意离开的。她不想让家人的坟墓无人看管。让她先和我们住习惯了。只要她习惯了,就很难再和我们分开。那时我们再让她和我们一起走。"

"如果她就是不同意呢?"

"我们会说服她的。"

他们回村后要做的第一件事就是把孩子交给瓦琳卡,一起前往瓦诺的墓地。蒂格兰在外的这几年里,墓园变化不大,只是增加了十来个木制十字架。石匠死后的最近几年里,人们开始使用木制墓碑。娜斯塔霞把丈夫一个人留在墓前,好让他哭出心里的悲伤,自己则在长满羊茅草和蛇根草的乡间墓园里徘徊着。古老的墓碑前长满了灌木,要走到墓碑前需要大费周折,但她没有放弃。她想走近墓碑,看清那盖着星星点点苔藓的石头图案。她用手掌抚摸着石板中心精心雕刻出的十字架,禁不住感叹它是如此的朴素、美丽。她努力记下手掌小心触摸墓碑的感觉,那是温暖的墓碑侧面给她带来的毫不做作的慰藉感。墓碑散发着几个世纪的沧桑和迟暮。

娜斯塔霞过了一会儿才发觉,逝者面朝西方,但墓碑并不是立在逝者的头部,而是立在逝者脚部。她为了验证自己的猜想,回去看了几个新的坟墓。她确认自己的发现是对的——木头十字架的位置与石制十字架不同,立在逝者头部。她没有向丈夫询问原因,不想打扰他,因为蒂格兰脸色阴沉,一语不发,从墓园回来后直接去了花园边上,在那里待了很长时间,不停地抽着烟,凝望着悬崖边。

"那是门。"瓦琳卡小声地给娜斯塔霞解释着。两个孩子因为高原反应而疲惫不堪,躺在沙发床上,围着沙发靠枕熟睡着,她坐在旁边守着。"当最终审判到来的时候,死者会上天,大门打开,他就进了天堂。所以刻着十字架的墓碑就立在脚边。"

"那些只有木头十字架的人怎么办啊?"

"其他死者会带上他们。"

"想不到……"娜斯塔霞只能这么说。睡梦中的基留沙想要翻身,嘴巴动了几下,大声叹了一口气。她向儿子探过身去,但瓦琳卡的动作比她快。她帮着孩子侧起身子,轻轻拍打他的后背,把他的领子舒展开,免得擦伤孩子娇嫩的皮肤。

瓦琳卡站起身来,把位置让给孙媳妇,说道:"孩子们睡着呢。你躺一会儿,休息一下。我去做午饭。"

"我去给您帮忙。"

"明天你再帮忙。今天你还是客人。第三天你就不是客人了。那时再帮忙。"

"那我明天是什么人呢?"娜斯塔霞笑了一下。

瓦琳卡系紧脑后的围巾角儿,拍了下围裙。

"明天你是女主人,亲爱的娜兹……斯塔斯……霞。"

"您叫我'斯塔霞'就好了。"

"什么?"

"斯塔霞。"

"好的,就叫你'斯塔霞'。你先休息一下,亲爱的。以后的事情会很多的。我们明天一大早就要去割酸模草。你还要和村里的老太婆们见面。蒂格兰去找那些老头儿,他们有的是聊的东西。星期天我们做饭,请大家来做客,让村里人认识一下你。"

娜斯塔霞忍不住想问为什么要搞这些仪式,但最后还是忍住没问。

"好的。"

娜斯塔霞等瓦琳卡从房间里走出后,脱了鞋,脑袋下垫了个圆滚滚的沙发靠枕,小心地躺在孩子们的脚下。乳房就像以往每次哺乳前一样,有些刺痛和发胀,这让她很担心。一个月前,当她那天晚上患了重感冒以后就断奶了。她不知道,为什么断奶这么长时间后乳房又开始酸痛了,就好像胀满了奶。她决心等回家以后马上找专家看下。她平静下来,闭上了眼睛。她想起出发前整整收拾了一周时间;想起艾丽莎在出发前突然病倒了,得了感冒;想起基留沙因为长牙,嘴里不舒服而一路上闹脾气;想起丈夫突然血压高了,而手边却没有药物。她曾经恳求丈夫带她和孩子一起回家,现在则把那提出这个要求的日子和时间诅咒了一百次。然而现在已经无计可施了。娜斯塔霞受了一路罪,不再期望和马兰村人的相识能有令她高兴的事。因此当他们在山下看到准备用驴车把他们拉到马尼什卡拉山上的穆库奇时,她勉强忍住了眼泪。穆库奇是个身材高大、长着雪白头发和深棕色眼睛的老人。他和蒂格兰拥抱,然后把手伸向她,说了句"你好,亲爱的"。

娜斯塔霞握了握他干枯的手掌,问他为什么叫涅梅仓茨。"因为我的祖父参加世界大战后带回了一个德国妻子。为了纪念我奶奶，人们就叫我们'涅梅仓茨'①。"他回答说。他做了滑稽的羊角动作，逗得基留沙笑了起来。这位和天祖基拉克斯长得很像的基留沙向胡子花白的陌生人探过身去。老人哈哈一笑，迟疑地看了一眼娜斯塔霞，意思是询问能否抱一下小孩。娜斯塔霞马上把孩子递给他，笑了一下，说："您知道吗？我的曾祖父也参加过那场大战，也带回来一位德国新娘。"老人一边感动地逗着怀里的基留沙，一边回答："你看，这多好啊。世界这么小，而我们这么大，尽管我们因为幼稚和愚蠢总是抱着相反的想法。"

"亲爱的斯塔霞，最主要的是你不要把菜根削掉了。否则它会生气，第二年就不长了。"雅莎曼一边给她演示如何用刀子削下酸模草草秆，一边给她解释着，"所以地面上要留下一寸草秆。"

娜斯塔霞连连点头，紧张地听着雅莎曼的话。她的话很难懂，而且有时讲得很快，说得也不太清晰。

"您能不能说得……嗯，平静一些，这样我才能听懂。"她向雅莎曼请求道。

"难道我说的声音很大吗？"雅莎曼摊开双手。

瓦琳卡笑了起来："她的意思是你说慢一点儿。你说起话来跟打机关枪似的。她可听不懂你的绕口令。"

"那我说慢一点儿。"雅莎曼答应了。

娜斯塔霞扭过头，目光投向一棵枝繁叶茂的高大橡树。基留

---

① 亚美尼亚语中把德国人称为"涅梅茨"。

沙正躺在树荫下一张折成两层的家织毛毯上。坐在旁边的阿娜托里娅做了个让她安心的手势——一切正常,不用担心。阿娜托里娅身体很差,没法收割酸模草,干上半个小时就会头晕、恶心,所以大家让她负责照顾孩子。其他妇女身子弯得很低,沿着斜坡慢慢向上,尽量保证用刀子割下酸模草的整根草秆,把波纹形的草叶放进袋子里。

"草秆也能吃吗?"娜斯塔霞好奇地问了一句。

"不能吃。我们到时会把它扔掉。"瓦琳卡回答说。

娜斯塔霞觉得祖婆婆是在笑话她,不过祖婆婆说话时一本正经。

"我们割完酸模草以后,你就明白,为什么要把草秆儿割下来了。"

艾丽莎揪下一枚还未成熟的草莓,吃了下去,苦得让她做起了鬼脸。

"你为什么要毁坏它呢?别摘它,等它成熟。"娜斯塔霞责备她说。

"我觉得这样好吃!"

"等成熟了更好吃。"

"算了。我再吃两个就不吃了。"

太阳升得很高,但天气却是凉爽的多云天气。风儿吹动雾霭,布满了整个天空。空气清新、潮湿,散发着娜斯塔霞不知道名字的一股浓浓的香料植物的味道。古老的森林环绕着马尼什卡拉山主峰,那里每一棵树好像都有自己的语言。从远方的森林到身边的人们，一切都让她体会到一种从容不迫的感觉。她轻松地、深深地呼吸着空气，适应着这全新的一切。

老妇人们不紧不慢地忙着，把围裙边儿掖到腰上，这样可以把割下的酸模草放到围裙掖成的兜里。她们采满一兜酸模草后，就快步走到口袋旁边，把围裙里成束的草秆放到口袋里。妇女们也给了娜斯塔霞一个围裙，但她还不会把围裙边儿牢牢系住，所以只能一只手拉着围裙。

"亲爱的，要不你歇一会儿？"瓦琳卡向她提议道。

"瞧您说的！"她有些不好意思，"你们都还干活呢，我能休息吗？"

"我们一辈子都在干这些活，习惯了。"

"我喜欢干这些活。"

"那既然喜欢……"

娜斯塔霞小心地割下酸模草秆儿，把它们理成一束，正伸手去割另一丛，突然停了下来。乳房那种闷闷的、针刺状的疼痛感突然变弱了。她察觉到乳房变湿了。她猛地站直身子，一只手伸进裙子开襟，摸了下隆起的乳头，然后又摸了下另一只。她整理了下胸罩——胸罩下边缘已经变得湿漉漉的。

"我马上回来。"她小声和祖婆婆说了一声，就急忙朝那棵古老的橡树走去。基留沙正"啊啊""唔唔"地叫着，嘴里吐着泡泡儿，沿着毯子来回爬着，执着地从地上拔下一根根小草，阿娜托里娅则马上把小草从他肉乎乎的手里挖出来。

"我马上。"娜斯塔霞低声重复了一句，从手包里摸出一张手帕，钻到粗大的树干后面。她解开连衣裙，把乳房露了出来，不禁"啊"了一声。乳头缓缓流出乳汁。她的第一念头就是赶紧去喂孩子，但马上又停了下来，因为担心突然回来的奶水对孩子不好。她想了片刻，就急忙深深地弯下腰，双掌从乳根向乳头方向挤压，想把乳房中的奶水挤出来。奶水成股地流出来，浇到橡树下面生长茂盛的勿忘我草上，沿着花瓣和草叶流下来，消失在地里。

"没事儿吗？"阿娜托里娅喊了一声。

"是的，是的。"娜斯塔霞急急忙忙地回答。

她挤完奶后，整理了下身上的衣服，把手帕撕成两半，垫到胸罩里，把乳头和弄湿的胸罩隔开。基留沙看到母亲以后变得任性起来，伸手要妈妈抱。娜斯塔霞把他举起来，抱到胸前，亲昵地吻着他胖乎乎的脸蛋儿，把鼻子伸到儿子脖子上的褶皱中，闻着婴儿娇嫩皮肤上那极为熟悉的香味儿。

"我的宝贝儿子。"

阿娜托里娅微笑地看着她，然后深深地叹了一口气，垂下了眼睛："我最后也没能生个孩子。"

娜斯塔霞把基留沙放到毯子上。基留沙一下子不高兴了，开始抽泣。"马上，马上，你等一下。"她一边安慰着孩子，一边从包里摸出一个奶瓶，递给阿娜托里娅，问道，"您能喂他吗？"

"当然能。"阿娜托里娅帮基留沙翻了个身，让他侧卧，这样更容易喂奶，然后把襁褓拉到他脖子底下，"亲爱的斯塔霞，你可不要认为我不会带孩子。你可以问一下雅莎曼，我当年照顾她的几个孙子好长时间呢。"

"雅莎曼的孙子们现在去哪儿了？"

"在战争中牺牲了。"

"那他们的孩子呢？"

"有的在大饥荒中走了，有的在战争年代走了。"

"有可能……当然，我也不是非要坚持这么想的。"娜斯塔霞犹豫着说，"但我想……您之所以没有孩子，会不会是上帝不想让您承受这无尽的痛苦？"

阿娜托里娅朝她抬起双眼。她的两只眼睛异常的黑，就连瞳孔都看不到。

"可能吧，亲爱的。"

晚上娜斯塔霞去村里散步。艾丽莎在前面一边高兴地叫喊着，一边轻盈地跑着，两脚在村路上踏起一团团灰尘。基留沙蜷成一团儿躺在她怀里的包被中睡着。娜斯塔霞和瓦琳卡商量了一下，最后还是决定把奶水喂给儿子。习惯了甜甜的配方奶粉，基留沙刚开始时不情愿吃母乳，后来又喜欢上了母乳，但吃着奶就睡着了。娜斯塔霞想把他放到床上时，他开始抽泣，乳牙又叼住了乳头。娜斯塔霞把他抱起来，在村里散着步。她从一个废弃的院子走向另一个，在每个栅栏门前都停下来，端详着颜色暗淡的窗框、坍塌的墙壁和干枯的栅栏。鸟儿早就在墙壁裂缝里筑上了巢穴，生锈的排水管道中塞满了大风吹来的各种垃圾，栅栏墙里歪歪扭扭的木桩从地下伸出，就像已经腐朽的史前巨龙的牙齿矗立在那里。有时当她长时间地凝视某个建筑时，会不自觉地用手掌划过空气，就像渴望捉住那无声滑过的实质化的震耳欲聋的孤独一样。

这种孤独笼罩着每一幢房子，无论里面是否住着人。为什么会这样？娜斯塔霞不停地问着自己，却找不到答案。村庄也无法回答，只是在它的石墙环抱中默默地滋长着无尽的悲伤。

两只手散发着苦涩的青草气息。她想起今天笨拙地给酸模草编穗子的情景。她把一绺绺酸模草叶子交错着编成穗子。编好的东西有点像麦穗，只是很长，有一米半到两米长。然后把穗子外面露着的草秆儿小心地剪掉。

"现在你明白为什么要把草秆儿割下来了吧？是因为这样更容易编起来。"祖婆婆给她解释着。

"然后怎么办呢？"

"草秆儿留给牲口吃，穗子挂在绳子上，把它好好晾干。然后放到麻布口袋里，等着冬天用。"

"怎么吃呢？"

"很简单。先用水把它煮好，把水倒掉，然后把它和炒好的洋葱一起炖。浇上带蒜汁的玛川酸奶，就着面包和羊奶干酪吃。如果碰上过节，可以撒上石榴籽儿和压碎的核桃末儿。这样看着更漂亮。"

"好吃吗？"

"你不会喜欢吃的。"瓦琳卡笑了起来。

"为什么？"

"不管什么饭菜，如果不习惯，都不会好吃的。"

"我会习惯的。"娜斯塔霞不知为什么向她保证说。

瓦琳卡用一根粗线把编好的酸模草穗子尾部扎起来，放到一边,然后拿起另一条酸模草穗子。

"去年冬天还剩了一点儿。我做一点儿你尝尝。万一你真的喜欢上了呢。"

娜斯塔霞出门时,晒衣绳上已经晒上了十八条酸模草编成的粗粗的穗子,在风中有节奏地荡来荡去。蒂格兰把她送到街头后,听从了她不需要人陪伴的劝告,回到木柴棚继续干活。

这样娜斯塔霞就和整个马兰村面对面地站着。

她两个小时后回到家里,显得全神贯注、若有所思。

"你知道我遗憾什么吗?"当给孩子们洗完澡,哄他们睡下后,她和丈夫坐在凉台上,喝着瓦琳卡煮好的百里香茶时,她问丈夫,"我遗憾手里没有铅笔和纸。"

"可以找涅梅仓茨·穆库奇。他能从山下买来。"

"那请你找一下他吧。我不确定能不能画好,毕竟好多年没有机会画了。但现在不知为什么突然想画了。"

蒂格兰抱住她的肩膀,吻了一下她的鬓角。

"好的。"

第七章

到了第二周的周末，窗台上已经摞起厚厚的一沓铅笔素描画。瓦琳卡翻动着画纸，看着黑色铅笔画出的图案，若有所思，连连叹气，不住地咋舌。她没有时间和孙媳妇好好聊个天儿，照看孩子花了她太多的时间和精力。娜斯塔霞讲马兰村话又不太熟练，经常因为不能正确表达某个意思，无法把自己的想法传递给祖婆婆而感到沮丧。蒂格兰经常不在，整天待在老人们家里，力所能及地帮他们修理各种东西：加固围墙，砍下干枯的树木，劈柴火，快手快脚地帮着修葺屋顶，清理壁炉的烟道，把没用的破烂儿运到村边烧掉，敲打太阳下晒好的老旧地毯。他尽全力帮助着老人们。艾丽莎常常寸步不离地跟着他，在他身边转来转去，主动和老人们聊天，给他们讲自己的事。老人们听了她喊喊喳喳的讲述后，变得神采焕发，爱说话，也爱笑了。他们给她做了各种歪歪扭扭的玩具，送给她各种小饰物。教会她用花朵编小娃娃：把罂粟花外面的花蕾揪下来，小心地拔下花蕾中心，把它插在草秆上，把花瓣打开，这样就做成了一个穿着红色罂粟花裙的黑头发吉卜赛小姑娘。艾丽莎屏住呼吸盯着老人们的演示。她的小脸上长着雀斑，笑起来像太阳一样灿烂。眼睛是和猫眼一样的绿色。头发则是草黄色,长得很细。她每拿到一个花朵做的娃娃就跑过来找蒂格兰:"爸爸,你看这个漂亮吗?"在瓦琳卡的盘问下,孙子不太情愿地简单说了一下艾丽莎母亲和生父如何费尽周折才离婚的事。她生父不想和女儿交流,甚至不管对她的教育。瓦琳卡摇了会儿头,叹了几口气。第二天她去了几个邻居家,找齐了家里缺少的配料,烤了一个大大的肉桂馅饼。这种馅饼做起来极其费时费力:需要用蜂蜜把核桃、桃仁和榛子熬成糖浆,再把五张酥饼用糖浆浸过。这种馅饼以前是有隆重的洗礼仪式时才会端上桌的,而瓦琳卡专门为这个女孩儿烤了一个。女孩儿和她没有任何血缘关系,但在心灵上却比孙子还要亲近。艾丽莎吃馅饼时幸福得神采飞扬,不住口地夸赞瓦琳卡的手艺,吃完了自己那份儿又要了一些。

"你以后能给我烤和这一模一样的'蛋糕'[①]吗?"她连连追问妈妈。

娜斯塔霞只能在瓦琳卡口授下记下了详细的制作方法,并向女儿保证会在圣诞节前给女儿烤一个肉桂馅饼。

"你能做吗?"女儿仍在纠缠妈妈。她双手叉腰,歪着身子站在那儿,伸着脖子,皱着眉头在那里看着她。两个女人交换了一下眼色,鼻子里都哼了一声。艾丽莎可不是白白和那些老人们打得热火朝天,她也学会了他们那种爱唠叨的语调和说话风格。

"瞧你!"娜斯塔霞揪了一下女儿的小辫。她挣脱开,从桌

[①] 艾丽莎的认知偏差,将馅饼误以为是蛋糕。

上抓起一把樱桃李，跑向了父亲。

瓦琳卡满眼含笑地看着孙媳妇和她的女儿。她们长得惊人地相似，都是身材轻盈、雅致，腿很长。

"我们这儿的人和你们长得不一样。"瓦琳卡若有所悟地慢慢说道，"我们这儿的人个子高，更壮实，鼓鼻梁儿，笨手笨脚。你们像蝴蝶一样动作轻快。"

"您长得很漂亮。"娜斯塔霞回应道，"而且……像石头一样厚重。我觉得，马兰村的一切都像石头一样。房屋、树木、人。而且……"她打着响指，想着如何用词，"雕刻，对，像是用石头雕刻出来的。"

孙媳妇喂完基拉克斯，把他哄睡后就去画画了。瓦琳卡等她走了以后，开始欣赏她的画作。她画了墓园、穿过狭小窗户射进小教堂房间的太阳光线、接雨水的大桶、大车车轮、系在一棵孤树上的驴子、陶罐、锦葵花丛，等等。另一摞画纸中是几张还未画完的阿娜托里娅的画像。阿娜托里娅经常和雅莎曼一起来家里做客。当雅莎曼让瓦琳卡休息一下，帮着照顾孩子时，娜斯塔霞就让阿娜托里娅坐在窗前，给她画像。阿娜托里娅打开了发辫。她虽然已经不年轻，但头发仍然很浓密，透出一种蜂蜜的色调。娜斯塔霞看了不禁连声惊叹。真是想不到！这是黝黑皮肤和带着棕黄色调的麦色头发的组合，是多么罕见、多么神奇的组合啊！漂亮！太漂亮了！阿娜托里娅则耸了耸肩："亲爱的斯塔霞，这没有什么特别的啊。一个颜色是从父亲那里继承的，另一个则是母亲给的，所以才有这样的长相。"

雅莎曼则小声地向瓦琳卡抱怨着阿娜托里娅，因为她尽管一直在喝草药，但身体状况却不见好转。

"我没法逼她去山下看医生。她谁的话也不听，不听我的，不听瓦西里的，也不听霍夫汉内斯的。虚弱得厉害，一会儿头晕，一会儿两条腿不听使唤。上周晕倒了，摔了一跤，勉勉强强才让她恢复知觉。"

"要不我和她说一下？"

"有用吗？她肯定还是固执己见，还会因为我跟你抱怨生气呢！"

"那能怎么办呢。我们也不能逼她，不是小孩儿了。"

"是啊。没有办法。"

阿娜托里娅尽管一身病态，在画像中却显得十分漂亮，不仅青春明媚，而且美丽动人。瓦琳卡有时觉得孙媳妇在有意渲染，有时则觉得她根本没做什么渲染，阿娜托里娅在孙媳妇眼里就是这样的。整个村庄在她的画里都显得和平时不一样，而像是很久很久以前村庄的样子。娜斯塔霞就好像有意绕过了村庄因为年代久远和凄凉的破败造成的印象，把宁静和幸福祥和留给了马兰村。瓦琳卡觉得，娜斯塔霞对这个陌生的地方抱着一种同情和理解，好像能体会到这个地方的人在苦痛命运中所承担的那些责任。她拥有一种超凡的洞察力，能够通过直觉发觉出村里的老人们很久都没有注意到的东西。

瓦琳卡端详着手上的一张画，这是穆库奇院子里的一个食槽。看上去这个食槽没什么特别：矮矮的，一个侧边儿是歪斜的，粘满了鸡粪。但谁能想到,村子里的黄雀恰恰看中了这个食槽。它们等黄昏以后,会成群飞到这个食槽里,喧闹着进食。家禽们都远远地看着那里鸟头攒动。只有一只年老的火鸡在黄雀旁边转着圈,晃动着脖子下面深色的肉瘤,凶狠地咯咯叫着。这是个爱争吵、头脑糊涂的老家伙,穆库奇一直没舍得杀死它。不过那些黄雀们对老火鸡的愤怒视而不见。它们闹腾一阵,把食槽里的东西吃干净以后,就一哄而散高高飞起,飞向森林的方向。对于娜斯塔霞追问为什么这些鸟儿只会飞到这个院子里进食,老穆库奇只能两手一摊:"我也不知道啊,亲爱的。大概因为上天这么安排,所以才会这样吧。"马兰村人早已对黄雀的奇怪行为司空见惯,而娜斯塔霞刚到村里两周,不仅发现了这个情景,而且还花费力气画出了这个落满鸟儿的一侧歪斜的食槽。当瓦琳卡问起她为什么要这么做时,她坦诚地回答,自己也不知道。

还有悬崖边上那个孔雀长眠地的栅栏的事情。瓦诺以前每个傍晚都端详着这个落日余晖照耀下的栅栏,而瓦琳卡则经常侍弄蒂格兰在孔雀坟上种下的山地百合。但他们谁也没有发现,栅栏上那些被焊接的角钢居然构成了字母"K"和"B"的形状。

娜斯塔霞看清图案以后,把它画了下来,然后拿给丈夫看。蒂格兰不相信自己的眼睛,去菜园里看了下,确认妻子是对的。

"但你怎么能认出那些字母来呢?你不懂我们的文字啊!"

"我在石头十字架上看到过这些字母,就记住了!"

瓦琳卡吃惊地看着孙媳妇画出的栅栏图案。她和瓦诺虽然只是勉强识字，但终究还是知道"∩"和"Ч"①两个字母怎么写。只是他们没有看到，没有注意栅栏上会有这两个字母。

娜斯塔霞在几张画纸上都描绘了马格塔西奈父亲家里倒塌的凉台。马格塔西奈的母亲当年还没有疯掉的时候，瓦琳卡和她关系很好。娜斯塔霞找到了一个视角，把已经坍塌并且长满苔藓的房梁画成了一个老人的面部侧影。仔细一看，就是马格塔西奈父亲的脸庞——典型的鼓鼻梁儿、紧锁的眉头、薄薄的嘴唇。瓦琳卡专门跑过去看了一眼。确实如此。彼得洛斯就好像躺在那里，和他葬礼那天的形象一模一样。他虽然走了，但仍然把形象留在了废弃的院子里。

瓦琳卡终于看完了孙媳妇的画作，把它们叠起一摞儿，放在窗台上。她撩起吊篮帐子，倾听着睡着的基拉克斯的呼吸声。他是马兰村最后的孩子。没有其他的孩子了，以后也不会再有了。年轻人都走光了，老人们马上也要走了，甚至连回忆都不能留下。

"算了。就这样吧。"瓦琳卡接受了这种苦痛的现实，"大概因为上天就是这么安排的，所以才会这样吧。"

瓦琳卡是偶然才想起被遗忘在阁楼上的那幅画像的。当时她正给孙媳妇解释，应该怎样晾晒洗过的衣服——要按着衣服的种类和颜色分着搭开。

"真想不到有这么多讲究。"娜斯塔霞一边拉平床单潮湿的

---

① 娜斯塔霞在栅栏上看到的是"□"和"Ч"两个亚美尼亚字母，它们的发音和俄语字母"К"和"В"相同。

边角，一边笑着说道。

"你想得太简单了！看一个女人怎么晾衣服，就知道她是个什么样的女主人。你都想不到，连男人们都明白这些小把戏的。就连我婆婆都知道这个。愿她在天国安宁！她空有一个公爵的血统，连茶都不会煮，却知道怎么晾衣服！"

"您的婆婆是公爵小姐吗？"娜斯塔霞觉得不可思议，"蒂格兰的曾祖母？"

"他没跟你说过吗？看来，他根本没在意。他们家就是因为这个原因才姓'梅利康茨'，是……"瓦琳卡突然停了下来，不停地眨着眼睛，然后拍了一下自己脑门道："我怎么能把这个忘了！走，亲爱的斯塔霞，我给你看个东西。你会画画，这个东西你会感兴趣的。"

瓦琳卡丢下正在晾晒的衣服，急急忙忙向屋里走去。她一边走，一边用围裙下摆擦着湿漉漉的双手，不停地骂自己记性差。

通往阁楼的楼梯位于房子二层的一个宽敞的角落里。瓦琳卡在这个房间里存放羊毛被、床垫和装满鹅毛、手感很硬实的枕头。自从客人们来了以后，这个房间的门就被锁上了，因为担心艾丽莎会爬上通往阁楼的那道不结实的楼梯。那道楼梯年代久远，每个踏板踩上去都会被压弯，吱嘎作响，掉下木屑。楼梯有的地方已经腐朽，可能会断裂。

"得让蒂格兰把楼梯加固一下。"娜斯塔霞提心吊胆地看着每一级台阶说道。她跟着祖婆婆向上走着，一步一步地跟着，屏住了呼吸。一只手扶着墙，不敢倚靠摇晃的楼梯栏杆。

瓦琳卡叹着气，费力地移动着双腿："我老了，膝盖疼得厉害。晚上得抹点儿土豆泥了。"

"管用吗？"

"管点儿用。你把生土豆挤碎，加上一勺粗盐，涂到膝盖上，裹上帕子，然后在腿下面垫上沙发靠枕。"瓦琳卡推了下阁楼门，门吱吱嘎嘎地响着打开了，一股陈年物品散发的呛人气息扑面而来，"我好久没收拾这里了，亲爱的。实在是没有力气。小心！别弄脏了衣服。"

娜斯塔霞往屋子里看了一眼，就"啊"地叫了一声。阁楼空间很大，但被各种用坏的家什塞得满满的。她觉得，这个地方的时间不仅仅是凝滞了，简直就像是被时间忘却了。屋子里摆满了各种老旧的箱子、大锅、大桶、空陶罐、破烂的家具——衣柜、凳子、散架的椅子。物品上面都盖着一层厚厚的尘土和蜘蛛网。最前面，正对着她的是一个高高的、罐颈细长，有着弯曲把手的铜罐，上面零星地分布着和绿松石一样颜色的氧化斑。娜斯塔霞忍不住悄悄摸了一下布满灰尘的罐身，想把盖子拿起来，但盖子却纹丝不动。

"得这么打开。"瓦琳卡弯下身子，用手指摁了个看不见的按钮。盖子"咔嚓"响了一声，滑到了一边，露出了狭小的罐口。

"你知道这是谁做的吗？是瓦西里的叔叔。库达曼茨·阿鲁夏克的儿子们都不错，心灵手巧。瓦西里的父亲是个很出名的铁匠，叔叔则是个好铜匠。有段时间马兰村的女人们都用这样的罐子去打山泉水。这种罐子有一个好处，那就是不管天气怎么样，盛在里面的水都是凉的。"

瓦琳卡把罐子翻过来，让她看了下罐底的洞。

"很早就坏了，又没人会修理。一直舍不得扔。"

"当然啦。这么漂亮的东西谁舍得扔呢！"

"说实话，我不是因为漂亮才留下它的，"瓦琳卡说道，"只是用来纪念那些我曾经认识的人。看见这些陶罐了吗？是贝尔万茨·玛丽亚姆的祖父做的。给瓦诺的鞋子就是让贝尔万茨·玛丽亚姆的婆婆帮着带去那个世界的。这个大木箱呢，"瓦琳卡拍了下厚重的箱盖，"是木匠米那斯做的。他是个心善的人，做事讲良心。死在打仗的那几年里，他差两天就要收到儿子的阵亡通知书了。上帝可怜他，提前把他叫走了。"

瓦琳卡往一个大木箱后面看了看，一只手在箱子旁摸索了一阵，摸到了发暗的画框边儿。

"亲爱的斯塔霞，你帮我拿过来。我一个人拿不动。"

娜斯塔霞抓住框架的另一边，小心地拖出一幅沉重的、脏得出奇的油画。瓦琳卡从箱子里抽出一块抹布，递给孙媳妇："亲爱的，你来擦一下吧。我怕把它擦坏了。"娜斯塔霞开始小心翼翼地擦拭油画上的脏东西，但没什么效果，因为画上的脏东西粘得很密实，已经看不清画布上到底画的是什么了。

"是我的婆婆把它藏在这里的。"瓦琳卡把阁楼上唯一的窗户打开，使劲儿咳嗽起来。她费力地喘了一会儿气，用手背擦掉了咳出的眼泪，解释道："碰上灰尘就咳嗽，一辈子都这样。"

娜斯塔霞有些局促不安。

"您下楼吧，我马上也下去。只是我得把它拿到杂物间，说不定我能……"她绞尽脑汁想用马兰村的语言说出"修复"这个词，但很快放弃了，只好说了句"能修理好它"。

瓦琳卡点了下头："就按你说的，亲爱的。那我去把衣服晾了。"

"它在这里放了多少年了？"娜斯塔霞追着问道。

瓦琳卡停在阁楼门的门洞里："差不多有一个世纪了吧。说实话，我和瓦诺都没见过这幅画。婆婆活着的时候，谁也不让看。等她死了以后，我们就把这幅画忘得一干二净了。奇怪的是，我今天怎么突然想起来了！"

从画框上纷纷掉下干枯的碎屑。娜斯塔霞只能把画框全部拆掉了。还好拆起来很轻松，因为固定画布的钉子早就生锈，用手一压就碎了。娜斯塔霞把朽坏的画框碎片收集起来放回箱子，拿着画布准备下楼。她把画布放在窗前太阳光线射进的地方。在明亮的阳光照射下，画布上显出了一个人的轮廓。在画的下部则能看到一个模糊的白色斑点。

基留沙"啊啊""呜呜"地叫了起来。娜斯塔霞急忙下楼，在洗手池里洗过脸，匆忙换了衣服，就去看了下儿子。祖婆婆刚给孩子换完了尿湿的连脚裤。他看到母亲后，高兴地咿咿呀呀，伸出双手让母亲抱。她给孩子喂了奶。她的奶水很多，基留沙勉强能吃完，最后只能把乳头从孩子嘴里抽出来，让他喘口气儿。娜斯塔霞脑子里突然冒出一个念头：如果在别的情况下，在别的地方，她会把奶水回来这事看成一桩奇迹。但在马兰村，她只会把它看作一桩理所当然的事情。"大概因为上天这么安排，所以才会这样吧。"她重复着村里老人最喜欢说的话，笑了一下。话语越简单，蕴含的意义就越重要。

蒂格兰和艾丽莎回来了。"我们马上吃饭，然后还要出去。"女儿跑进屋子，兴高采烈地说了一声。她先是亲了一下弟弟圆圆的脸蛋儿，又亲了娜斯塔霞，"妈妈，有一个老奶奶（忘了她叫什么名字了）在教我织东西。我都已经织好两行了，你相信吗？"

趁着艾丽莎纠缠母亲，瓦琳卡让蒂格兰上楼去看下油画，自己则去安排饭桌：往每个盘子里倒上用玛川酸奶做的冷杂拌汤，摆上了白煮鸡肉和嫩土豆、羊奶干酪、放了少许盐的带茴香味儿的西红柿、绿叶菜、鲜嫩的黄瓜和小水萝卜。蒂格兰从楼上下来以后满头雾水，因为他和娜斯塔霞一样，都是第一次听到画的事情。

"这是怎么回事？为什么您和爷爷一次也没提过这幅画的事情？"他问道。

"我自己都不知道为什么！"瓦琳卡一下子悲伤起来。

"我只是大概记得怎么修理油画。"娜斯塔霞说道，"我试着修理一下。花的时间会比较长，但我们走之前能修好。我需要的唯一东西就是植物油。能找到吧？"

"能找到。"

午饭后，蒂格兰和艾丽莎回到阿涅斯老人家里，一个帮着劈柴火，另一个和老人半瞎的妻子学织袜子。瓦琳卡忙着准备做洋葱鸡蛋馅饼的面团，而娜斯塔霞和祖婆婆要来了植物油和软抹布，就去清理油画。她怀着各种担心开始修复油画，害怕恶劣的保存条件和油画上那层厚厚的脏东西已经不可逆转地损坏了画布。但在去除了厚厚一层灰尘、蜘蛛网和苍蝇粪便留下的黑斑后，露出了颜色极度暗淡，但保存得不错的油画颜料。娜斯塔霞经过三个小时细致复杂的工作，终于清理出了一块儿画面。这是一块白蓝相间的条纹状图案，可能是徽章，也可能是盾牌，还有一块儿石墙的图案。一周之后，画面上露出一个年轻的十字军骑士。他长着高高的额头、天蓝色的眼睛、笔直的鼻梁、浓密的短须。他穿着轻型板甲，板甲外面披着一件厚重的披风。披风是用天鹅绒做的，颜色为深红和金黄色相间。披风在颈部用一根链子绑紧，链子的每一节上都装饰着雕刻的花纹。但遗憾的是，这些雕刻的图案无法看清。

娜斯塔霞把那块灰白斑点留到了最后。她在着手清理时，觉得这可能是一块霉斑，已经彻底毁坏了画布的这个位置。但随着她不断地清理，画布上曾经沾染了百年的粗糙污秽开始让步于浸满植物油的抹布小心翼翼的擦拭，在慢慢褪去，露出了污秽下面的画布。当瓦琳卡抱着小基拉克斯来到杂物间，看到画布时，脸色一下子苍白起来。她一只手抓住胸口，站在那里，一动也不能动。娜斯塔霞害怕她摔了孩子，但祖婆婆让她不要担心："没什么事，亲爱的。"她把孩子交给娜斯塔霞，迟疑地迈着小步走到画像前，一边连连发着"啊啊"的惊叹声，一边悲伤地摇着头，然后就哭了起来。她很明显轻松了很多，就好像曾经有个问题苦苦折磨了她一生，而今天她终于得到了答案。就在十字军骑士的脚下，站着一只高大雪白的鸟王孔雀。它向天空伸展着羽冠下精致的鸟头，一双透明的、石榴籽儿一样通红的美丽眼睛正凝视着她。

当然，瓦琳卡没有离开马兰村。

第三部

给听到的人

第二部　合理的個人

第一章

当入夜前的窗户里刚刚亮起稀疏的灯火,九月份凉爽而又宁静的夜色把群星布满村庄上空时,马格塔西奈就会来到家里。她站在凉台上,双手抱胸,看着院子里。

瓦西里已经习惯了过世妻子的到来。当他第一次在昏暗的天空背景下看到她透明的身影时,他没有感到害怕,因为当时他正感到怅然若失、无能为力。阿娜托里娅已经睡下了。她因为身体不适,家务之余的所有时间要么在沙发上度过,做些不费力的手工活儿,要么就躺在床上。瓦西里尽心尽力地服侍她——给她煮茶,用毯子把她永远冰凉的脚裹住,给她及时拿来草药,让她一天三次在餐前严格按时服用。如果需要去铁匠铺工作,他一定会通知雅莎曼和霍夫汉内斯,让他们别忘了照顾她。

阿娜托里娅被瓦西里的关心深深感动,她还不习惯于被这样温柔和细心地对待,所以在身体许可的情况下,尽可能地回报他:给他做喜欢的饭菜,帮他整理不多的衣服——把他的旧大衣翻改,织补他的内衣,给他织了几双毛袜子,用自己存下的一块棉布料子给他缝了两件衬衫。晚上,她会教他读书识字。瓦西里卖力地吐着舌头，用笨拙的，因为繁重的铁匠劳动而变形的手指费力地捏着铅笔，在纸上画着字母。然后他皱着眉头，一个音节、一个音节，磕磕巴巴地努力地念着单词。阿娜托里娅等瓦西里学累了休息时，就给他读书。这些书是她在第一个严寒的冬天时从图书馆拿回来的，因此也得以保全。尽管阿娜托里娅能背下这些书的内容，但当她发现瓦西里对艺术作品有浓厚兴趣后，她非常高兴地给他读，就好像她第一次拿起这些书一样。他们相拥入睡。她有时会微笑着想到，人生的幸福真是多种多样，它的每一次展现都是不同的，但都是仁慈的。她每次想起第一次做爱的尴尬场景就感到难为情，脸就变得通红。第一次做爱发生在瓦西里搬到她家一周之后。"我能抱抱你吗？"他有些迟疑地把身子向她靠过来问道。阿娜托里娅觉得有些不可思议，因为前夫做爱时从不问她同不同意，而总是违背她的意愿，同时因为她总是默不作声并且忍不住自己的眼泪而愤怒。因此瓦西里腼腆、小声的请求一下子解除了她的武装，使得她主动靠向他、拥抱他，尽管她害羞于自己的主动。瓦西里尽管外表长得很粗鲁，心思也不细腻，在床上却十分温存。他十分感谢她的温柔，对待她也十分体贴、温柔。阿娜托里娅第一次感觉到性生活并不是一种屈辱的折磨，而是一种幸福。

  他们年纪都很大了，所以再没有那种炽烈的感觉和蒙蔽意识的激情，身体也不像年轻时那样可以放纵无度，但他们都理解这一点，也极度感激上苍给了他们这个机会，让他们和真正珍重自己的人一起分享人生中的夕阳时刻。

  "如果有人跟我说，我还要再经历一遍前夫给我的种种折磨才能和你在一起，我也会答应的。"阿娜托里娅不知为什么这样和瓦西里坦白了。他被她的话深深打动，但有些不知所措，不知道怎么回答才好。他在铁匠铺里忙了整整一天，晚上带回家一个显得笨拙的用金属锻造的玫瑰，这是他多年铁匠生涯中做的第一个金属花朵。"我不像你说的那么好……"他很坦诚地说道，但一下卡了壳，不知道怎样表达自己的想法。"所以你才把你的感情锻造进钢铁中去？"她帮他说出了自己的想法。"是的。"他回答说。

  瓦西里第一次看到亡妻的那天，阿娜托里娅被暴风雨折磨得极度疲劳，早早就睡下了。天气一整天都很闷热、黏糊，让人喘不上气来。已经是夏末，八月份马上就要离开了，却闹开了脾气，变得歇斯底里。正午时太阳炽热如火，入夜前下起了暴风雨。天上像是火山喷发了一样，雨点像标枪一样划破空气，滚烫的雨流从天空淌下，但人们期盼了一天的凉爽却未到来。瓦西里去卧室里看了一眼，确认阿娜托里娅已经睡着了。她最近一段时间除了感到极度虚弱外，每天还承受着脚痛的折磨。她总是诉苦说关节疼痛，两脚浮肿，所以睡觉时在膝盖下面垫上了折成四层的毯子。她抱怨说自己胖了，开玩笑说一辈子都骨瘦如柴，现在却把腰吃胖了，肚子也吃胖了，马上要吃成像奶酪团一样的圆球了。瓦西里微笑着，费了半天劲才说道："没事。你就是长得再胖我也爱你。"阿娜托里娅的身体状况一天不如一天。显然，不去山下看医生已经不行了，但她始终不同意。每当有人劝她去山下看病时，她总是流着泪拒绝。

瓦西里把门半关上，担心她醒了以后会喊他，然后准备去厨房里煮杯薄荷茶。却发现屋门不知为什么大开着。他走过去想把门关上，一下子就看到了马格塔西奈。她站在那里，肚子靠在凉台栏杆上，没戴头巾，头发不知为什么剪短了，双手抱胸，看着院子里帕特罗狗窝所在的位置。尽管她瘦了很多，个子也比生前矮了一拃，但瓦西里还是从习惯的侧影中一下子认出了她。当她还年轻时，有次转身不利落，脚绊到了脚垫的穗子，身材瘦长的她摔到了地上，把肩膀摔伤了。从那时起她的肩膀经常酸痛，特别是当天气变化时。马格塔西奈因为担心胳膊肘会撞到东西，引得肩膀疼痛，所以总是不自觉地抬起肩膀，双臂抱在胸前。瓦西里想走近她，但她向他转过脸，神情严肃地冲他摇起头来。她的脸出人意料地年轻，没有一丝皱纹。门被风吹得砰的一声关上了。等瓦西里再打开门后，凉台上已空无一人。

从那天起，马格塔西奈几乎每天都会出现，但都是在晚上，等阿娜托里娅睡着后才来。瓦西里总能很准确地猜到她到来的时间。他往凉台上看的时候，能看到她站在凉台上，双手抱在胸前，看着院里。他不再试图走近她，但知道她来是有原因的，想对他说些什么，只是不清楚她为什么在迟疑。

亡妻的到来并没有让他害怕。马格塔西奈尽管年老以后脾气变坏了，但却是个善良的女人，从不记仇。她尽心尽力地照顾父母，尽管责备他们对她爱得不够，但这更多是习惯使然，而不是因为受了委屈。大饥荒结束一年后，她和瓦西里结婚了，马上就接受了阿柯普，像对亲人一样喜欢上了这个九岁的男孩。甚至当他们第三个儿子出生后,她仍对这些孩子平等相待,对阿柯普特别温柔。当阿柯普得了无法解释的热病后,她一步不离地照顾他。

瓦西里一想到弟弟曾经承受的痛苦,就不禁紧皱眉头,呼吸沉重。阿柯普第一次发病是在母亲死了几个月之后。瓦西里喊弟弟吃饭却没有得到回应,于是去屋子里找他,最后在客厅地板上发现了他。阿柯普烧得厉害,以至于当瓦西里摸到他的额头时,吓得一下子把手抽了回来。瓦西里迅速把他的衣服脱光,用桑葚酒给他擦了全身,把他放在床上,就跑去找雅莎曼。雅莎曼到了以后,发现阿柯普又躺到了地上,滚烫的身体摊在冰凉的地板上,说起了胡话。当雅莎曼喂他喝草药时,他呻吟着挣脱开,然后躺到了床上,盖上了两层被子,看样子是想出点汗。他痛苦地哭喊着,请求把恶魔阿斯兰-巴拉萨尔放到他枕头下面的宝剑拿走。他们只能把枕头拿起来,给他看,枕头下面什么也没有。但阿柯普还是没有安静下来,翻滚到床的另一侧,一只手指向窗户,说:"你们看,他在那儿等着呢。等到了时间,他会用他的剑杀死我们。"

瓦西里把他抱到另一个房间,让他远离那个倒霉的窗户,但无济于事。阿柯普仍悲痛地哭着,哀求把剑拿走,否则大家都会死的。热病持续了整整一夜,直到凌晨时他才退了烧。男孩中午醒了过来,出乎大家的意料,他居然痊愈了,只是身体很虚弱。他什么都忘了,只是记得自己感受到了能够禁锢心灵的恐惧,阿柯普感觉身后站着一个极其恐怖的东西,然后一下子就摔倒了,失去了知觉。从那天以后,他每月都要发一次病,间隔时间有时甚至很短,每次生病都需要好几天时间才能恢复过来。他害怕黑暗,不敢一个人待着。瓦西里竭尽全力想要治好他——带他去山下看了几次医生，带他去找解梦师和巫师，邀请神父来驱邪。遗憾的是，所有努力都没有用：医生检查以后没有发现男孩身体中有异常，巫师的咒语也不管用，解梦师无论怎么端详水晶球，也看不出什么门道。而受邀来家里的神父阿扎里亚正好赶上了阿柯普发病，他连着为阿柯普祈祷了几个小时，最后因为承受不住巨大的精神压力，把额头靠在阿柯普滚烫的手掌上，无助地哭了起来。

唯一猜到阿柯普生病原因的是马格塔西奈。瓦西里总是避免和弟弟谈到他生病的问题，担心让他再次承受发病时的痛苦。而马格塔西奈的做法则和他不同。她很温柔，但坚定地引导他谈话，收集零星的信息，用阿柯普的回忆拼凑出一个画面，虽然看上去仍然毫无意义。随着时间的推移，她学会了预测他发病的时间。当然，她无法向丈夫解释她是如何做到这一点的，因为她也是靠直觉，完全靠感觉和猜测算出发病的大体时间。在那些日子里她会把阿柯普留在家里，观察他，而没有弟弟帮忙的瓦西里只能整天在铁匠铺里忙碌到很晚才能干完工作。但不管马格塔西奈如何把阿柯普控制在自己视线之内，都没有看到他刚开始发病时的情形，这让她很沮丧和恼火，因为她不知从哪儿听说，男孩发病之谜的谜底就藏在他晕倒前的几秒钟内。瓦西里把妻子的信心看作是异想天开，但心底里仍抱有希望，期望马格塔西奈能搞清弟弟这种怪病的原因。

就这样过了两年时间。就在大家都已经彻底绝望的时候，马格塔西奈终于有一天等到了阿柯普发病时的情形。那天，在马格塔西奈的坚持下，阿柯普被留在了家里，正在把劈好的木柴放到板棚里。瓦西里和马格塔西奈的头生子、阿柯普的侄子卡拉佩特正裹在暖和的被子里，躺在凉台上的吊篮里睡得正香。马格塔西奈确认孩子已经睡着，就从台阶上往下走，想走近阿柯普。但她还没从最后一级台阶上走下来，就发现阿柯普突然背朝着凉台，小声、快速地喃喃说了起来："孩子要摔下来了。"马格塔西奈吃惊地回了下头，禁不住"啊"地叫了一声。天知道儿子是怎么从被子里钻出来的，正上半身探出吊篮，头朝下挂在吊篮低矮的边帮上。她三两步跳过楼梯，抓住了儿子双手，把孩子按到胸前。她的心脏怦怦地剧烈跳着，好像要从胸腔里跳出来一样。她平静了一下，担心地走到凉台边上，看到了预想中的一幕：犯了病的阿柯普脸色灰白，躺在院子里的一堆柴火上，正因为炽热的高烧痛苦地呻吟。

"你生病是不是因为你能看到将来的事？"第二天马格塔西奈小心地问他。

但阿柯普只记得当时身处可怕的恐惧当中，那是一种仿佛能把灵魂冻结的恐惧，除此之外什么都忘了。他无力地闭上了眼睛。

"如果我什么都会忘掉，那说这个有什么用呢？"他嘟哝了一句。

"我也不知道。"

过了一段时间之后，来他们家借玉米面的玛丽亚姆也见证了阿柯普刚发病时的情景。当时马格塔西奈正在给孩子洗澡，阿柯普站在旁边，拿着毛巾等着。他突然后退一步，一只手摸索着身后的墙，身子往墙上靠了过去，翻着白眼，慢慢地向地板上滑去。

他在失去知觉之前，从咬紧的牙缝里挤出一句："萨摩师傅。"马格塔西奈把湿漉漉的孩子塞给玛丽亚姆，自己则扑向了阿柯普。

"什么也别问。"她扭过头说道，"给孩子穿上衣服，然后跑着去找谢尔布依。告诉她，她父亲出事了。"

人们在一个橡树林旁边找到了牧人萨摩师傅。老人正躲在那里，疼得像孩子一样号啕大哭，身边围着忠实而又沉默不语的畜群。他摔了一跤，摔得很厉害，把踝骨摔断了。

铁匠瓦西里的弟弟能预见灾难，这个消息迅速传遍了全村。人们陆续来到他家，想问一下自己将来的事。但阿柯普只能无力地摊开双手。他看倒是能看到，但什么也记不起来。他的解释前言不搭后语，马兰村人不相信他的解释，认为他无情无义，不想帮助村里人，所以都很生气。做得最过分的是老帕兰杰姆。她家里的鸡鸭莫名其妙地病死了，却不知为什么认为家禽病死是阿柯普发病造成的。于是她放出风儿来，说阿柯普不能预见未来，恰恰相反，他是乌鸦嘴，说出的话会惹来灾祸。帕兰杰姆脾气恶劣、言语恶毒，所以村里谁都不喜欢她，但还是有些人相信了她编造的谣言，看阿柯普的眼神就像看待麻风患者。他们不让孩子接触阿柯普。如果阿柯普在铁匠铺的话，他们就不去铁匠铺。如果在街上遇到阿柯普，他们会瑟缩着转开目光，小心地画个十字，转道而行。

少年阿柯普对于村里人的恶意表现得很平静，甚至有些高兴，这和他的年龄有些不相称。他觉得，他们爱怎么想就怎么想吧，只要不来喋喋不休地纠缠我就行了。但瓦西里却恼怒于人们如此对待阿柯普，心里难受。他好几次试图跟同村人解释，和他们争吵，想告诉他们实情。他有次甚至发怒，和别人打了起来，但这却起了反作用——现在马兰村人连他也躲着走了。顺便说一句，铁匠铺里的活儿没有见少——害怕归害怕，但像瓦西里打造的结实耐用的锄具并不是每个师傅都能做出来的。他打造的锄头用的时间长，尽管总是锄到石头（马尼什卡拉山上的石块儿比土还要多），但从不会断裂。所以马兰村人仍到他的铁匠铺里打造工具，而瓦西里尽管十分恼火，却默默地接受了订单。他尽自己所能，用心地完成订单，有时也给人们赊账，从不拒绝那些暂时付不出钱的人的请求。

如果不是当年春天发生了一件事，让马兰村人对阿柯普的态度从头到脚翻了个个儿，那么同村人和瓦西里家人之间的紧张状态大概会持续很多年，最后会把铁匠和他的弟弟变成边缘人。那时阿柯普发病越来越频繁，越来越重，每次发病都可能让他断送性命。雅莎曼一直守在阿柯普身边，尽自己所能治疗他。她专门采集了一些草药，熬出的药汁似乎能帮助阿柯普挨过严重的症状。阿柯普努力按她的医嘱去做：喝下苦涩的药汁，无论什么天气都开着窗户睡觉，用凉水沐浴，按她教的方法呼吸——每天早上睁开眼睛和入睡前都做十五次深呼吸。毫无疑问，雅莎曼的治疗起到了作用。他这些年不仅没有生过大病，就连普通感冒都没有得过。村里曾流行过水痘病毒，村里其他人从老到小，无一人幸免，但病毒却好像刻意绕过了他。然而雅莎曼的治疗措施却无法治好他的怪病。他的症状越来越严重、痛苦，让他无法承受。突如其来的病症总是一下子就让他失去知觉，不仅来不及告诉别人他看到的灾难，甚至他自己都意识不到自己晕倒了。

极度绝望的瓦西里想减轻弟弟的痛苦，准备带他下山再去看趟医生。但这趟下山仍没有任何效果，而且医生们检查男孩身体后没有发现他有什么异样，除了建议把阿柯普送进精神病医院外，根本提不出什么有用的建议。恼怒万分的瓦西里带阿柯普回了家，下决心再也不会去山下了。

"如果他命中注定要死在这个病上，那么就让他死在我的怀里，而不是死在那群疯子身边。"瓦西里愤恨地跟别人这么说。

阿柯普担心哥哥更多于关心自己，所以从不抱怨，也从不诉苦。他也没表现出灰心丧气的样子，每次痊愈以后，就去铁匠铺帮忙。他干活卖力，做起事来十分投入，从不要求瓦西里照顾他。每当瓦西里建议他休息一下，或者把最重的活儿留给自己时，他就特别生气。他对马格塔西奈的关心无比感激，像对亲姐姐一样热爱她，对她的父母也十分客气，细心地照顾他们。他们因为担心小女儿舒沙尼克每况愈下的健康而心力交瘁，最后身体都垮了。彼得洛斯左腿不能走路了。他的妻子因为失眠而精神恍惚，最后也病倒了，得了民间所谓的"日马让卡症"[①]，也就是精神一直处于朦胧状态中。阿柯普乐意做各种家务——打扫屋子，洗衣服，做饭，照顾几个年岁差不多的心爱的侄子。大侄子当时已经七岁，二侄子五岁，小侄子只有三岁。侄子们已经知道了叔叔生病的事，

[①] 一种严重的抑郁症。

每天在屋子里都会踮起脚尖走路，让他在重病之后能得以休息，这让他很感动。瓦西里每当看到儿子们和弟弟，看到妻子马格塔西奈在照顾父母和家庭之间痛苦地分身乏术时，心痛得就像是在滴血。他每到一月份就轻松地舒一口气，希望新的一年能比去年更好，更幸运。每到年末时则痛苦回想一年的经历，因为生活并不打算让他放松，而是给他带来越来越多的考验。

马兰村人后来把导致对阿柯普态度改变的那件事称为"库达曼茨·阿鲁夏克的小孙子拯救全村日"。大地震时马尼什卡拉山的右山坡曾轰然落下悬崖。而在左侧山坡，陡直的悬崖上有一道宽阔、幽深的沟壑。每年冰雪融化以后，沟壑里湍急的水流裹挟着泥沙，把顽强抵抗的黑刺李树丛压在身下，轰然而下。人们早就已经习惯了沟壑的轰鸣声。洪流总是沿着被水流冲刷而成的河道，趁着山势飞流而下，冲进深涧中心，在身后留下湿漉漉的，散发着冰冷和潮湿的泥土气息的伤痕累累的褐色岩石。一块比村边的房子还要高的火山岩石块矗立在村边，把山洪和村庄隔开，保护着村庄。泥沙俱下的山洪撞到坚硬的山石后被迫向右改道，不会给马兰村造成伤害。人们虔诚地认为，这块石头是坚不可摧、永恒矗立的，因为它在那次著名的大地震中都没有动摇，所以大家对山洪也抱着无所谓的态度——既然山洪冲不到你家，你还有什么可担心的？

阿柯普有一次预见到了这块石头将要倒掉，这也是他唯一一次病发恢复知觉后，记起了梦中的情景。当他发病醒来后，梦中的情景历历在目：湍急的泥石流驱赶着激荡的冰流，致命的冰层把保护村庄的大石撞得粉碎，震耳欲聋的大浪咆哮着吞没了一幢又一幢房屋，把整个村庄都冲下了深涧，没有留下一个生物。

由于阿柯普以前从未记起发病时预见到的情景，所以他对此并没有太在意，认为不过是记错了，但依然被某种莫名其妙的不安折磨得疲惫不堪。第二天他去了趟东坡，只是想确认那里是否一切正常。那块好像能永恒矗立的山石高大异常，沿它走一圈需要整整一个小时。大石位于村口，像是用钢铁整体浇铸而成的，没有一丝缝隙，看上去绝对无法摧毁。阿柯普看到这些以后松了一口气，把手里的上衣铺到阳光照耀的石头脚下，在上面摊开身子，想要休息一下。他仰卧在地上，凝视着天空。地上还有些凉，但已经长满了草芽儿。雪莲花已经凋谢了，把花期让给了蓝紫色的紫罗兰。紫罗兰羞怯地伸展着叶子，但还没有开花。天空中几乎没有一丝风，阳光和煦，让人心情舒畅。一大朵白云低低地悬在马尼什卡拉山山腰，看上去像是新娘的裙摆，在头顶缓缓飘过，撒下乳白色的静谧……阿柯普把双手垫在脑后，笑了一下，深深地吸了一口带着融化的雪水味道的清凉空气，闭上了眼睛，却突然在眼睛内看到两个漏斗。漏斗周围长着螺旋状的冰轮，以惊人的速度旋转着。旋转的冰轮把马兰村的石头小教堂碾成了死亡粉尘。他如果眯起眼睛，还能看清小教堂的穹顶——穹顶在漏斗中时隐时现，就像落入捕鸟器的小鸟儿，拼命扇动着纤细的翅膀，一次次毫无意义地向上飞着。

阿柯普从冰冷的黑暗中回到脚踏实地的现实。他确信，火山巨岩这次已经承受不了洪流的冲击，现在挽救全村的唯一做法是在岩石和村庄东部建设一道石墙。他毫不怀疑，他不用劝说哥哥，哥哥也会相信马兰村正面临着灭顶之灾，因为瓦西里总是无条件地相信阿柯普。但要建设这道救命石墙需要村里每个人的参与，时间已经所剩无几。如何才能说服村里其他男人，特别是那些坚决反对他的人呢？

阿柯普想了一会儿，就往瓦诺家走去。马兰村人对瓦诺都特别尊重。一个人竭尽全力，让大饥荒后送来的"诺亚方舟"动物迅速繁殖，从而让全村人免于饿死，你又怎么能不尊重他呢？瓦诺没有打断他的话，听完了他的讲述，没有提什么问题，也没有向他承诺什么。他把阿柯普送走以后，去了趟铁匠铺，和瓦西里谈了一会儿。他当天晚上把马兰村所有男人都召集到了自己院子里。库达曼茨兄弟不清楚瓦诺是如何说服这些人的，因为兄弟俩断然拒绝参加这次会议。瓦西里不去是因为他不能原谅同村人对弟弟的迷信偏见，而阿柯普没有参加会议则是觉得根本没有必要。

马兰村人花了差不多一个月时间，才把这道环绕村东侧的石墙基本上建好。圣周①开始前，石墙已经把巨岩围了一圈，石墙后面是村口的三幢房子。在阿柯普的坚持之下，人们又用坚固的梁木对石墙做了加固，后面放上了一袋袋装满土的沙袋。洪峰在棕枝主日前的夜间，在最寂静、最可怕的破晓时刻到来。当晚暴风雪肆虐，整个村庄都笼罩在伸手不见五指的黑暗中，什么都看不见。人们早晨走出家门，看到了只剩半截的石墙——上半截已经

---

① 是纪念耶稣基督受难前后事迹的节期。根据教会规定，时间为从棕枝主日至复活节的一周。

被一股宏伟巨力撞成了碎片，裹挟着后面的梁木和沙袋落入了深涧。那块佑庇了全村无数个世纪的巨石不见了，上面只留下坑洼不平的壕沟，就好像有人用一把巨大的铁犁沿着马尼什卡拉山走了一遍，用宽大的犁头把大山的肩膀生生地铲掉了。

阿柯普走到坍塌的石墙旁，把手掌按到墙上，倾听着。然后向村里人转过身，说道："我们有一年时间可以再把它建起来。我听到了后续洪峰的声音，但它们不像这股洪峰这样猛烈，不会给村里造成伤害。这墙还是需要再加固。以防万一。"

马兰村人默默地让开一条路，让他们的拯救者从人群中走过。有人向他伸手，向他道歉。阿柯普摇着头。

"没什么可道歉的。"

他穿过人群，走得很急。他脸色苍白，身体消瘦，疲惫不堪，一双烟灰色的眼睛透着不安。瓦西里的视线一直没有离开弟弟，这时他马上感觉到事情不妙。他焦急地用胳膊推开人群，在弟弟晕倒前一把抓住了他。阿柯普的体温高得吓人，双腿痉挛，脑袋无助地向后仰着，嗓子里发出长长的、嘶哑的呻吟声。人们还是第一次看到他发病时的情形，全都吓呆了，不知所措。但人们瞬间清醒了过来，抬起了他，帮着送回了家里。马格塔西奈把儿子们送到父母身边，担心他们被叔叔的呻吟声吓到。她回来时，看到因为难过而疲惫不堪的瓦西里坐在阿柯普床边。阿柯普正不停地说着胡话，在床上痛苦地辗转反侧。"我该怎么帮你啊？我该怎么帮你啊？"瓦西里抓着弟弟的手，不停地重复着。她抱着丈夫，把他的头贴到自己胸前。瓦西里轻轻挣了一下，然后身体一软，无助地大哭起来："我受不了了！我受不了了！"

　　这次发病和以往不同，到第二天上午时病情都没有结束。阿柯普时而昏迷，时而清醒，在床上翻来覆去。他的头疼得像要裂开，两只眼睛通红，瞳孔中就像插入了两根烧红的铁棒。上午十点钟。当四月份煦暖的阳光抚慰着村庄里每一个角落，小教堂里响起了节日祷告声，瓦西里抱着弟弟走出了家门。马格塔西奈走在旁边，告诉他往哪里走。很多年以后，即使她最终被接踵而来的不幸折磨得筋疲力尽，每天用不满的发泄、无尽的唠叨和哭诉把丈夫的生活变成了一种暗无天日的折磨，瓦西里也从没有说过一句硬话，总是忍到最后时刻。等到他实在忍无可忍时，就拉着妻子的手，把她拉到一个最远的房间，把她锁到里面。然后偷偷检查一下，房间窗户下面是不是放着一架梯子。之后就去铁匠铺，在那里打发完无聊、漫长的一天时光。马格塔西奈抱怨自己苦命的一生，抱怨父母的忘恩负义，抱怨儿子们牺牲之后她心里那难以忍受的痛苦，但她一次也没有提及阿柯普的名字，一次也没有责备丈夫在长达十二年的时间内，经常彻夜不眠地守在生病的弟弟床前照顾他。然而当你面对不治之症时，你又能照顾他什么呢？他只是想陪着弟弟而已。

　　那天早晨，瓦西里走到凉台上，让妻子给阿柯普换下被大汗浇透的被褥。她倚靠着凉台栏杆站在那里，双手抱胸，看着院子里一个角落。（三十年后，瓦西里在那个角落里搭了一个狗窝。）马格塔西奈听到丈夫的脚步声，转回头说道："我知道他为什么受苦。因为他每次都在和死神搏斗，从死神的利爪下夺下了某个生命。死神不会原谅任何人这么做的,所以在用病痛折磨他。"瓦西里不知该如何回答。他像被雷击了一样,呆呆地看着她,张着嘴费力地喘息着。马格塔西奈停了一会儿,补充道:"你不要担心。我大概明白该怎么做了。你把他包在被子里,抱出来。我们去中心广场。"瓦西里照她的要求做了,把弟弟从家里抱出来,就像在大饥荒的那个寒冷冬夜,他抱着五岁的弟弟,走到悬崖边,让他去看被蓝光映照的山下一样。马格塔西奈双手抱胸,默不作声地走在他身旁。整个马兰村好像空无人烟,因为人们都去参加节日庆典了。只有家畜和天空飞翔的鸟儿为他们见证,看着他们抱着备受折磨、奄奄一息的男孩走向村里的中心广场。棕枝主日前特意清洗过的中心广场就像儿童手中用来玩捕捉阳光游戏的玻璃镜片一样,在太阳下闪闪发光。马格塔西奈把瓦西里领到广场中心,让他打开被子,把阿柯普放在地上。阿柯普因为受凉一下子醒了过来,睁开眼睛。

马格塔西奈在他旁边跪下,抚摸着他的脸颊和额头说:"亲爱的阿柯普,你说,你再也不会这样做了。"

"我再也不会这样做了。"阿柯普蠕动着苍白的嘴唇,喃喃地说了一句。

"不是对我说,是对他说。"马格塔西奈生气了,"你知道是谁在折磨你。你告诉他,你再也不会这样做了。你使劲喊一声,让他听到你的声音。"阿柯普微微点了下头,闭上了双眼,深深吸了一口气,从胸腔中发出一声无比恐惧、声音嘶哑的哀号。这声哀号变成千万片冰块,扎入他的灵魂,把灵魂从里往外翻了个个儿,使他动弹不得,让他失去自己的意志,把脆弱的灵魂内心裸露在那疯狂旋转的旋涡的冰寒气息之下,爆出耀眼的光芒,占据了他的全身,没有给他留下一丝一毫得救的希望。阿柯普的灵魂像一块可怜的破布片,悬挂在无底的深渊之上,然后向下飞去,飞向永恒的冰寒,飞向死寂的黑暗。但在最后时刻,当最后的天柱倒下,天穹坍塌,当无情的旋涡发出的冰寒气息冻结了时间,他的灵魂转了一个身,在这无限短暂的时间内挣脱了层层束缚,喊出了一句:我再也不会这样做了。他的灵魂被撞击,被翻转,被拉向无底深渊,在长满辟邪草的河岸上被摔打,被吸入恶臭的黑暗中。被利器刺穿的灵魂承受着像水银一样无孔不入的无比疼痛,纵横交错的火焰烧灼着他发臭的躯体。突然,在最后一刻,当只剩下再无法挽回的宿命,当痛苦最后抹平了生与死之间的界限,最后一丝灯火也已熄灭的时候,绝对的寂静来临了。

"站起来!"有人用不容置疑的声音对他说。

于是阿柯普睁开了双眼。

自从马格塔西奈来家里那天起,阿娜托里娅的身体状况变得越来越差。她现在除了仍全身无力之外,还要忍受可怕的呕吐。吃下的任何东西还来不及在胃里停留一下就被吐了出来。如果说她八月份还抱怨长胖了,那么到了十月份则瘦得肋骨都清晰可见。有天晚上瓦西里被吵醒了,因为她太虚弱了,两腿发软,走不到厕所,坐在地板上,忍不住大哭起来。她一边哭诉,一边抱怨自己苦命。他扶她去了厕所后,把她放回床上,把枕头拍打好,让她躺高一些,这样恶心感轻一点儿。他把茶壶放到炉子上，等着水烧开，坐在她身旁，抚摸着她的双手。阿娜托里娅因为身体虚弱而羞愧，因为成了瓦西里沉重的负担而哭泣。她几次试图向瓦西里道歉，但他都打断了她的话："不要和我说这些话。我不喜欢听。"他煮好了加糖的浓茶，然后把茶水盛到浅碟子里，小心地吹凉每一口茶，喂她喝了茶。阿娜托里娅喝下三分之一杯的茶后，就再也喝不下了，向后靠在枕头上，闭上了眼睛。瓦西里在她身旁躺下，小心地抱住她，吻了一下她额角。

"我觉得特别愧对你。"阿娜托里娅小声说道。

"不许再说了。"瓦西里打断她的话。

"你让我说完吧。"她央求道。

瓦西里沉默地听她忏悔，听她说了突然发病的大出血症状，听她说了如何瞒着雅莎曼，如何心里恐慌，为了把他送出家门而同意了他的求婚，后来却找不到合适的理由来说服他。

"我知道，这样做是不会有好结果的，但又不敢跟你说实话。"

"你后悔我们在一起吗？"瓦西里问道。

"瞧你说的！"阿娜托里娅懊悔地把脸埋进双手，"我后悔打乱了你的生活。"

"你没有打乱我的生活，而是打乱了自己的生活。如果你能早点把大出血的事告诉雅莎曼，她说不定已经知道怎么治好你了。"

"她不会治疗的。她会让萨特尼克呼叫救护车。我不想去山下。我当时是想死来着。"

"为什么？"

"因为活得累了。"

"现在还想死吗？"瓦西里苦笑着问。

阿娜托里娅大哭起来。

"现在我想活得越久越好。"

瓦西里等她睡着了，小心地起了床，把上衣披到肩上，走到凉台上。马格塔西奈在凉台栏杆旁等着他。这次她没有背朝着他，而是面向他，样子和结婚那天一模一样——年轻、漂亮，穿着珍珠白的明塔纳裙①，带花边的披肩包裹着温柔的脸庞。她冲他笑了一下，但打了个手势，不让他走到跟前。

"你来做什么？"瓦西里问道。

她不回答。

"从你出现的那天起，她的身体越来越差。你是为了她而来的吗？"

马格塔西奈像孩子一样委屈地摇起头来。

"请你帮一下她。你既然救了阿柯普，你也能救她。"

马格塔西奈的身影听到阿柯普的名字后闪烁起来，冒出了金色火花。过了一秒钟她就消失在空气中，没有留下一丝痕迹。瓦西里走到她站过的地方，用手摸了下栏杆。栏杆是温热的，就像一个活人曾经在上面倚靠过。他站了一会儿，深深地呼吸着秋天冰冷的空气。东方天空泛起了晨光，驱赶着夜晚的黑暗。空中降下了稀薄的露水。太阳出来之前还会有浓浓的露水降下，露水中

---

① 一种庆典上穿的长连衣裙。

会带着青草和湿土的气息。村边有一堵石墙矗立在那边。自从阿柯普放弃了自己的天赋，不再发病以后，马尼什卡拉山峰上已经有二十二次山洪经过，全都绕村而过，没有给村庄带来破坏。

萨特尼克一大早就给山下发了电报。两个小时以后，经过初步然而细致的检查，救护车鸣起警笛，把阿娜托里娅送去了医院，留下了因为听到意外消息而发呆的全村人。卡皮顿和沃斯凯的小女儿在比自己最后的亲人多活了差不多半个世纪后，她经历了大饥荒、严寒、背叛和战争，在痛苦的考验中保持了善良的心灵和温柔细腻的性格，在五十八岁高龄时居然怀孕四个多月了。

第二章

救护车走后,马兰村的老人们提心吊胆地等待着山下的消息。这些消息或者是去山下取货的穆库奇带来的,或者是像山羊一样倔强的邮递员玛米康带来的。他克服了漫长的山路,每两周一次,把山下满纸空话的报纸和广告纸送到马兰村邮局。

但遗憾的是,村里人能得到的消息太少了。拥有特殊装备并接受阿娜托里娅住院观察的那家医院,不仅拒绝接待外来探视人员,就连瓦西里也不让进。唯一允许他做的事情就是可以通过护士向阿娜托里娅转达他用印刷字体写出的字迹歪歪扭扭的字条。阿娜托里娅总是回以长长的信件,告诉他医院里的人对她很好,伙食也很好,只是不让她起床,担心她会流产,因为她无论如何都是高龄孕妇。"亲爱的,不要担心。一切都会好的。"阿娜托里娅这样写道。瓦西里一个字节、一个字节地读着信,每次读到阿娜托里娅温柔的称呼时都要停顿一下,然后不断地重复着:亲爱的,亲爱的。他住在一个偏远的小宾馆里,房间里没有暖气,从宾馆到医院单程需要走三个小时。他找了个清洁工人的工作,这样可以支付低廉的宾馆费用。一开始雇主不想用他,说他年纪太大，但最终还是雇用了他。现在瓦西里每天根本睡不够觉。他每天一大早就要起床，打扫市郊小路上落满的秋叶。到了晚上，只要医院上空的电灯仍亮着，他就坐在阿娜托里娅病房窗户的外面，守护她的安宁。当然，他也可以住在马兰村，坐穆库奇的车来山下。但他因为自己的迷信而怀着一种恐惧，担心他一旦离开城市，没有守在阿娜托里娅身边，她会遇到不可挽回的危险。

关于阿娜托里娅怀孕的事，无论这事如何奇怪，他根本连想都不会想，也不相信这事是真的。阿娜托里娅被匆忙送往医院以及被严密看护，这些都让他认为，她应该和阿柯普一样，得了一种科学上未知的疾病。只是在阿柯普的治疗上，他骗过了医生，而现在医生们则达到了他们的目的，从他手上夺走了比他的生命都重要的唯一亲人。他没有向任何人提起自己的担心，甚至在给阿娜托里娅的信里都没有提到过。万一护士看到他的纸条，给领导汇报了，他可能被永远禁止进入医院了。他已经做过一次尝试，想把她解救出来。他找到了医院总医师，要求立刻让她出院。总医师在他的要求之下有些慌乱，先是拿出了一堆照片和画着莫名其妙签字的纸给他看，后来又开始责备他。但瓦西里不想听他说话，要求放他进病房。他被拒绝后，骂总医师是长满疥癣的狗崽子，结果被保安赶出了医院大门。现在唯一允许他做的，就是可以传递纸条以及守在阿娜托里娅病房的窗户下面。

穆库奇每星期都会给他送来食物，这是村里老人们募集的，有面包、奶酪、核桃、果脯，还有一些咸菜、黄油和家常烤制食品，如奶酪饼和砂糖卷。瓦西里无比感激热心的村里人，从省下来的薪水中拿出一点儿钱,去商店里买了八套绣花用的手工用品,就是布料和各种颜色的丝线,让穆库奇带回村里。男人们还好说,他想感谢一下女人们,他这样和穆库奇解释道。穆库奇推辞了半天,最后还是接过了礼物,但两周之后又送来了八个绣得一模一样的小枕头。这是老太太们让交给阿娜托里娅的,让她能躺得更软和些。医院没有收下枕头,说阿娜托里娅住的是无菌病房,不能接收有传染病源的东西。感觉受了侮辱的瓦西里把枕头留在宾馆房间里,准备以后带回马兰村。

十一月底从北方山口寄来了一个大邮包,还汇来一笔钱。玛米康一边擦着额头上的汗,一边把邮包拖进了宾馆。瓦西里一开始以为这是寄给瓦琳卡的包裹,需要麻烦穆库奇运到马兰村。但玛米康一听他说就生气了,说道:"我才是邮递员,就是送邮包也是我来送。给瓦琳卡的邮包上周我就送过去了,差点没把后背压折了。这是给你的,是蒂格兰和他妻子给你的。她的名字怎么叫来着,我忘了。对了,叫娜斯塔细[①]。"

邮包里有鱼罐头、肉罐头、炼乳和几包酥脆的饼干,还有用一层漂亮的纸小心包起来的小被子。被面是用某种轻巧的纱线做成的,颜色雪白,摸上去温馨、柔软。

"这是给谁的啊?"瓦西里怔怔地看着。

"大概是给婴儿的。"玛米康赞赏地咂着舌头。

瓦西里没有反驳,只是耸了耸肩。他把小被子放在几个绣花

[①] 玛米康记错了娜斯塔霞的名字。

203

枕头下面，把罐头放在窗台上。他想送给玛米康几个罐头，但后者连连摆手，一边后退着向门口走去，一边嚷嚷道："你怎么了？疯了吗？你现在没有钱，还把吃的东西乱送人。"

蒂格兰汇来的钱刚好够他提前支付两个月的宾馆费用。瓦西里十分感动，去了趟邮局，给他发了封电报表示感谢，并保证拿到工资以后会把钱还给他。他很快就收到了回信。第二天保洁员给他拿来一张折成四层的纸。瓦西里想看下电报内容，但却看不了，因为字母太小了。于是他找到了看门人。看门人把电报在手里摆弄了两下，戴上眼镜，清了下喉咙，读了起来，在每句话后面都要做个意味深长的停顿："瓦索叔叔，什么也不用还。请等我回来。我要当孩子的教父。"

"什么孩子？"看门人从电报上抬起头来。

瓦西里挠着后脑勺，突然言语笨拙地向这个陌生人说起了阿娜托里娅承受的不幸，说起了大家都对她怀孕的事兴奋异常，他自己却不相信，因为他不信任医生。如果他能亲手接过孩子，那么他会认为，他们没有撒谎。但如果他没有接到孩子，他只能和医院战斗。但他暂时还不知道该如何战斗。

"孩子是谁的？"看门人没听明白。

"我的。"瓦西里对看门人的头脑迟钝有些生气，嘟囔了一句。他拿过电报，去了邮电局，口授了回信："上帝保佑。蒂格兰，一定。"

晚上，等他在阿娜托里娅病房窗口守完夜后，回到宾馆，发现在房间门口站着一个年轻人。小伙子脸色灰白，脸上好像撒了一层面粉，在那里不停地晃来晃去。年轻人把一个连着电线的小金属盒子捅到他跟前，喋喋不休地问着老太太怀孕的事。

"什么'老太太'？"瓦西里眉头皱了起来。

"嗯，是您的夫人。"年轻人解释说，"请您讲一下，你们为什么这么大年纪还想生孩子？为什么您夫人被关在医院病房里？她是不是有什么危险的传染病？或者胎儿有什么问题？"

瓦西里抽了他后脑勺一巴掌，然后一顿猛踹把他赶走了。他走下楼，找到看门人，抓住他前胸的衣服，把他举起来，在空中晃了好几分钟，威胁他要是再对别人透露阿娜托里娅的事，就把他的脊梁骨抽出来，然后才小心地把他放到地上。看门人用手摸索着椅子背儿坐下，给自己倒了几滴安神药水，牙齿打战，咬得杯子喀喀地响，把药水喝了下去。第二天瓦西里从宾馆要回了预付的房费，就坐车去了另一家宾馆。然而报社得到的消息仍然迅速传遍了城里。现在所有报纸上都在编排一个山区百岁居民神奇怀孕的新闻。随着时间推移，这个新闻变得越来越荒诞离谱：据说，老太太是村里最后一位妇女，受孕于邪神，之所以被关在医院里是因为她要生下来的孩子就是邪神的本体化身，会很快以人形长大，杀死山下所有人。其他报社则和第一家唱反调，他们写道：恰恰相反，这个孩子是圣灵的胚胎。终于将要出现新的救世主，将指引人类走向期待已久的安宁和繁荣。现在的医院外面围满了形形色色的看客、宗教狂和记者，让医生、护士们都没法走路。医院方面只能安排了大量保安，而医务人员下班时则走地下通道。幸好地下通道的出口在邻近的一幢大楼里，那里有一家律师事务所，有大量人员出入。医务人员可以和来办事的顾客们一起出入，不会被认出来，因此也不会遇到麻烦。

十一月的一个晚上，正在墙角观察那些看客的瓦西里和总医师不期而遇。总医师头上的圆顶礼帽低低地压到眼睛上，大衣领子高高地竖着，从一家律师事务所里走了出来，就匆匆忙忙地朝着与医院相反的方向走去。他认出了瓦西里，抓住他的胳膊肘，拉着他脚步不停地沿街而上。他们走了一会儿，然后拐进了一个门洞。他确认周围无人偷听，对着瓦西里耳朵大声说道：

"您在这里很危险。我不知道记者们从哪里打听到您妻子的事情，但现在他们堵在那里，谁也没法儿去医院。我把家里地址给您，您一周来听一次消息。来得太勤也不好，万一有人跟踪您呢。"

瓦西里没有勇气承认，医院外这人山人海的闹剧是因为他自己不小心造成的。

"我妻子怎么样？"他问道。

"不太好。"总医师把礼帽推到脑后。瓦西里直到现在才发现，总医师很年轻，三十三岁的样子，顶多三十五岁，但因为眼睛下面乌黑的眼袋和脸上极度疲惫的表情，所以显得比实际年龄老很多，"血压低，化验结果也不太好。我们保胎保到七个月，然后做剖腹产。"

"什么……七个月？'剖腹产'是什么意思？"

总医师疲惫地看了他一眼，把礼帽压到眉毛上，鼻子埋到了大衣领子里。

"我觉得，您到现在也不相信您的妻子怀孕了。没事，等您亲手抱着孩子时，我们再看您怎么说。"

然后他匆忙地在一张纸上写下了地址,就消失在黑暗中。

几天之后穆库奇来了。他告诉瓦西里,马兰村五十年以来第一次从山下来了人。他们问起了阿娜托里娅。幸运的是,他们先找到的是雅莎曼。倒霉的是,他们说自己是记者。天天看山下报纸的霍夫汉内斯一点也不慌,伸出食指在额角转了个圈①,马上就把他们赶出了院子。他说,马兰村从来就没有叫这个名字的人。他们在村子里又转了半天,但从其他老人那里也没有得到什么有用的答复。这群山下来人就顺利回家了,后来再也没有出现过。

一周以后,瓦西里把一罐鲱鱼罐头和一包饼干用报纸包起来,带着这些东西去拜访医院总医师。他用别针把总医师匆忙写好的纸条别到了夹克胸前的衬里内。他这么做,与其说是怕忘了地址,倒不如说是以防万一,因为他完全没有必要去看纸条。他只看了一遍就记住了地址:砖瓦街区白茉莉街八号。总医师的房子坐落在一个铺满鹅卵石的狭窄小巷的拐角处。如果在巷子里伸直双臂,双手能摸到两边的铸铁栅栏。巷子周围没有茉莉花丛,这和巷子的名称有些不相称。院子里都铺着整齐的水泥板。围墙下面到处放满了低矮的木桶,里面种着枝繁叶茂的仿真植物。巷子里没有行人。灰色的房子显得很单调,千篇一律。房子窗户上都挂着厚重、不透光的窗帘。瓦西里身处巷子里,觉得有些烦闷,喘不上气来。他一边走着,一边用嘴呼吸着十一月份寒冷的空气。有时停下来

---

① 俄语国家居民的一种手势:食指在太阳穴处转几下,表示某人脑子有毛病或是神经病。

咳嗽一声,清理一下上颚感觉到的城市雾霾的味道。

开门的是一个漂亮的年轻妇女。她把他领到客厅里。客厅里的陈设很简单,让瓦西里有些奇怪。屋子里摆设的都是老家具。瓦西里小心翼翼地坐到一张椅子上。椅子扶手上的蒙皮已经坏了,有些地方露出了粗布衬里。女人叫玛丽娅。她道歉说,丈夫今天不在家,因为他要值班。她把阿娜托里娅的信递给他,然后打开了头上的日光灯。塑料灯座上的灯管闪了几下,把暗淡的黄色灯光投射到屋子里。然后她恰到好处地走了出去,把他一个人留在房间里。瓦西里打开用印刷字体写得并不流畅的信纸(阿娜托里娅这么写,是为了让他容易读懂),在第一句话中找到"亲爱的"这个词,长长地舒了一口气,就无声地翕动嘴唇,读起信来。唉,他没有读到什么新消息。阿娜托里娅说,一切都很好,最主要的是需要等胎儿长到七个月大以后,然后才能做手术。

瓦西里向门厅里看了一眼,没有看到有人,其他房间的门都关得紧紧的。他不好意思打扰人家,于是没打招呼就离开了。一分钟后玛丽娅端着茶和几个汉堡回来,发现屋里没人,但在茶几上发现了一盒鲱鱼罐头、一包饼干、一个信封和一张写得歪歪扭扭的字条:"信给阿娜托里娅,吃的给您。"

瓦西里走过昏暗的冬夜街头,幸福地哭了起来。他终于相信了,阿娜托里娅之所以住院并不是因为得了重病,而是因为肚子里有他的孩子。奇怪的是,让他相信妻子怀孕的并不是她写的那些信,也不是救护车大夫奇怪的目光。当那位大夫用短粗的手指小心地按压阿娜托里娅的腹部时,突然奇怪地看了她一眼,然后有些迟疑地小声说道："这不可能啊！"说服他的甚至也不是和医院起冲突那天，年轻总医师在他面前扇形排开的化验报告。说服他的是总医师家里简陋的陈设。"一个领导着大医院却住在那样窘迫条件下的人是不会骗人的。"瓦西里这样想道。当然，他的想法是对的。当一个人有很多机会去贪污，却能克制这些诱惑，那这个人通常是不会撒谎的。

又过了整整七天，他用报纸包了一盒秋刀鱼罐头和一包饼干，准备拿着东西再次去拜访总医师。最近一周他是在忧心忡忡的思虑中度过的。他听到这令人高兴的消息后，心里马上充满了沉重的、苦闷的恐惧。他和阿娜托里娅早就不年轻了，马上就要离开这个世界。他把孩子留给谁呢？而且马兰村也不适合孩子成长，因为小孩儿需要很多东西：学校、游戏、与同龄人的交流。如果孩子在这些老人中间长大，把他们一个个送往另一个世界，自己又能长成什么样的人呢？

瓦西里把自己的担心讲给来做客的玛米康和阿扎里亚神父听。他们两位在任何问题上都持截然相反的意见，但这次他们的意见却出奇地一致，虽然他们用的是完全不同的说法：

"沮丧的人见不到上帝……"阿扎里亚神父一语双关地郑重说道。

玛米康打断他的话，不让他说完："你鸡笼里的公鸡都下蛋了，这么难得的事，你却这么愁。应该高兴才对！"

阿扎里亚神父斜着眼看了他一下，然后抬头看向了天花板。

玛米康朝瓦西里挤了下眼睛，然后咧开嘴笑着，露出门牙间的豁齿:"我是不是让你无话可说了,神父?"

"你觉得,我是今天才认识你的?"

"那么从你认识我的那一天开始,你的生活就获得了真正的意义!"

阿扎里亚神父从鼻子里哼了一声,没有说话。他捻了几下念珠,把它放进口袋里:"瓦索,我这么跟你说吧。"他咳嗽了一下说道,"没有上帝的恩许和祝愿,人们得到的瞬间幸福就不会变成我们度过的每一天和每一周。它只能停留在瞬间,它转瞬即逝,是过眼云烟。既然上帝已经把幸福恩赐给你,你就要怀着感恩之心接受它。不要用怀疑去侮辱上天的良好祝愿。你的行为要配得上上天给你的恩赐。"

"我已经有过这种恩赐了。整整三个恩赐,三个儿子。"瓦西里声音嘶哑地反驳说,"上帝把他们恩赐给我,然后又拿走了……"

"那就是说,命中注定如此。"

"阿扎里亚神父,你说的这些是安慰人的话吗?"瓦西里生气了。

"他除了那些经文以外什么也不懂,所以才这么安慰人。让你想把他锁到地窖里,然后把钥匙埋到土里,让他再也出不来。"玛米康从鼻子里哼了一声后说道。

"真是个笨蛋!"神父神色和善地责备了一声。

"瓦索,我给你简单说一下。"玛米康不再搭理神父,"说实话,要是我自己赶上这事儿,我肯定心里也没有着落。但男人就是男人,你可以犹豫，但不能退缩。我说的对吗？"

"对。"瓦西里同意。

"好。既然我说的对，那就是说，这事你能办好。所以现在不要犹豫。把你这苦瓜脸收起来。别人还以为你牙疼呢。"玛米康做了个总结。

瓦西里苦笑了一下。不能说这次谈话让他放下了心里的石头，但却帮助他接受了生命中这意料不到的转折，让他做好了迎接美好未来的准备。

第二次拜访总医师时，他正好在家。他开门，侧身，让瓦西里走进小门厅。门口左边放着一把木头椅子，显然，是用来坐着穿鞋的。椅子上放着一盒鲱鱼罐头和一包饼干。

"今天又带东西来的？"总医师有些好奇，从瓦西里手中拿过报纸包着的东西，"噢，是秋刀鱼。还有饼干。您放在这儿吧。一会儿一块儿拿走。"

"我是诚心诚意的……您不要认为……"瓦西里解释起来。

"我也是诚心诚意的。十分感谢！但是不用给我们送什么东西。您来客厅。自己坐。我们得聊一下。"

他们刚坐到椅子上，玛丽娅就走进屋子。她手里的托盘上放着食物。瓦西里发窘地站起来，原地挪动着双脚。

"您坐，您坐。"她朝他笑了一下，把托盘放在桌上，"你们自己安排吧。我走了，不打扰你们了。"

总医师往茶杯里倒了茶，给瓦西里拿了块馅饼，把糖罐推到他跟前。瓦西里谢过之后，就一脸疑问地看着总医师。

"您吃点儿。馅饼很好吃。是玛丽娅自己烤的。"

"我现在一口也吃不下。"

"没事儿。我们先聊。一会儿您再吃。"

和总医师谈话的时间不长,却令他感到不安。总医师先和他聊了阿娜托里娅的身体状况。瓦西里听不大懂他的解释,但从他担心的语调中听出,妻子的情况并不太好。阿娜托里娅的血压低,让医生们很头疼。她尿里有蛋白,身子又很弱,这些都没法改善。

"还要再坚持一个月时间。如果她的情况没有好转,那只能提前做手术。"总医师两手交叉放在膝盖上,但马上又把两手分开了,看得出,他很焦虑。"但无论如何,我们首要的任务都是保住阿娜托里娅,所以我们会尽一切努力,保住她的生命。"

"首……'首要的'是什么意思?"

"就是最重要的。如果我们需要选择保住谁,那么我们会选择保住母亲。但我向您保证,我们会竭尽全力保住两个人。"

瓦西里几次握紧又张开硕大的、被繁重的铁匠工作摧残得变形的双手。他不敢抬起眼睛,怕让总医师看到他的失望和痛苦。

总医师在茶几上弯过身子,小心地握了下他的双手。

"一切都会好的。我向您保证。"

"您做了这么多好事,我该怎么报答您?"瓦西里镇定了一下,最后问道。

"什么都不用。我跟您坦白说,这个病例是独一无二的。如果这次生产顺利,能够提高我们医院的声誉,这您能理解吧?这件事对所有人都有好处。我们可以给您妻子提供优质而且免费的护理和医疗，这一点很重要。而作为交换，等事情结束后，我们能从国家得到额外的奖金拨款，可以开设实验室，可以为更多的想在我们这儿就医的患者提供服务。"

瓦西里认真地听着，努力想跟上总医师的思路。他略过了一些不理解的词汇，但总医师讲得兴起，没有考虑他的接受能力，说了很多他不理解的词汇。

"也就是说，救孩子的命对你们来说也很重要？"他小心地问道，想确认一下。

"是的。"

"你们做的一切都是为了这个？"

"是的。"

"我们不需要欠你们什么？"

总医师回答得有些踌躇：

"我唯一想请您做的事情是同意参加一次记者采访。一家正规、严肃报社的采访。事情结束以后，我们将组织一次见面会，详细介绍您的情况。您只需确认这些情况就行。同时我们会组织一个学术委员会，把我们采用的治疗方法介绍给同行。我们为了保持您妻子的身体状况采用了新的方法，也可以说，我们是针对实际的临床观察过程才制定了这些方法。如果我们的尝试能够成功的话，我们可以用同样的方法为其他妇女提供治疗。所以说您已经给我们提供了很大帮助，我们对您十分感谢。"

瓦西里没有打断他的话，听他讲着。总医师受到了鼓舞，接着说道：

"孩子出生后,会和母亲再观察两到三周,也可能观察一个月。我们要确保他们一切正常。您不要担心,生产后您就可以探望了。我不想预测时间。不过我想,如果一切正常的话,二月初我们就能让他们出院了。"

瓦西里轻轻点了下头。

总医师松了一口气:"您应该理解,我这么做不是为了个人好处。"他急急忙忙地说道,想解释一下,"我……"

"孩子,我信任你。"瓦西里打断他的话,"除了信任,我没法给你更好的东西了。"

十一月底,按节气来说还没到冬季,就纷纷扬扬地下起了大雪。宁静安详的大雪把城市结结实实地包裹起来。大雪暗淡了灯光,凋零了花朵,只留下一线黑色,精心地镶嵌在洁白的雪被周围。

十二月二十三日。阿娜托里娅睡着了,第二天早上却没有醒来。病房里的医生们吓坏了,像炸了窝的蜂群一样围着阿娜托里娅乱转,但最后也没能叫醒她。她的基本体征没有变坏,相反,出乎大家的意料,她的身体状况居然稳定了下来。医生们决定不采取任何措施,只是努力保持她的各项身体指标。护士们按时给她输液,每隔一小时给她翻一次身,避免生褥疮,用湿海绵给她擦洗瘦到透明的身体,给她做按摩来帮助血液循环。阿娜托里娅沉沉地酣睡了漫长的七天时间,到第八天被看门狗帕特罗的叫声吵醒了。它先是拼命在一棵老苹果树下刨了一阵,然后不断叫着,跑到阿娜托里娅跟前。它小心地用牙齿咬住她的裙子下摆,拉着她向前走。

她顺从地跟着帕特罗走着，但没走几步，就停了下来。帕特罗大声地汪汪叫着，像是在责备阿娜托里娅，一下子把阿娜托里娅吵醒了。她睁开眼睛，想要坐起来，但头晕了起来，一下子倒在了枕头上。总医师当天就给她做了手术。

  第二天中午，每根骨头都被冻透的玛米康从山脚步行到了马尼什卡拉山上，给料峭寒风中的村庄带来了一个消息。全村十三位老太太和八位老头儿都在提心吊胆地等着这个消息：在大屠杀中幸免于难，后来曾寄居于伟大王国末代国王莱翁·卢西尼六世的直系后裔、现在则不知所踪的阿尔沙克-贝克的庄园中的阿鲁夏克的孙子，神情像峭壁一样威严，心灵像羔羊一样温柔的瓦西里，在埋葬了所有亲人——父亲、母亲、弟弟、三个儿子和可怜的妻子之后，在人生余晖中因为挽救真正的爱情而承受了痛苦，最终获得了上天的恩赐，在六十七岁高龄时成为一位健康、美丽女孩儿的父亲。

  为了纪念女孩儿的外祖母，给她取名为沃斯凯，名字的意思是"金色的"。

第三章

　　往年的二月份通常寒风刺骨，今年却白雪皑皑，让人觉得心旷神怡。冬日清晨像是个没睡够觉的少女，懒得说话，半睁半闭的眼睛下面挂着冰凌，姗姗来迟，不情愿地轻轻吹着气，吹走了黑夜。公鸡们很少啼叫，叫起来也是不情不愿，"喔喔"两声就停了下来，冷冷地听着好像从世界另一端传来的回应。院子里的狗不再吠叫，而是用不满的目光盯着空中飞舞的雪片，偶尔"呜呜"叫上几声。雪花很大，这通常意味着雪不会下很长时间，会很快停下来。但二月份要了个滑头，从它的袖子里又不断地抖出了雪粒，把它撒向沉睡的院子。

　　一幢幢房子睡醒了，从壁炉烟囱里冒出了炊烟。炊烟袅袅上升，融化在旋转的雪雾中，只留下木柴燃烧后的温暖气息和家常烤面包片的香味。兽栏里的家畜挤过奶，喂饱了，正在那里打盹儿。母鸡们终于熬过了鸡蛋被拿走的痛苦，正在食槽里刨食儿。有些自恋的火鸡们不满地"咯咯"叫着，而珍珠鸡则因为没有分配好饮水器旁边的地盘儿相互争吵着。

　　从霍夫汉内斯家的凉台上伸展出四条狭窄的小路。小路只有两只脚那么宽,是在雪中踩出的,通往四个方向:第一条小路通向畜栏和鸡笼;第二条小路通向地窖;第三条小路通向厕所;第四条小路通向院门。院子里其他地方都覆盖着松软但干燥的雪层。雪一点儿也没有融化。看得出,积雪短时间内不会化掉。尽管家禽走动时发出沙沙的响声,院子里却显得十分寂静,就好像有人刻意压低了声音,只留下风的气息和落雪的低声絮语,屏蔽了其他声音。

霍夫汉内斯费力地爬上厨房门口的一个大木箱,用力搅拌着自己从不换样的早餐——两个生鸡蛋黄和六勺砂糖,搅得鸡蛋黄泛起浓浓的泡沫。炉子上的水烧开了,掉了釉的壶嘴发出呜呜的声音,冒出一团团白汽。几块在炉子上烤干的带着淡黄色斑点的酥脆面包斜靠在桌子上厚厚的陶制盘子里,快要放凉了。

"是你把水壶从炉子上拿下来,还是我进去拿?"霍夫汉内斯声音沙哑地问道。

雅莎曼正用肥皂水涮洗一块粗麻布,刚才她用这块抹布认真地拖地板来着。她生气地从鼻子里哼了一声说:"坐在那儿别动。我自己来。"

"在自己家里未经许可也是寸步难行啊!"

"别得寸进尺!"

霍夫汉内斯尝了一口蛋黄甜酱,牙齿咬到了几颗糖粒儿,于是更起劲儿地用叉子搅起蛋黄来。

"这次买的砂糖粒儿太大了,化不开。得跟穆库奇说一声,下次不要再买这种糖了。"

"糖粒儿大，不一定不好。"雅莎曼回了一句。她小心地拖完了桌子下面的地板，一边拖着地毯，一边向门口挪着。

"砂糖可能是好砂糖。不过我的手都搅疼了。"

"你就光想着喝茶。你又不是在拖地！"

霍夫汉内斯生气地咂了下舌头："我说了要给你帮忙的啊！"

"你是会帮忙。但之后我要干两倍的活儿。既要替你收拾，又要干家务！"雅莎曼为了节省力气，尽量停下墩布时才说话。

"把他们家房子打扫干净也就罢了。我们家为什么也打扫得这么亮，跟舔过的一样？"霍夫汉内斯嘟囔了一句。

雅莎曼拖完了地毯，把粗麻布在清水里涮洗干净，又把厨房拖了一次，然后坐在丈夫旁边，把被冷水泡得通红的疲惫的双手放在膝盖上，等着地板风干。

"是为了不把传染病带过去。明白吗？"她喘了会儿气，宽容地回答了丈夫，"你忘了孩子有多小吗？"

"我没忘啊。要是怕把传染病带过去，不是让你来拖地，而是应该禁止你去摸孩子。"霍夫汉内斯哈哈一笑。

雅莎曼慢慢地向丈夫转过头，眉毛弯了起来："都八十五岁了，脑子还跟狗屎一样！"

霍夫汉内斯本想挖苦妻子两句，但又改了主意——妻子早上起来后火气有点大，最好别招惹她。

"怎么样？可以去桌子那儿了吧？该泡茶了，要不水都放凉了。"他心平气和地问道。

雅莎曼用挑剔的目光看了一眼厨房的地板："好像风干了。

你把泔水倒了，把桶涮一涮。我去做早饭。"

她从他手里拿过盛蛋黄甜酱的碗，费力地站起来。碗橱上的挂钟声音喑哑地敲了九下。时间尚早，不过今天要做的事情很多。村里的老太太们十一点以前要到电报员萨特尼克家聚齐，一起准备欢迎瓦西里一家的大餐。老头儿们则拿着铁锹去清理进马兰村的道路。这个活儿毫无意义、毫无用处，因为雪还在不停地下着。不过人们还是想做点儿什么，哪怕让穆库奇的车能走得轻松点儿也好。他今天一大早应该就能在山下接到瓦西里、阿娜托里娅和小沃斯凯，拉着他们，顶着暴风雪回到村里。本来想用救护车拉他们回来，结果因为道路原因没有成功，因为车子在铺满雪的崎岖山路上直打滑，所以只好返回了医院。昨天中午，正在睡午觉的穆库奇被一封电报叫醒后，用羊毛被子把驴车铺得暖暖的，又放上了一个厚重的毛斗篷，这样可以把阿娜托里娅和孩子包起来。他拉上了一个帮忙的老头儿，就驾车驶入了暴风雪中。如果一切顺利的话，今天下午三点之前他们就能赶回马兰村。

是瓦琳卡提议做一桌子菜来迎接他们的。马兰村人把穆库奇打发去了山下后，决定暂不回家，而是在谁家里先坐一会儿。晚上他们坐在烧得暖暖和和的壁炉旁边从容地聊着天，就着樱桃李煮出的糖水，吃着烧土豆，没有人聊起第二天的事情，因为出于迷信担心会说出不吉利的话来。大家吃了点儿东西以后，男人们玩起了十五子棋。女人们洗完了餐具，收拾完房间以后，开始了缝缝补补的针线活儿。也就是在那时，瓦琳卡看了眼安静下来的房间后，提议在阿娜托里娅到来之前做一桌子菜，庆祝一下。老人们并不太喜欢她的主意。

"让他们先平平安安地到了,然后再琢磨庆祝的事吧。"玛丽亚姆害怕地摆起手来,说出了大家的担心。

但瓦琳卡从鼻子里哼了一声:"哪儿还需要琢磨一下?阿娜托里娅生了孩子,这事让我们可以多活几年。是的,是的,别瞪这么大眼睛看着我,事实就是这样。我们都已经准备死了,而现在我们要把孩子养大,让她长大成人。我们肩上有这么大的责任,我们又怎么能死呢?"

房间里一片寂静,只有壁炉里的木柴发出一两声噼啪声。

"让萨特尼克说吧。无论如何,她都是瓦西里的直系亲属。"最后响起了雅莎曼的声音。

老人们都盯着萨特尼克。她咬了一会儿嘴唇,咳嗽了几声,说道:"我想,如果我们按着规矩迎接阿娜托里娅和瓦西里,向他们表达爱心和尊重,做一顿大餐来庆祝这件大事,他们会十分高兴的。"

晚上剩余的时间都用来商量菜单了。他们想好好招待一下这两位刚当上父母的人,让他们高兴一下。最后大家决定做火鸡炖洋葱、菜豆酱、山茱萸烤鹅、核桃鸡肉沙拉这几道菜,另外还有一道用玉米面和白葡萄酒调出的面糊糊炸的羊奶干酪片。大家选择可可尼饼作为甜食——这是一种特殊的砂糖馅饼,只能用木柴灰烤出,只有重要节日时才会享用。

上午十一点钟。男人们披着斗篷,拿着铁锹去清理马兰村村口道路上的积雪,女人们则去做饭。有人去煎火鸡肉,然后把它和煎得焦黄的洋葱和石榴籽一起慢炖。其他人则去准备鹅肉、沙拉和冷盘。瓦琳卡和雅莎曼是马兰村最能干的两个女人，所以她们负责做可可尼饼。雅莎曼费力地清理着院子里的一个角落，准备一会儿在那儿生起做可可尼饼的篝火。瓦琳卡已经把两种面团揉在了一起，正在用融化的黄油、糖、香子兰和磨成碎末的榛子搅馅儿。然后她和雅莎曼把松软的面团擀成面皮，放上馅儿，包起来后，把面皮的边儿捏紧，小心地用手指压成两个大馅饼。然后把死面饼擀平，撒上很多面粉，把馅饼包在里面，尽量不留下空隙，埋到滚烫的灰烬里。

　　将近下午三点钟。外面响起了穆库奇的驴车的辘轳声，包裹在暖和的羊毛被中的阿娜托里娅和婴儿被送到了马兰村。可可尼饼也烤熟了。雅莎曼和瓦琳卡把馅饼拿出来，拍掉上面沾着的木灰，用擀面杖敲打馅饼。烧焦的外壳在敲打之下布满了裂缝。事情还没有做完。还需要去掉裂开的死面饼碎块，小心地取出里面酥脆、金黄、鲜嫩的砂糖饼。当穆库奇在村里老人们的陪同下把车赶到了萨特尼克家，瓦琳卡和雅莎曼肩上披着色彩艳丽的纱丽，高傲地昂着头，伴着飘扬的雪花，捧出了像太阳一样热气腾腾的可可尼饼。笑得阳光灿烂的萨特尼克跟在她们身后两步远，捧着一张瓦西里不知什么时候交给她保管的儿子们的照片。到了该归还照片的时候了。现在她的弟弟已经有足够的精神力量去看一眼儿子们那漂亮、亲切的眼睛了。

终 章

　　沃斯凯不到六个月就会爬了。她滑稽地晃动着胖乎乎的小胳膊和小腿儿，坐了起来，甚至想扶着母亲的腿站起来。当她尝试却没有成功后，竟然生起气来。她长得像父亲，长着像冷却的灰烬一样的灰色眼睛，高高的眉毛，长长的黑色睫毛。小女孩从母亲那儿遗传了极为罕见的黄铜色调的头发。她还是个婴儿，所以头发还是灰白色的。但阿娜托里娅知道，随着年龄增长，头发颜色会变深，会变成小麦一样的金黄色，就像她因为生产而变得苍白的头发中残留的那种金黄色一样。

　　她尽管总是感到疲惫，睡不够觉，但感觉自己年轻了很多，充满了力量，每天不知疲倦地忙于家务：做饭，洗衣服，收拾屋子。瓦西里负责侍弄菜园和喂养家畜，浇水、除草、播种和收割庄稼，给山羊和绵羊挤奶，甚至学会了做奶酪。阿娜托里娅开玩笑地抱怨说，虽然他差不多昨天才学会制作羊奶干酪，但已经比她做的还要好吃了。

　　每天傍晚，瓦西里都把孩子放进童车里，带着她在马兰村里散步。这辆童车是瓦西里在铁匠铺里忙活了很久，自己做出来的。

童车很重，但用起来相当灵活。他和孩子在每一家门前都会停留，和老人们打招呼。沃斯凯总是"叽里咕噜""啊啊呜呜"地说话，被人们抱来抱去。每次当人们给她讲爱顶架的山羊的故事，用手指给她比画小羊的模样时，她总是高兴得大笑，笑得很能感染他人。

复活节放假时，蒂格兰和娜斯塔霞回来了。阿扎里亚神父隆重地给沃斯凯举行了洗礼。整个仪式上，当沃斯凯被神父抱在胳膊上时，一直表现得无精打采。但当把她放到水里后，她愤怒地大哭起来，差一点踢翻了洗礼圣水盆。瓦琳卡昨天还用这个铜盆煮过今年第一锅草莓酱，今天早晨把它洗得发亮，用丝带在上面绕了个十字，拿来进行圣礼仪式。马兰村小教堂的墙壁被孩子哭叫声震得颤动了一下，配楼晃了一晃，发生喑哑的声音。一岁半的基拉克斯正在曾祖母膝盖上安静地打盹儿，被吵醒了后跟着沃斯凯哭了起来。两人的哭声婉转起伏，传遍了全村，就连听力迟钝的苏伦都听到了他们的哭声。而玛米康一边摸着胡子笑着，一边没忘记开个玩笑，说："孩子们从小就学会了一唱一和，这都算什么事儿啊！"

夏至的前一天，阿娜托里娅走到院子里，看见帕特罗在一棵枯死的苹果树下。她请瓦西里留下了这棵枯死的苹果树做个纪念，因为这棵苹果树是马奈奶奶最喜欢的。帕特罗正在这棵死掉的苹果树下拼命刨着，往身后刨出潮湿的泥土。它看到阿娜托里娅以后，大声叫着，冲着她跑过来。它咬住她的裙子下摆，拉着她向前走。阿娜托里娅看到此情此景与梦里的情形完全一样，不禁愣住了。她被帕特罗拖到一个不深的土坑旁边，往里看了一眼，坑里空无一物。"亲爱的帕特罗。"她想让它安静一点儿，但帕特罗先是"呜呜"叫了两声，就开始大叫起来，用爪子飞快地扒拉着泥土。然后它高兴地尖叫了一声，拖出一个东西，把它放在阿娜托里娅脚下。阿娜托里娅低下头，看到一团已经腐烂的布。她小心地打开布团，发现里面有一个入手沉重的银戒指。因为时代久远，戒指颜色已经发黑，上面镶着一块不知名的硕大蓝宝石。阿娜托里娅仔细地把戒指上的泥土和黑锈擦净，把它放进了首饰盒里。首饰盒里只有母亲留给她的唯一一件饰品。那是一个天然的浮雕贝壳，本身是淡粉色的，透着米黄色，上面使用精细的刀法雕出一个少女形象。少女坐在柳荫下，半转身子看着远方的某个人。等沃斯凯长大了，让她戴吧。

阿娜托里娅晚上哄女儿睡觉时，会给她唱摇篮曲——这些摇篮曲都是母亲曾经唱给她的。她给她唱太阳雨的歌谣：太阳雨落到了地上，地上的母狼生了七只小狼，小狼长大后各奔东西，当母狼年老体衰，已经不再指望看到七个孩子时，它们都回到了它的身边，都变得身强体壮。她给她唱风的歌谣：风儿飞快地扇动着翅膀，捎来早已逝去的亲人的消息。她给她唱葡萄藤的歌谣：葡萄藤长到了天上，它的枝杈上有天堂鸟在栖息……

沃斯凯屏住呼吸，听着母亲唱歌。瓦西里把鼻子埋进她柔软的鬈发里，躺在她身旁。她睡觉时，母亲要给她唱摇篮曲，父亲要待在身边，不这样她睡不着。她认为世界本来就应该是这样的。沃斯凯还没有见过大世界。她只有一个微不足道的小世界，有石头盖的房子、枯死的苹果树、三十来个老人和一个小教堂。每到节日时会有一个神父从外地赶过来主持仪式。村子东侧有一堵石墙遮挡着山上落下的雪崩,村子西侧是一道悬崖陡直而下。通往山下的唯一道路一年年变得无法通行,长满了蓬蒿和飞廉草。只有穆库奇的驴车经常去山下拉货物,在从马尼什卡拉山通往大世界的道路上留下两道窄窄的灰白车辙,不让野草长满道路。

在阿娜托里娅家的凉台上,所有人都看不见的马格塔西奈双手抱胸,站在那里。她是沃斯凯的守护神。瓦琳卡家的房子墙上还有那道裂缝。裂缝在不停地呼吸:一会儿张开,一会儿合上,却没有变大,就像被痛苦割开的心脏,在不停地抽动,却没有死亡。在一个大衣箱里放着娜斯塔霞的素描画,被精心地包在印花布枕套里,免得它们褪色。大家都已经记不起娜斯塔霞在白孔雀墓周围的栅栏上看到的字母,但马兰村早已把这两个字母看作是村里仅有的两个后代子孙的名字缩写[1]。那个男孩和女孩注定要终结村子的历史,或者为它续写新的篇章。只是不知道,未来会是什么样。要是能知道未来如何该有多好啊!

看门狗帕特罗正把毛茸茸的大头枕在粗大的爪子上,在狗窝中呼呼大睡。这只忠实的狗在枯死的苹果树下找到了那枚戒指。戒指是阿娜托里娅出生那天,茨冈女人帕特丽娜藏在树下的。小沃斯凯的小世界上面则是无边的夏日夜晚。夜色讲述着那些人类灵魂力量的故事,讲述着矢志不渝的生命和高尚纯洁的道德。讲

---

[1] 娜斯塔霞在白孔雀周围的栅栏上看到的两个字母"K"和"B"分别是村里两个小孩基拉克斯和沃斯凯名字的首字母大写。

述着生命是一个个轮回,就像雨滴落在水面上荡起的那一圈圈涟漪。每一个事件都是以往的反映,只是没人能猜出它的内容。那些被选中来到这个世界上的人,再也无法回到他的来处,因为他要尝遍这世上的冷暖甘苦。不过我们现在不说这个,我们说另外一件事。

整整一年零一个月以前,星期五,正午刚过。当太阳刚刚爬过天顶,正有条不紊地滑向西山谷的边缘,谢沃扬茨·阿娜托里娅就躺到了床上,等待死亡的到来。然而她没有想到,有多少美好的事情正等待着她。现在它们来了,它们绚烂美好,散发着轻盈和温馨的气息。就让它们总是这样绚烂,就让它们永远这样美好;就让夜色施下魔法,守护着她的幸福;就让无边夜色的清凉,在手掌上滚动着三个苹果。就像马兰村的传说中讲到的那样,这三个苹果从天而降:一个给看到的人,一个给讲故事的人,最后一个给听到了这个故事、相信世界终究美好的人。

短篇小说

即興小品

马楚恰

六岁

"头朝肩膀歪一点儿。笑一下。笑一下嘛！会不会笑啊？让我们看一下，你笑得有多好看。好样的。不要眨眼。来，看这儿。一只小鸟儿飞出来喽[1]。"

马楚恰个子高高的，皮肤黑得发亮，眼睛却是灰色的。为了捕捉到他的目光，我只能使劲儿把头往后仰。当你仰头看时，他就显得像个巨人一样。他双腿很长，粗大的双手十指悬在空中，有些神经质地活动着，就像在演奏着看不见的乐器。"大概在吹笛子吧。"我这样想着，但没敢问他，因为马楚恰长得太帅了。我才六岁。长得帅的男人只会让我感到不可信任。

马楚恰的头发是卷曲的，乌黑油亮，睫毛浓密蓬松，小胡子正好盖住上唇。他不久前才留起了胡子，就好像是有人用黑色水笔在他脸上画出来的一样。我早就和他说过，我不喜欢他的小胡子。

---

[1] 俄语国家的摄影师给小孩拍照时，在按下快门前通常会说的话，用来吸引小孩注意力。

但马楚恰说,这样让他显得更庄重。我懒得问"庄重"是什么东西,所以一脸严肃地点着头。就让他觉着我听懂了吧。

马楚恰的照相馆名字叫"贝尔德",和我们生活的小城的名字是一样的。我住在小山冈上一幢二层小楼里。刮风时,窗外一棵海棠的树叶会轻轻敲打窗户,晚上月光会在地板上画出暗银色的方块儿。马楚恰住在邻街拐弯处的一处平房里。他的老母亲叫努巴尔,讲话时带有西亚美尼亚地区的口音,我听起来很费劲。她还懂英语,所以每次和我见面都是这么打招呼的:古德得意,达令,好阿油①。我总是回答说:爱艾姆分②。这是我唯一能回答的一句英语。我不知道马楚恰的父亲在哪儿。他可能死了,也可能像我的姨父那样,抛弃了他们,去了别的城市。现在小姨只能每天连着工作三个班,挣钱养活几个女儿。她的丈夫每月给她打一次电话,说他那儿没钱,让她们自己想办法。我的姨父长得很帅。

我想在照相之前打扮一下自己。镜子放在一个小小的,被屏风挡住的小储物间里。墙边靠着一把瘸腿的椅子,显然是给那些不想站着打扮自己的人准备的。椅子上方挂着一张小地图。如果把地图向左转,会看出上面画的是一个身着长袍的巨人:他侧身站着,头向后仰着,向上伸着双臂,就好像在向上天求助。我端详了一会儿地图后,对墙上的隔板置物架产生了兴趣。我踮起脚尖,想看看架子上有什么东西。我在架子上发现了一个塑料梳子和几

---

① 英文"Good day, darling! Hou are you?"的俄文发音。

② "I'm fine."的俄文发音。

个发夹。

"有人把东西忘在这儿了。"我朝马楚恰喊了一声。

"什么东西?"他朝我看了一眼。

"这些东西!"

"那是我放的。是以防有些女客人想给自己换个发型而准备的。怎么样?你准备好了吗?"

"准备好了!"

马楚恰把我抱到扶手椅中。身后一个沉重的大木桶中栽着一棵仿真棕榈树,散发着一股塑料味儿。我转过头去,想仔细看下棕榈树。

"不要转头!"马楚恰说道。他把灯光转向我,挑剔地前后看着,"你一定要抱着兔子照相吗?"

"是啊。"

他咋着舌头。显然,他不喜欢这只兔子。兔子已有年头了,看上去破破烂烂的。它的眼睛是纽扣做的,颜色不一样:一只纽扣是绿色的,稍小一些;另一只则是蓝色的,稍大一些。绿色眼睛是原装的,而蓝色的则是我们从妈妈的卷曲弹力纱大衣上揪下来的。马楚恰把兔子转了个身,让它侧身坐着。我不愿意,因为我想让它全身都在照片上露出来,这一点很重要。

"为什么它的眼睛颜色不一样?看起来不协调,有点儿蠢。"马楚恰看起来有点疑惑。

"一只纽扣掉了,所以缝上了不一样的。"我低声嘟哝着。我替兔子感到不高兴。它挺好的,是姥姥送我的。

马楚恰叹着气。

"好吧。"

他钻到照相机的黑色盖布下,然后不再动了。

"头朝肩膀歪一点儿。笑一下。笑一下嘛!会不会笑啊?让我们看一下,你笑得有多好看。好样的。不要眨眼。来,看这儿。一只小鸟儿飞出来喽。"

拍出来的照片让妈妈和爸爸笑出了眼泪——在一棵仿真棕榈树的背景下,我板着面孔坐在一张硕大、破烂的扶手椅子里,把一个两只眼睛不一样的破破烂烂的玩具兔子抱在胸前。

十六岁

我飞跑进照相馆,因为我的时间很紧。马楚恰正在费劲地填写发票。他抬起头,满脸挖苦地眯缝起眼睛。

"我们这是急着去哪儿啊?"

我本来想撒个谎,但出乎自己的意料,居然说漏了嘴。

"去约会。"

"啊——!竟然是去约会,那好吧。"

你很难从马楚恰的嗓音中挑出毛病来。他的嗓音平静、稳定,目光也会正视你,看起来很和善。别人会被他的行为迷惑,但我不会。我从内心里感觉到,他是在挖苦我。如果是在其他时间,我肯定会和他大吵一场,但现在不行,因为两周前他刚刚安葬了母亲。我也去了那场送别仪式。坦白地说,我不想去,但妈妈数落了我一顿。她说:"你是努巴尔看着长大的,所以必须要去和她告别。"于是我和她小吵了一架,让她不要以为我是可以被轻易说服的人,然后还是去参加了葬礼。去的人不多,因为是工作日,很少有人能请下假来。努巴尔躺在棺材里,显得很老,但很平静。马楚恰坐在床头,长长的指头不安地交叉合拢起来,看着地板。妈妈走到他跟前,低声地安慰着他。他默不作声地点了下头,握了下她的手。我没有走近他,但当他抬眼看我时,我有些不知所措,于是笨拙地朝他挥了挥手。他把脸埋进双手,大哭起来。妈妈小声对我说"走吧"。我把一束月季花放在棺材旁,就跟着妈妈走了。妈妈走在大街上。她身材高挑,长得也很漂亮,长长的秀发在风中飘舞。我无精打采地跟在她后面,感觉到自己很渺小。

"都三十岁了,还哭得像个孩子。"我终于忍不住说了出来。其实最好还是不说出来。

"可不是嘛。"妈妈回答道。

双手后来疼了一整天,因为我把月季花茎攥得太紧了,几个指头都被扎伤了。

"我要照张相。办身份证用。"我对马楚恰说。

他把发票放到一边,从桌子后面站起来。我十六岁已经长得很高了,但仍要仰视看他。他的头发有些斑白,眼睛的颜色则像融化的雪水。他身上有那么多自信和稳重男人的帅气,让你忍不住会说一些混账话。

"你知道,女人们是怎么说你的吗?"我就好像是被鬼魂附体了一样,"说你长得帅,跟阿兰·德龙一样。"

马楚恰凝视着我,让我感觉肚子有些发热。

233

"去，把自己收拾一下。"他沉默了一分钟才说道。

储物间里飘着灰尘，有一股廉价香水的味道。墙上仍挂着那张地图。随着时间推移，地图已经变旧、发黄，但仍能看清地图上伸手向天的巨人。我在妈妈的化妆盒里翻来翻去，然后笨手笨脚地涂着玫瑰色口红，从置物架的隔板上拿下一个发夹，把额头上的头发夹住，让头发把脸颊包住，同时让它像波浪一样搭在肩上。

马楚恰把补光灯转向我。他不满意地从鼻子里哼了几声，然后从衣服口袋里抽出一块手帕，递给我，说道："擦下嘴唇。"

"为什么？"

"我说过了，擦下嘴唇！"

我生气地擦着嘴唇，然后把手帕攥成一团。

"你这是要和谁去约会啊？"马楚恰一边从照相机取景器里看着我，一边不无挖苦地问道。

"瓦诺扬茨·艾基克的儿子。"

"我见过他。挺帅的小伙子。"

"然后呢？"

他装作没听懂我的问题。

"坐直了，别驼背。左肩低一点儿。你为什么非把它抬这么高？闭上眼睛。现在睁开眼睛。稍微笑一点儿。嘴角抬一下就行。好样的。来，看这儿。一只小鸟儿飞出来喽。"

身份证照片上的我看起来像个小小的、有点儿笨的小女孩：发型怪里怪气，目光不知所措。下嘴唇不知为什么还向前噘着，显然是因为把口红擦掉而不高兴。相片倒可以再拍一次，但我还有更重要的事情去做：初恋、上大学。我马上就要离开这个发霉的小城，离开它的歪歪扭扭的街道和残破不堪的小教堂。我要投奔大城市，奔向一望无际的辽阔空间。谁会关心我身份证上的照片拍得好不好。就这么着吧。让它见鬼去吧！

二十二岁

童年住的小城显得死气沉沉。阴影毫无声息地从一幢房子伸向另一幢房子，就像一只冰冷的手扒在建筑上，免得自己掉落到深渊中。我如果闭上眼睛的话，还能回想起小城以前的样子：城市郁郁葱葱，但有些阴郁，偶尔飘来一阵急雨，清晨被冻得像瑟瑟发抖的山地百合。

照相馆的橱窗蒙上了一层塑料布，因为橱窗玻璃被炮击震碎了。再安上新的玻璃也没有意义，因为还会被新的炮击震碎。如果不扭头去看，不看满目狼藉的橱窗，不看马楚恰的眼睛的话，那会有一种错误的印象，认为什么都没有变过。

"你好。"我和他打了招呼。

"你好。"

马楚恰脸色苍白，看上去疲惫不堪。他走路时有点瘸，会明显地向那条伤腿倾斜身子。有一条长长的粗大伤疤从鬓角绕过颧骨，延伸到鼻根。只是眼睛还像以前一样炯炯有神、明察秋毫，闪着银色的光芒。

"给我照一套普通黑白照片，十到十二张。我要出国。到那儿需要办些证件。我不想在一个陌生的城市里东奔西跑地去找照相馆。"我飞快地说着,目光在他背后的墙上扫来扫去。我无法正视马楚恰的眼睛,装作好像没发现任何变化。

最近六年里,可以说一切都变了。我稀里糊涂地谈了三次恋爱,从学院毕了业,在一个治疗战争伤员的野战医院里当卫生员。马楚恰上过战场,因为重伤复员了。他娶了一个女难民。她带着两个孩子,女儿八岁,儿子四岁。两个孩子像对亲生父亲一样喜欢他。妻子也十分爱他。

"就是说要走了?"他说道。

"是的。"

我用纸巾擦去了嘴唇上的口红,看也不看地在置物架隔板上找到一个发卡,把头发绾成一个紧紧的发髻。墙上还挂着画着巨人的地图。我转过头,想最后一次仔细地看看地图。但照相馆的门砰地响了一声,有新客人来了。得把储物间腾出来了。

马楚恰在取景器里端详了一阵,然后拖着受伤的那条腿,脚步沉重地向我走过来。我能看出,他的那条腿走起路来很疼。

"为什么没用发簪?"

"没事儿。"

他用食指尖托着我的下巴,让我稍稍抬起头来:"你要学会把脸露出来。要记住,你长得很漂亮。"

我像小时候一样,从下向上看着他。

"笑一下。"他说道。

我微笑着。

四十三岁

在我童年的回忆中,十一月清晨的情景一直是我珍藏而又难以忘怀的。夏季早已过去。鸟儿们整晚都在喊喊喳喳地喊着"去南方,去南方",然后都飞走了。公鸡们被鸟儿告别的叫声刺激得醋意中烧,拂晓前也开始争先恐后地叫起来。这些平时迎着朝霞昂首高歌的"骑士"们惊惶不安地叫着,叫声从一个院子传到另一个院子,从一道栅栏门传到另一个栅栏门,从一个山丘传到另一个山丘。公鸡们晃动着五彩缤纷的尾巴,向着天上,向着鹤群叫声最后消逝的地方叫着:去南方,去南方。

花园被夜雨洗得一尘不染,在轻纱一样的雾气中若隐若现。雾气铺在树冠上,像棉花一样挂在柏树的树肩上,从长着硕大的温柏果的枝条上滴落。黄色的温柏果长着一层粗硬的茸毛,在乳白色的雾霭中特别显眼。

等雾气散尽,就能看到被金黄和火红的枫叶染得五颜六色的山丘。整个城市弥漫着枇杷和蔷薇果的浓郁香气,针叶树和被清洗过的黑莓也香气扑鼻。秋末的黑莓甜得腻人,个头很大,三个黑莓用一只手拿不起来。

我恰恰在十一月份,和南飞的鹤群一起回到了故乡。和童年相比,这个城市变化很大。街道上充斥着令人眼花缭乱的霓虹灯,广告牌不停地闪烁着。在照相馆曾经的位置上,现在是一家大型公证处。我和妈妈从公证处旁边走过,没有转头。我手里捧着一束月季。

墓园里空无一人,静悄悄的,只有风儿裹着香烛烧过的甜甜的青烟，在墓碑间徘徊。东山顶的斜坡被裹上了棉絮一样的雾。雾气很快就会从山上流下，把整个世界包裹在一片白色之中。

那扎列疆·塔隆（1957—2005）。他已经走了九年了。他在照相馆工作时，还很年轻。我曾经努力记住他的样子——皮肤黝黑、灰色的眼睛、身材高大。我把他坟前的碑文读了几遍，想真正理解碑文的意思，却徒劳无功。终于我找到了一句话："世界上最好的丈夫和父亲。爱你的妻子、女儿和儿子。"

"为什么把他埋在这里，没有和努巴尔埋在一起？"

妈妈把盛着香烛的小纸包递给我。

"努巴尔埋在老墓园里。那里已经没有位置了。所以把他埋在这里了。"

我把香烛颗粒投进了一个金属小碗里，点着了火柴。妈妈把月季花摆到了墓碑下。妈妈好像不是在和我说话，而是在自言自语："努巴尔和加列津搬到我们城市的时候，你爸爸才六岁。他还记得，当时他们生活有多困难——只能勉勉强强地硬撑着。但他们的生活慢慢改善了，给自己盖起了房子。他们常常回忆波士顿。他们是'二战'以后从那里搬过来的，那时边境开放了不长的一段时间。他们抛弃了一切，只是为了圆一个梦，能回到祖先生活的地方。他们都很年轻，长得也很漂亮，奇迹般地躲过了大屠杀。

"努巴尔生孩子很晚，四十二岁时才生下马楚恰。生下他一周后，加列津就因为心力衰竭去世了，留下妻子一个人，还有一个正在吃奶的孩子。她给儿子起了个名字叫塔隆，用来纪念祖先生活过的地方。

"他后来长成了一个漂亮小伙子。我当时以为，他会有远大的前途。但他无法怀揣远大梦想去大城市，因为没有人照顾他年迈多病的母亲。他在照相馆找了份工作，学会了吹单簧管。当他还是小孩儿时，有次别人问他，他父母是从美国哪个州搬来的。他不小心说错了，说成了'马楚恰'。从那天开始人们就这么称呼他。他没有反驳，也挺喜欢这个名字。

　　"你大概还记得那张挂在照相馆里的老地图吧。那是马萨诸塞州的地图。有一次他向你父亲承认说，他想去一趟波士顿，看一眼那个城市，那个父母长大的地方。但他没来得及。

　　"他家院子里有一头棕黄色的大狗，每天用两条前腿爬行，后腿在身后拖着，因为炮击时一块弹片打断了它的脊柱。以前它在街上苟活着，遇到行人时会盯着他们的眼睛。每个人都在想，最好有人能用枪打死它，这样它就不用受罪了，但都偷偷摸摸地喂它。塔隆从战场上回来以后，就把它抱回了家里。那条狗老得不能动了，他一瘸一拐地抱着它走。"

　　妈妈把上香用的碗放到墓龛里，把裹着香烛的纸包也放了进去。雾气飞快地从东山喷涌而下，一寸一寸地吞噬着山下的空间。

　　离开之前，我用手擦净了他的照片。手掌沾上了乌黑的污渍。他的银白色的眼睛看着我身旁，那眼睛就和十一月的天空一个颜色。

　　永别了，马楚恰。永别了。

哈杜姆

哈杜姆年纪大了，两年前孙子们给她隆重地庆祝了八十寿诞，人们开始叫她"老哈杜姆"。但这并非仅仅因为她年纪高迈，而是因为对她的尊敬。一个人年纪大了，就说明他会变得睿智。在确定哈杜姆的生日时遇到了难题：20世纪初在柏柏尔人石头城堡中出生的婴儿，他们出生证明上的生日通常要比实际生日晚很多，而深受失眠折磨的母亲们也不太记得，她们是在哪月哪天生的某个孩子。因此在哈杜姆的出生证明上写着："哈杜姆·拉留什，是伊斯梅尔·拉留什和布什拉·阿拉维的第五个女儿，生于大雨季节，主马达·敖外鲁月①的第三天。"

战后的户口管理部门在给哈杜姆签发身份证件时，给她凭空杜撰出了1903年12月28日的生日。但对于准备庆祝活动的孙子们来说，计算出这位尊敬长辈的准确生日则是一件极为重要的事情。他们用阴历日子向前回溯，查阅了大量档案文件和一个世纪的报纸文章，最后计算出了一个大概的日子。如果相信这个计算

---

① 伊斯兰历第五个月，该月名字意为"前一个千月"。

结果的话，那么她的生日是 1905 年 1 月 5 日，比出生证明上的日期晚了两年零八天。然而一个令人左右为难的问题就摆在她的后代面前：什么时候给她庆祝生日。哈杜姆的身体状况正逐渐恶化，她很可能撑不到自己的八十岁生日。孙子们经过深思熟虑之后，决定按身份证明上的日期庆贺，但如果真主让老哈杜姆活到真正的八十岁生日，那么可以再庆祝一次，庆祝排场只大不小。

哈杜姆对庆典很感兴趣，自己却没有参加，她甚至都没有尝一口那个贵重的蛋糕。蛋糕是从一家世界知名的法国糕点店购买的，由她的小女儿奈玛的儿子，即她的外孙穆罕默德使用特制的保鲜保温包从卡萨布兰卡运回来的。宴席摆在了房子跟前：一块帆布盖在被夏季骄阳烤得火热的小院里，帆布角儿挂在院子角落里的几棵椰枣树上。院子里阳光充足，哪怕是冬天都散发着炽热的黏土气息及由于炎热而沾满灰尘的短粗的仙人掌味道。（哈杜姆到现在还清楚地记得，当大玛艾玛用刷子把胭脂虫从仙人掌长满尖刺的叶子上刷下来时，闻到的是什么味道。这些胭脂虫可以用来提取罕见的胭脂红颜料。）宴席上饭菜丰盛，足够吃上整整三天，直到大曾孙女离开的那天才刚刚吃完。大曾孙女事先没有经过曾祖母的同意，把一个年轻的追求者带来参加庆典。谁承想这位浅色眼睛的法国人，却是个坐不住的家伙。他没有规规矩矩地和男人坐在一起，享用丰盛豪华的寿宴，却在家里转来转去，把家里所有看到的用具都用手指敲了一遍，不停地用法语说着"太漂亮了"。他就连便盆都不放过，想把它从床底下拖出来，拿到太阳下面去拍个照。家人们费了好大劲儿才把他撑走。顺便提一下，大家聊天时都觉得，曾孙女米里亚姆确实是想和这个外国人结婚的。都不知道这个外国人有啥好的。不能否认，外国人都有些不讲礼数。

这三天时间院子里吵吵嚷嚷，哈杜姆则一直待在自己屋子里。孙子和曾孙子们都没太打扰她。他们每天早晨来给她请个安，吻一下手，祝她一天生活安康。晚上也来请安，想得到她的祝福，能做个好梦。他们说的是语调高亢的摩洛哥方言，听不大懂祖母说的嘘嘘索索的柏柏尔方言，所以聊天时用的都是常见的词语。这三天时间里主要是女儿、儿子们陪着她，在她身边有一搭无一搭地聊着天。哈杜姆没有认真听他们聊天，并不是因为她不喜欢聊天，而是因为知道他们聊不出新东西来。以前出过什么事儿，现在还是老样子。她总是一个人在屋里吃饭，认为当着别人面吃东西是不体面、伤自尊的行为。哈杜姆的母亲给她说过，当她还是个吃奶的小孩子时，如果屋里来了人，她就会停下吃奶，委屈地大哭起来，直到屋里没人了，她才会平静下来。她从一岁时起就一个人藏在父母的卧室里自己吃饭。

孩子们都记得哈杜姆吃饭的习惯，到了吃饭时间，就会离开房间。保姆祖拉是一个沉默寡言的老处女，头上包着围巾，因为得天花脸上长满了麻子，破相以后就没有嫁人。当她确信女主人一个人在屋里时，会给她端来饭菜。哈杜姆对饭菜没有特殊要求，甚至可以说在饮食上十分保守：早饭是一成不变的加了阿甘油的蜂蜜、橄榄、粗磨双粒小麦面包和软糯的山羊奶酪，午饭是必不可少的汤和加了蔬菜的蒸粗麦饭。自从阿里得重病死了以后，她已经五十多年没有吃肉了。她在早饭和午饭后会吃些传统的摩洛哥茶点。哈杜姆喝茶时不喜欢加糖，而是就着桃仁小饼干喝。她很少吃晚饭，而且最多只吃两道菜。她吃过午饭以后，只要天气不是特别酷热，就会走到院子里，在椰枣树下坐上很久，把剩面包掰碎了喂家禽。家禽们通常守在围墙旁边等她，喊喊喳喳叫着在围墙边排成一排。当它们看到哈杜姆走出屋门以后，会迅速地从休息的地方跳下来，拍打着五颜六色的翅膀，争先恐后地朝她跑来。从哈杜姆坐的位置上能看到矗立在城堡边上的一座叫秃山的山峰。有意思的是，尽管山坡上树木茂盛，郁郁葱葱，但山顶上居然像人的膝盖一样寸草不生，所以人们把它叫作秃山。哈杜姆一边给家禽掰着面包，一边凝视着像长矛一样直插苍穹的山峰。她清楚山上的每一处大小褶皱和每一个山洞。她已经在院子里坐了八十年，每天都端详着这座山，每次都想从山上找出些变化来，但从未找到。铁木树仍像童年时那样高耸挺拔，石栎树仍像以前那样粗大，一个人都抱不过来，而杉木树冠刺破黄色的天空，仍旧那么高不可攀。山洞张着黑洞洞的大口，如同时间裂缝一样，默不作声，让人觉得恐惧。你只要进了山洞，就再也找不到回来的道路。不过对于这座《圣经》时代的秃山来说，老哈杜姆的八十年寿命又算得了什么？不过是蜻蜓背上的透明翅膀的一次微微颤动而已。只有秃山才能发现这世界的变化，它冷漠地俯视着三百年来在它的脚下拔地而起的石头城堡。

　　这三百年里，驼队络绎不绝地从城堡旁边走向遥远的阿加迪尔。那里有商人的仓库和贵重的货物：丝绸、铜器、小麦、橄榄油、阿甘油、调味品和地毯。驼队从秃山脚下屹立千年的丛林边上蹒跚经过，走过长满杜松树和垂柳的原野，走过长满夹竹桃——当地叫作粉红月桂的草原，走向沙岸和低地绿洲。全程都有柏柏尔战士护送着驼队。护卫队人员也会更换，就像接力一样，把驼队从一个队伍传递到另一个队伍。负责从秃山山脚到第一个沙丘道路安全的是哈杜姆的父亲——毛拉伊斯梅尔。他身材高大、肩宽背厚，像个巨人一样，出身于一个古老的山地柏柏尔人部落。部落名称叫"阿利[①]"，用来纪念部落起源的地方。秃山是阿利人的世袭领地。部落里的人都身材高大，和当地人相比显得十分漂亮——金黄色的皮肤，浓密的头发呈现出火红的色调，长着蓝色的眼睛。阿利部落里出嫁的女人被认为是中阿特拉斯山区最漂亮的新娘子，男人则是所有正派家庭的首选未婚夫。当然，那个年代还没有部落间的通婚。那些极为少见的部落间通婚经常会成为后来不共戴天的血仇的缘由。

　　伊斯梅尔负责阿利部落地区的安全。他有一个骑兵卫队，保护驼队免受抢劫者的骚扰。伊斯梅尔本人是一名信徒，受人尊敬，勇敢无畏，从不嫉妒别人，但对于那些不遵守人类准则的败类却只有冷冷的蔑视。他因为诚实和勇敢不仅赢得了市民和商人的尊重，就连那些往索维拉港运送可怜的男人、女人和孩子的心狠手辣的奴隶贩子也对他尊重有加。奴隶贩子经过这里时会远离阿利部落一公里外，强盗们也不敢骚扰毛拉伊斯梅尔的马队护送的驼

[①] 柏柏尔语，意为高山。

队。哈杜姆的父亲如果不能带队护送,那么他的战士们会让他的马走在队伍前面。马鞍上放着一件暗蓝色罩袍,罩袍背上印着醒目的拉留什家族的徽标。徽标是交叉成十字的剑和匕首,刀刃上装饰着纤细的橄榄枝。这个徽标也会出现在拉留什家族妇女们制作的地毯和面料上,只是用散沫花染成了雅致的花纹。遇到节庆时,女人们也会用散沫花涂抹手部和脚部。这个徽标还文在拉留什所有女孩的额头和手腕上。它就好像个护身符,是祖先血脉的延续,是威严的警告,让所有对她们图谋的人承受来自阿利部落男人们的怒火。

这些文身的颜色会随着时间推移渐渐褪去,但文身却不会消失,哪怕在年迈女人堆满皱纹的脸上也能清楚地看到。哈杜姆是拉留什家族中最后一位文身的女孩儿。和她一起文身的还有一个女孩儿,只是她和哈杜姆的家族没有任何关系。她不记得这个女孩儿叫什么。她的名字读起来很缓慢,听起来嘘嘘索索,有点像磨盘转动时把在酷热的太阳下晒干的小麦磨成粗粉的声音。毛拉伊斯梅尔的奶奶大玛艾玛在女孩儿的头上喃喃细语,读完了祷文以后,给她起名叫法蒂玛,从她脖子上取下了小十字架[①],把它藏到了香料罐底下。女孩儿后来没活多久,只活了两三个月,因为严重的肺炎死掉了。能医治各种疑难杂症的大玛艾玛最终也没能治好她的肺炎。人们在落日余晖中将她安葬。哈杜姆唯一记得很清楚的是女孩儿溃烂的脚掌。女孩儿死后脚掌才停止流血。她还

[①] 十字架是基督教徒佩戴的,伊斯兰教徒不戴十字架。

记得女孩儿浓密的长睫毛下面十分美丽的黑眼睛。和这个女孩儿不同,一个男孩儿在肺炎痊愈后活了下来。大玛艾玛给他起名叫阿里,但没有找到他身上的十字架。

哈杜姆的父亲在奴隶贩子常走的一条秘密小路中找到了这两个孩子,把他们带回了家里。奴隶贩子把他们丢在了与阿利部落接壤的弧形沙原边上。当时他们已经咳得喘不上气来,十分虚弱,甚至没有力气自己喝水,不停地打着寒战,用本族语说着胡话,却经常被突如其来的咳嗽打断。他们的声音听起来生涩、高亢。他们不停地用满是伤口的脚掌乱蹬身子下面的凉席。男孩儿最多五岁,女孩儿大概有九岁。他们两人长得惊人地相像,都是黑头发,大大的眼睛,精致的面庞。男孩儿到家一周后就康复了,女孩儿躺的时间很长。等她稍微清醒以后,大家就提起了是否给她文身的问题。哈杜姆的母亲坚持要给她文身,免得她以后被同龄人嘲笑。但如果大家知道她最后还是会死掉,估计就不会给她文身了。但谁又能预知这些事情呢?大玛艾玛坚信,既然男孩儿已经痊愈了,那么女孩儿也一定能摆脱病魔。至于以后如何处理他们,伊斯梅尔家里没人提出这个问题。只能把他们养大成人,还能有什么别的方法?

每天上午,当同龄人都在学校里学习时,阿里就待在家里。下午他和小伙伴们一起在城堡里跑来跑去,追赶麻雀,或者和他们玩石子儿,玩到很晚。

"等他不哭了,也把他送到学校去。"大玛艾玛做出了决定。

阿里晚上做梦时会哭泣。他哭起来像一只小狼,发出很凄凉的"呜呜"声,脸上流着咸咸的热泪。大玛艾玛半夜醒来,走过整幢房子,从她住的三楼走到男孩儿们住的一楼,坐在他床头,为他祈祷。阿里没有停止哭泣,但安静下来,缩成一团躺在那里,轻声哽咽着。他醒来后却什么也不记得。

女孩儿和男孩儿不同,从没哭过,也没有呻吟过。大玛艾玛把女孩儿抱到自己屋里,好方便照顾她,她就一直躺在那里。那年哈杜姆已经十三岁了,负责清扫各个卧室的地板。她每周一次去敲大玛艾玛的屋门(任何人未经允许不得进入曾祖母的房间,连她父亲也不行),然后进屋擦地板。她尽量不朝女孩儿躺的方向看。她脸朝着墙躺在那里,伤痕累累的两只脚掌涂满了桉油,从床单下伸出来。她最后也没能站起来,因为每次尝试让她站起来都使她浑身剧烈抽搐,脚掌流血。大玛艾玛有时让人把她抱到院子里。她坐下来,撩起自己的裙边儿,卷起长长的罩袍袖子,露出手腕上的文身,把女孩放在自己膝盖上,抱在胸前。女孩儿闭着眼睛,不说话,偶尔因为咳嗽抖动一下枯瘦的双肩。阿里站在旁边,抓着她的一只手。但他站一会儿就累了,在院子里绕着圈儿跑起来。大玛艾玛凝视着远处的秃山山峰,用低沉的声音唱着忧郁的柏柏尔民歌。她头顶上一群金黄色的蜉蝣飞舞着,就像透明的云朵。

最终也没有搞清,他们是如何落到奴隶贩子手里的,因为两个孩子根本不懂柏柏尔语。如果女孩儿能活下来,那么她可以慢慢学会柏柏尔语,大概能告诉大家原因。但是她死了。阿里还太小,什么也不记得。大玛艾玛一直留神观察他们两人,有一天她发现了一个惊人的秘密:从高高的清真寺塔上传下来的报时者的喊声

247

让两个孩子十分恐惧。男孩儿吓得呆呆发愣,女孩儿则屏住呼吸躺在那里,只是发蓝的眼睑不停地哆嗦着。但后来他们就习惯了喊声,不再恐惧,女孩儿也平静了下来。有一次一个驼队从阿里部落土地上经过,带来了有关奥斯曼帝国把自己的民众投入淌着鲜血的河流中的消息。毛拉伊斯梅尔听到后从鼻子里哼了一声——土耳其人也杀到了这个地方,但啃不动柏柏尔人坚不可摧的城堡,只能舔着伤口撤退了。但他还是把有些人被土耳其军队卖为奴隶的传言一字一句地跟大玛艾玛说了。大玛艾玛重重地叹了一口气,摇了几下头。两个孩子完全有可能是从那儿来的。但如果确实如此的话,那么他们能为两个孩子做的事情就是永远不再提起过去的事。大玛艾玛认为,不能总是去触痛伤口,否则你永远不能成为一个幸福的人。她请孙子不要把这件事告诉任何人。伊斯梅尔做了保证并且遵守了承诺。

又过了一个月,尽管阿里仍会在夜里哭泣,但伊斯梅尔还是吩咐把他送去学校。当大玛艾玛表示反对时,他回答说:"环境改变将有助于男孩战胜恐惧。"哈杜姆负责帮着他准备学习用具,一连好几天帮着他做写字板。阿里在她旁边转来转去,滑稽地模仿她讲话,重复着她说的话。她给他详详细细地解释了如何做写字板:先要从伐木工人那里搞到尺寸合适的方形木板,之后在上面凿一个眼儿,这样就可以把写字板挂在钉子上;然后小心地用一把硬胶泥把木板磨出闷光。阿里听着,却一点儿也没听懂。但哈杜姆相信,他有某种莫名的能力,可以辨别出她话里的意思。

"学校里用竹子削的笔写字,墨水从杉木上收集。在树根上烧起一堆火,树被烤热了以后就会流出黑色的黏稠泪水。烧焦的树干要小心地削掉,然后在削掉的地方涂上专门的草药。树干上的伤口慢慢收紧,就会长出树皮。杉树还能活,但在树根上会留下一个洞。如果遇到下雨时,可以缩成一团,躺在洞里避雨。你能听懂吗?"

"你能听懂!"男孩儿点着头表示确认,张开有豁齿的嘴笑着。他的第一颗奶牙前不久掉了,牙齿上的豁口让他的小脸儿给人一种十分滑稽的感觉。哈杜姆笑着,摸着他头上翘曲的头发。她全身心地喜欢他,甚至比亲生兄弟还要喜欢,这大概是因为同情他遭受的苦难的原因吧。谁知道这两个孩子经历了多少考验:一个男孩儿和一个女孩儿,一个弟弟和一个姐姐与父母失散,被运往异国他乡,要在索维拉港的奴隶黑市上被卖掉……

阿里很珍视哈杜姆的友好态度,也用相应的依恋来回报她。当姐姐死了以后,除了哈杜姆以外,他不跟任何人交流。姐姐死后,他做的第一件事就是绝食,悲伤地号啕大哭,用大家听不懂的话絮絮叨叨地说着,偶尔夹杂一两句柏柏尔话:"特别疼""救命"。如果哈杜姆无法让他平静下来,大玛艾玛就会来安慰他。她拉着他走到院子里,面朝着秃山坐下,把他放在自己膝盖上,小声地祈祷着。阿里把脸埋在她的丝绸罩袍的皱褶中,继续哭着。

他在雨季开始前去了学校。一开始是哈杜姆亲自送他去学校,再把他接回来。她偷偷在窗外看着他。他坐在角落里,是最小的学生。他显得仓皇失措,有些害怕,把写字板抱在胸前。他浓密蓬松的黑发向上翘起,在其他孩子火红、黄色头发的背景下就像是一个黑斑点，就好像是在开满鲜花的草原边缘落下了一只长着蓬乱羽毛的巨大黑鸟，落下来后忘了飞走。

教识字的毛拉是一个严肃而又性格坚毅的人。学生们永远都忘不了，如果他们不好好听课的话，他用教鞭抽打他们时有多疼。哈杜姆从弟兄们那儿听说了毛拉的严厉后，很是替阿里担心。不过她白白担心了，因为阿里很快适应了学习，过了一段时间就可以在写字板上用竹笔麻利地写出一章《古兰经》。稍后他就学会了拼读音节，在学生们喧闹的读书声中读出这些章节。男孩儿们都在大声地读着《古兰经》，而且每个男孩读的章节都与其他人不一样。他们认为，一个人如果能从喧闹声中听到自己的声音，那么他就能在寂静时获知他人的思想。

春天时哈杜姆嫁给了一个远亲表兄。公公是她的远亲姑父，婆婆则是她的姑姑，不过是另一个祖母所生。丈夫的房子和父亲的房子紧挨着，墙挨着墙。她如果想去看望大玛艾玛，不需要出院子，只要登上平顶的石头屋顶，跨到父亲家的屋顶上，沿着一个不高的台阶下来，就可以走到大玛艾玛住的三层。所以哈杜姆并没有太担心嫁人的事，因为只是从这个家到了另一个家而已。她出嫁后马上怀了孕，下一个雨季到来之前就生下了一个女孩儿，给她起名叫艾莎。阿里有时过来和小娃娃玩耍。哈杜姆脸上带着微笑，看着他和小家伙一起玩：一会儿给她唱歌，一会和她玩游戏，一会儿又给她唱摇篮曲。

"等你长大了，就娶她当妻子吧。"她开玩笑说。

"好的。"他同意了。

后来真就这样了。十六年后，阿里变成了自己义姐的女婿，娶了她的女儿。又过了三个雨季，他在生下儿子尤尼斯之后，因为无法治愈的肺部疾病去世了。弟兄们把他送到了卡萨布兰卡去看医生。十天之后一个兄弟满脸悲伤、垂头丧气地回到家里，说只能把阿里留在医院里，让医生照顾。他的身体状况很差，需要尽快去和他告别。哈杜姆几分钟就收拾停当：把孩子送到婆婆那里，穿上了罩袍，跑着去了趟大玛艾玛的房间。大玛艾玛死后，她的房间无人居住，里面的陈设没有人动过，和她生前几乎一模一样。哈杜姆已经不记得，他们是如何长途跋涉才筋疲力尽地到达了卡萨布兰卡。唯一铭刻在记忆中，无法忘却的情景是还没有意识到事情的严重性，但已经惊慌失措的艾莎在哄着三个月大的儿子，还有坐她身旁的父亲。哈杜姆第一次看到他六神无主的样子。去卡萨布兰卡的路程很远——先坐车到最近的城市，然后坐上一辆四面透风的大客车，沿着灰尘弥漫的崎岖道路走上一昼夜。客车发动机冒着黑烟，吭哧吭哧地响着。哈杜姆心里害怕，双腿蜷缩着，紧紧抓着手里的挎包，把它压在胸前。

阿里已经极度虚弱，但脑子还清醒，就好像在等着和大家告别。他还很年轻，只有二十四岁，蓬松浓密的头发中没有一根白发，脸庞精致，一双深邃的大眼睛。

艾莎把睡着的孩子放在他胸口上，坐在旁边，哭起来。

"不要哭。"阿里微微皱了下眉头。艾莎便停下了哭泣。

哈杜姆把挎包放在床头柜上，从里面掏出一个盛着香料的罐子。罐子是她从大玛艾玛房间里拿来的。她从罐子里拿出一个小十字架，把它放在阿里手上。

"这是你姐姐留下的所有东西。"

阿里明白她把什么东西放到了自己手里。他使劲攥着手里的东西，指尖有些发白。

"谢谢！"

他当天晚上就死了，是在黎明将要到来的时刻死的。医生一步不离地陪在旁边。后来他问艾莎，死者是怎么学会希腊文的。

"希腊文？"

"是的。他死前说起了希腊语。我在雅典上过学，懂这种语言。十年前……"

"他说了什么？"哈杜姆打断了他的话。

"埃尔霍灭谢萨斯。我要去找你了。"

"埃尔霍灭谢萨斯，"哈杜姆低声重复着，"埃尔霍灭谢萨斯。"

阿里被葬在了卡萨布兰卡。他们回程坐的还是那辆客车。客车咣当咣当地响了一路，不停地抛锚。司机一边骂着汽车是魔鬼易卜劣斯，一边在发动机上鼓捣着。哈杜姆把装着香料罐的挎包按在胸前。车窗玻璃被风沙磨得模模糊糊。尤尼斯在妈妈怀里睡觉，睡梦中不停咂着嘴。他的嘴唇和父亲一样棱角分明，柔软的睫毛在脸上投下长长的影子。

三年后艾莎又嫁了人，后来又生了五个孩子。哈杜姆三十一岁时成了外祖母，五十岁时她已经有二十八个孙子和外孙，总共十个男孩和十八个女孩。她对这些孩子几乎一视同仁，但仍然对尤尼斯有些偏爱。他是拉留什大家庭中唯一一个皮肤黝黑的孩子。

尤尼斯知道自己是希腊人，他的祖先是基督徒，但和他父亲一样，他仍然信奉这个大家族所信奉的伊斯兰教，在斋月里规规矩矩地守斋。他上了医学院，后来去了马喀拉什，娶了一个阿拉伯女人。不过这却让外祖母伤透了心，因为拥有纯正柏柏尔血统的哈杜姆对喜欢高声大嗓的阿拉伯人总是有一种戒备心理，还有一点点鄙视。那些恬不知耻的外来户，他们能有什么好人呢！两人婚后不久就回来做客。哈杜姆那时已经搬到了大玛艾玛生前住过的房间。她对待外孙媳妇的态度如果不算冰冷的话，至少也是有些冷淡，对于她带来的猫则是真心痛恨（自己来也就罢了，还带来个长跳蚤的家伙）。倒霉的是，这只猫居然选中了三楼来晒太阳，而哈杜姆出房间门时，有几次被绊住了脚。有一次，当猫从她脚下蹿过，发出恼怒的叫声沿着楼梯飞奔而下时，她愤怒地把一只鞋扔向它。虽然没有打中，但心里还是舒服了一些。尤尼斯的妻子萨娜虽然年轻，但十分聪明，她表现得好像看不出外祖婆婆对她的敌意，对她客客气气，十分殷勤。她到家以后，为了讨好丈夫的家人，每天都去烤面包。她烤的是真正的柏柏尔人的面包，用粗面粉做的面包。哈杜姆拒绝吃她做的面包，说自己吃了容易上火，让人把小儿媳妇烤的面包拿给她吃。她一连两周都夸赞儿媳妇烤的面包，每次都要强调，"只有阿利部落的姑娘烤出的面包才是真正的柏柏尔面包"。家里人偷偷地交换着眼神，但都什么也不说。有一次，哈杜姆从房间里出来时比平时早了一些，看到萨娜正把尤尼斯送出家门。他腋下夹着用纸包着的一大块面包，爬过围墙，在外面站了一会儿，然后又回来了，并且故意重重地关上了篱笆门。哈杜姆一言不发地回到房间里，坐在床上，从鼻子里哼了一声。跳动的晨光撒在石头窗台上，上面放着一个盛香料的罐子。

"你是想说，我年纪大了以后，脾气变坏了？"哈杜姆问道。她不知道自己在问谁，是问大玛艾玛、阿里、阿里姐姐的十字架还是那个罐子。她就是想知道答案。所以她听到了答案。

"萨娜，亲爱的。"她从屋里探出身子，喊了一声。

楼下客厅里的人们正在吵吵嚷嚷地往桌上端早餐，突然一下子安静了下来。

"喵！"猫却不识时务地回了一声。

"让真主把你变成一只狗！"哈杜姆心里骂了一句，但马上又克制住了自己。

"萨——娜！"她又喊了一声。

"姥姥，我来了。"阿拉伯女人的高跟鞋在楼梯上笃笃地响着。

"我从今天开始吃你烤的面包。"哈杜姆说完，不等她回答，就砰的一声关上了屋门。"不许再要求别的！"她用手指着香料罐。香料罐明智地沉默着。

生活变化很快，以至于哈杜姆来不及适应这些变化，甚至没有发现这些变化。但有些东西还是逃不过她的眼睛。城堡里通了电，房子里安上了自来水。现在不会因为从井里打水而腰酸背痛了。有一天，哈杜姆的身材高大的儿子开着一堆金属从街上跑进来，发出震耳欲聋的响动。他们把这叫"摩特车"。哈杜姆特地下楼看了下摩特车。谁料还不如不去看呢。当时哈杜姆的儿子正在用小锤子和焊机修理这个摩特车。他这儿焊一下，那儿搞一下，脸上沾满了机油和汽油。摩特车冒出了大团黑烟,让哈杜姆好半天都昏昏沉沉的。

过了一段时间,客厅里叮叮当当地响了半天,安上了一台电视机。哈杜姆整整一个月都对其视而不见,最后终于忍不住,下楼来看了一眼。家人们正不断哄堂大笑,看着两个男人表演节目,嘲笑摩洛哥人极其复杂的松鸡烹饪方法:"您先拿起松鸡,用蒸粗麦粉把它填满。拿起去掉内脏的鸡,把松鸡塞进去。拿起鹅,把鸡放进去。把鹅塞进山羊,再把山羊塞进牛里面。把牛塞进骆驼,再把骆驼塞进大象。用慢火蒸上二十四小时,然后浇汁儿。上菜是这么上的:先把大象切开,把骆驼拿出来,再从骆驼中拿出牛,从牛中拿出山羊,从山羊中拿出鹅,从鹅中拿出鸡,再从鸡中拿出松鸡。当你享用松鸡时有一种终于完成任务的感觉,因为松鸡做得太棒了。"

哈杜姆挥了下手,走到了院子里,对着秃山坐了下来。她活的时间太长了,感觉自己就像一座山一样。她学会了置身事外地看着人们忙忙碌碌,学会了远远地去看,习惯了人生多变。她知道,等那一天到来时,万物终将不存在。无论是这弯弯曲曲的石头小巷,砌得五彩斑斓的砖墙,还是那被虫子咬得破破烂烂的木门,被太阳烤焦的椰枣树的树梢。它们都会消失,都将变成草灰,变为虚无。

"生活就像一场白日梦——转瞬即逝,五颜六色又让你觉得无比热闹。"哈杜姆想道,"它听起来就像孩子们的笑声,像我们在亲人死后淌下的泪水。它散发着海洋的气息,回响着沙漠的风声,闻起来像玉米饼的甜香、薄荷茶的香味,但都是我们死后带不走的。"

哈杜姆很少向真主祈祷,尽量不因为小事去打扰他。她看到愚蠢的人向真主祈求的各种乱七八糟的愿望后就很生气。她从不去朝圣,但细心地计算出朝圣所需要的金额,把这些钱送给那些困难家庭。她知道,信仰应该是真心的,而不是摆给别人看的。

她偶尔会向真主求助,求真主在她的大限到来时给予提醒,让她来得及净身,换上干净衣服,做完告别的清真言祈祷。

"如果可以的话,"她向天空抬起褪色的眼睛,"再给我留下半口气,让我说出阿里死前说的那句话。"

哈杜姆相信,他们能听到她的话。那个男孩儿和女孩儿被她父亲救下,然而这两个可怜的孩子最终却没有逃脱他们悲惨的命运。当她大限来临,当她呼出最后一口气时,她会说出阿里说过的那句话——埃尔霍灭谢萨斯。真主是无上仁慈的,他会允许她这么做的。

战 争

我不记得，我的战争是何时开始的。

也许是我堂姐卢西内再也不敢从地窖中出来的那一天。地窖是唯一可以躲避炮击的地方。不过如果炮弹正好打中房子，那谁都跑不了。然而实在是无处可躲。所以当叔叔一家听到了爆炸声以后，就跑进了地窖。地窖里的墙边摆满了大陶罐，这些陶罐上有我奶奶塔塔留下的指痕。放在宽大架子上的金黄色透明无花果已经成熟了。你用手一摸它，它就会流出甜蜜、黏稠的眼泪。地窖角落里放着一张木头做的沙发床。它很宽大，有镂花的沙发靠背，扶手上涂的是深色油漆。卢西内把双脚收到沙发床上，双臂抱膝坐在那儿。有时她会无声地哭泣。

当炮弹落在房子附近时，房子会像活物一样呻吟。房子沉重地叹着气，吱吱嘎嘎地左摇右晃，从头顶掉下小石块来。

也许，在堂姐卢西内永远地拒绝从地窖中走出的那一天，我的战争就开始了？如果有人劝她哪怕是走出来看一眼院子，她都会脸色发青，窒息，然后晕倒。

也许是我考完试从埃里温市回来的那一天？长途客车在崎岖的道路上没完没了地颠簸了漫长的十个小时。只剩下一条通往边境的道路。车体庞大的"伊卡鲁斯"客车陷在狭窄、蜿蜒的山路上，在难以通行的膝盖深的污泥中爬行。一辆破烂的小拖拉机，半个履带悬在深涧上空，正行驶在路肩上，拖着我们乘坐的无助的客车向前行驶。

然后就开始了炮击。没有地方可以躲藏，因为我们的客车陷住的那个山坡，对于敌方来说，就像自己手掌一样看得清清楚楚。等待着死亡来临的男人们把女人和孩子护在背后，站在那里一动不动。只有那台拖拉机对炮击视而不见，顽强地拖着沉重的"伊卡鲁斯"向前行驶。

"把车丢下，"人们朝他喊着，"把车丢下吧。"

但拖拉机没有放弃。它毫无畏惧地"突突"响着，慢慢向山上开着。人们先是像着了魔一样呆呆地看着它，然后跟着它向前走，甚至就连孩子都停止了哭泣，只有女人们一边轻声哭泣，一边悲痛地数落着。

"走起来的时候，死亡就不那么可怕了。"拖拉机手和我们告别时喊了一声。这是个白头发的小个子男人，穿着满是油污的夹克，满是皱褶的裤腿儿塞进了人造革靴子里。他挥了下手，就开着拖拉机沿着山间公路走了，去解救下一辆被泥泞山路俘虏的客车。英雄们总是长着一张普普通通的脸庞，只有在电影里拯救全世界的英雄们才会显摆他们发达的肌肉。真正的英雄总是长着一张很普通的脸。

"他在这里已经连轴转地干了四天了。"客车司机一边开着车向水库方向走,一边跟我们说道,"他白天、晚上都在山口那儿。"

"没人跟他换班吗?"

"没人。换班的人上星期被打死了。"

"走起来的时候,死亡就不那么可怕了。"有人记起了他说的那句话。

"换班的人被炸死时就是在走着的。"司机摇了几下头,"当然,他说得对。最好能做点什么,这比等死好。"

我的战争有可能就是从那天开始的吧?在那个绝对恐惧、无助、毫无体面可讲的时刻,当你感觉自己是个射击活靶的时刻,那时你什么都不是。你什么都不是!

也许是炮弹打中我们家屋前小花园的那一天?当时正是深夜。冲击波震碎了窗户玻璃,把正在睡觉的姐妹们从床上抛到了地板上。屋顶落下了砖瓦碎片儿,空中飞舞着粉碎的羽绒被和被烧焦的窗帘碎片儿。加雅涅后来一连几周晚上都不敢睡,两只金色的眼睛里充满恐惧,让你想把她抱在胸前,永远不放开。索涅奇卡当时只有十岁。我和她这个十岁的孩子一样,心痛得号啕大哭。我们成长的处境有多大区别啊!这些孩子在童年时就承受了这么多的痛苦……

爸爸从不在家里待。他如果回家了,也只是在门外忙活,以便在救护车警笛发出第一声尖叫后就冲向医院。救护车只有在运送伤员时才会响起警笛,以便召唤医生,这已经是大家达成的默契。

爸爸的车经常在炮击下行驶。我们不知道，他是否已经平安到达，因为你既打不通电话，也问不到别人——电话没有人接。

有一次，他的救护车接到了一个垂死的年轻伤员。他的脊柱被一块弹片打断了，当街流了很多血。

"大夫，"当爸爸把他放到汽车后座上时，他一边呻吟着，一边问，"大夫，我能活下来，是吧？"

"我们还要庆祝你的婚礼呢。"爸爸向他承诺。

伤员在半路上就死了。爸爸那天喝得酩酊大醉，说他用后背都能感觉到，死神把男孩抓走了。

救护车用漂白粉清洗后，车门大开着放了一星期，但车里面被烧焦的血肉味儿一直无法散去。只能把车内的座椅重新换了蒙皮。后来爸爸把车卖了，他没法再开这辆车了。

我不知道，我的战争是何时开始的。

我记得，战争最激烈的时候正是夏末。虽然天气炎热，但十分漂亮、舒服，低低的夜空缀满了亮晶晶的星星。

人们把夏末的这种美丽看作是上天的嘲弄。当你看着繁华美景，生活却变成一种折磨，这种对比更让人觉得煎熬。战争迫使每个人变成无神论者或者极度虔诚的信徒，没有中间地带；战争迫使每个人变成好人和坏人，也没有中间地带。战争根本不允许中间色和模糊隐晦的存在。它真心地憎恨你，也不需要你对它有任何宽容。它有非人的力量，是个卑鄙恶劣的敌人。

我曾经觉得，我已经把战争埋葬进了群山里。但你只要朝着它的眼睛看过一次，它就永远都不会放过你。战争会时时光顾，它是黏人的黑暗、可怕的幻象、突如其来并且无法控制的恐惧、无缘无故流出的泪水……

每当此时，你都会跑进儿子房间去寻求拯救。你爬到他的小床前，口鼻歪斜地无声痛哭，亲吻着他柔软的鬈发，抚摸着他的小手儿，喃喃自语："上帝啊，别再发生战争。上帝啊，别再发生战争。上帝啊，别再发生战争了！"

泽娜赞

"泽娜赞！哎，泽娜赞！想不想吃梨？"

泽娜赞的睫毛很长，眼睛是雪青色的。她头发浓密，是黄铜色的，没有一根白发。额角有一绺绺头发倔强地卷曲着。

我把梨递给她。她定定地看着，很长时间没有移开目光。

"给你梨，泽娜赞。"

她摇着头。

泽娜赞长着橄榄色的皮肤，脸上有红褐色的斑点。她的皮肤在我们这儿很罕见，找不出第二个。

"那我请你吃点儿什么啊？"

她用手背遮住嘴。她手上的生命线有些模糊，很短，在半路上就断了。

"泽娜赞？"

"嗯？"

"跟我说会儿话。"

她没出声儿。她的手指苍白、细长，左手食指上戴着一枚普通戒指。她站在那儿，出神地用脚搓着地板。脚踝上有个半月形的伤痕。

"什么时候受的伤？"

她把身子侧过来，好像清醒过来，有些不知所措地微笑着。

想抱一下她，把她贴到自己胸口上，但不行。泽娜赞不喜欢别人触摸她。

"我要会画画儿的话，肯定给你画一张肖像画。"

她不太信任地看着我。犹豫了一下，拿走了梨。

"跟我说点儿什么，泽娜赞。"

她走了，出门后轻轻地关上门。

我的脑海中想象着她一步一步走下楼梯，走过一个个楼梯护栏，从阴寒的单元门猛地回到阳光明媚的院子里。

"泽娜赞！哎，泽娜赞！"院子里的孩子们异口同声地喊着。

她向前走着，没有回头。辫子甩到了肩膀后面，辫梢用一个可笑的松紧带捆着。

二十年前有场战争。正在怀孕的她遭遇了这场战争。战争在猛烈的轰炸中进行。那时你根本叫不到救护车，因为电话没人接。你也没法向邻居求助——为什么要让别人去冒生命危险呢？她只能忍到最后时刻。当疼得实在顶不住了，她和丈夫一起去了医院。他们在路上遇到了轰炸。丈夫被弹片打穿，死了，孩子也没保住。

"泽娜赞！哎，泽娜赞！"院子里的孩子们异口同声地喊着。

她向前走着，没有回头。

她和年老的婆婆住在一起。

"我走了以后，把你留给谁啊？"婆婆哭着。

泽娜赞温柔地微笑着,笑得很恬静。她把梨递给婆婆。

"嗯——"

她长着长长的睫毛和雪青色的眼睛。谁曾经看到过雪青色的眼睛?我看到过。泽娜赞有这样一双眼睛。

我活着

维卡说："时间是不存在的，距离也是不存在的，我们的每次相遇都是命中注定的，每次分离也是这样的。当家人走了，不要哭泣。当你身边的人走了，也不要哭泣。你什么都做不了，只能沿着造物主给你画出的那条线向前走，他从生到死都已经给你规划好了。"我信任维卡甚于信任自己。她到过我没有到过的地方。她见过的东西，我连做梦都梦不到。维卡遇到过天使。他们长相各异，长着翅膀，身材高大，有些则面孔狰狞，让你不敢看。她会用温柔的语调描述死后的世界，让人觉得创造这一切的造物主从未经历过苦痛。如果你问她，她看到过什么，她知道什么，那么维卡会告诉你，她什么也不知道，然后看着你的肩膀上方。她在我的心灵中，是我想用手掌护住，不让任何人看到的那个角落。她是我的珍宝，我不会把她给任何人。

玛丽娜说："你又在胡思乱想了，你都在想些什么啊？赶紧停下来，你还有那么大好的前程，你自己却因为这些乱七八糟的事而伤春悲秋。赶紧把这些都忘掉吧。"她有时会用平和的语气给我讲一些人的事，这些人永远和她在一起。她有时会讲到在苏呼米村坚守到了最后的瓦诺叔叔。村里人都离开了，只有年迈的他留了下来，因为他不知道把房子和葡萄园留给谁。后来有人殴打他，威胁要把他搞残废，他只能逆来顺受。当他终于忍不下去了，只能放弃了村子。他带着一捆蒜，两只脚穿着不同颜色的袜子投奔了女儿，后来孤独地死去了。有时她会讲到她的侄子。他被迫永远离开父亲的房子时，从家里带出了一个小包儿。"把它扔掉。"人家用枪托砸着他的肋骨，要他把小包儿扔掉。他拒绝了，于是被枪杀了。当他倒下时，撒开了小包儿，从里面像扇子一样散出来家人的照片。照片上有格鲁吉亚的爷爷和奶奶，有植物园里的金合欢和炎热的夏季海岸。"我们再也遇不到这样的人了，永远也遇不到了。"玛丽娜看着我的眼睛，语气坚定地说道。我信任玛丽娜甚于信任自己。她在我的心灵中，是我想捧在手掌上，向所有人炫耀的东西——你们看，我手里有什么。她是我的珍宝，我不会把她给任何人。

我的生命由无数个回忆画面组成。有的画面随着时间推移而褪色乃至消失，有的则无视时间，无视距离。比如一双女式凉鞋。凉鞋有厚厚的鞋底，米色的鞋带和金色的鞋扣。鞋子大了几码，所以穿着这双鞋的小姑娘走起路来就像走钢丝演员一样张开双臂。她穿着一条薄绢布的连衣裙，布料柔软，颜色是淡紫、蔚蓝色调，长长的裙摆在风中飘荡。她左手腕上有一条金手链。她的手攥成拳头，免得手链滑掉了。那大概是1992年。我的城市坐落在国家的边缘，世界的边缘。城市正陷于战争，陷于灰暗的烟雾中而不知所措。阴影从一幢残破的房子伸向另一幢，把城市割碎。整个城市的人不知所措、茫然若失，像着了魔一样地看着街上走过的一个十岁的小姑娘。她穿着一件成人的连衣裙，踩着高跟凉鞋，戴着贵重的首饰。然后有人缓过神来，拦住她的去路，默不作声地向她伸出手来。她信任地伸出一只手。然后她被带回家里。这是战争期间最普通的一件事。小姑娘的妈妈和弟弟被炸死了，只剩下她和爸爸相依为命。葬礼过了几周以后，有一天，她穿着妈妈最漂亮的衣服，走上了战争中的城市街头。她走着，微笑着。

每当我想起她，嗓音总是哽咽，目光总是暗淡。但维卡说："我们无法再次走过那曾经走过的道路。"而玛丽娜则说："我们留在身后的那些东西，永远也不会再回到我们身边。"我信任她们甚于信任自己，因为我只能信任她们。要么相信她们，活下去，要么否认她们而死掉。我活着。

贝尔德

一月

对于我们这些孩子来说,所有的季节中我们只会看到冬天。这可能是因为它的时间没有我们希望的那么长。城市的冬天也不像山口那样多雪,不会把人们和周围的世界分开——如果山口被大雪堵住,那么不到春天人们就无法通行。

冬天最冷的时间通常在一月份到来。先是寒风在等待得筋疲力尽的房屋上盘旋,然后在一个寂静的夜晚,冬天给大地盖上了疏松的雪层。早晨醒来以后,就发现窗外的世界好像被橡皮擦过一遍。只有某些地方像是用铅笔描过一样,能看到一段木栅栏或大车辗过之后的孤零零的两道车辙。

我们玩雪玩累了以后就一窝蜂地跑着去找保姆。我们用牙齿咬着脱掉结上一层霜的套袖,脱下长筒胶靴,把大衣和帽子甩到走廊里的沙发床上,就咚咚地踏着地板跑去厨房了。我到现在还记得地板发出的委屈的吱嘎声。保姆在厨房里等着我们。她给我们倒上浓浓的豌豆汤,上面撒了些猪油渣,切了腌好的紫甘蓝,给在炉子上烤干的面包抹上蒜泥……嗯,我不知道还有什么东西比这普普通通的农家午餐更好吃。

大家吃饱以后,她让我们围着她坐下,给我们讲七翅天使的故事。天使的每个翅膀都闪着一种彩虹的颜色,每只羽毛都能打退七个恶魔。恶魔每天晚上从天外赶来,偷取睡觉的人的灵魂。而天使的羽毛像箭一样,可以打退恶魔。

"也就是说,当你们睡觉时,善神在为了你们和恶魔战斗。"保姆总是用这句话来结束她的故事。

"那我们不睡觉时,他们在做什么?"总会有孩子这样问道。

"天使在长新的翅膀,恶魔在长新的獠牙。"

我们屏住呼吸听着。小妹妹没能承受住这种紧张,开始打嗝儿。我们朝可怜的妹妹发出嘘声,她用小手盖住嘴。

有一次,当保姆在我们的请求之下又开始讲故事时,若拉叔叔走进了厨房。他刚好在那年考进了理工学院。他听完了七翅天使的故事后,问起了天使怎么飞翔。

"和鸟一样啊。"保姆回答得理直气壮。

"七个翅膀分在两边儿,对吗?"叔叔接着问道。

"对。"

"也就是说,三个翅膀长在一边肩膀上,还有三个长在另一边。那第七个翅膀长在哪里呢?"

保姆不知所措。我们的心情也一下子低落起来。天使的神话在我们面前轰然倒塌。就连小妹妹也停止打嗝儿,流出了泪水。这时爷爷飞快地走进屋里,狠狠地抽了一下若拉叔叔的后脑勺。

"第七个翅膀是备用的,明白吗?挂在腰带上。还有问题吗?"

269

若拉叔叔再也没有问题了。

二月

"我昨天给你打过七次电话,可你一次也没回。"妈妈气呼呼地说着。

"什么时候打的?电话没响啊。"

"我给你打的是 Skype[①]!"

"妈,我要在线才能接到你的电话啊。"

"那我哪知道?"

妈妈总是化着妆,戴着耳环,脖子上系着小丝巾,梳着漂亮的发型。我叹了一口气,解开马尾辫,描着眉毛。我把双手藏起来,免得让她看到我没有修指甲。

"你可是我的大美女啊。"妈妈说。

我连连点头。是的,我是美女。如果谁说我不是美女,他就是妈妈的头号敌人。我可不是疯子,不想和妈妈把关系搞僵。

"奈琳,我看到一个很棒的面膜配方。你记一下。用小磨磨碎四十克辣根儿,加入两茶匙姜末,倒入开水……你在记吗?"

"嗯!"

"有没有骗我?"

"没有。"

"我可看不到你有没有骗我。接着记吧。"

[①] 一种网络通信程序。

只能记下来,然后还要大声读出来。千万别记漏了什么。

"我们准备给你们寄个小包裹呢。"妈妈好像不经意地说了一句。

"又要寄吗?"我觉得有点害怕,"我们还没吃完新年时寄的东西呢。"

"加巴尔季涅茨·叶尔万德准备去趟莫斯科。总不能让他空着车去啊!"

"就让他空着车来吧。"

"我什么也不知道。他三天以后到。我留了你的地址。他直接把东西送到你家里。"

"他能找到吗?"

"找得到。他机器有个什么东西来着,可以用来指路。叫什么'日皮来斯'。"

"我的妈妈呀!"我笑得喘不过气来了。

"这个词儿不好念。怎么说来着?'日皮斯来'?"

"吉皮埃斯[1]!"

"你就别难为我了,这我哪能说得出来?你就等着吧。包裹马上就到了。"

"妈,这个加巴尔季涅茨·叶尔万德是谁?为什么他姓加巴尔季涅茨?他的祖先在贝尔德市是最早穿华达呢大衣的人吗[2]?"

---

[1] GPS,即全球定位系统。
[2] 加巴尔季涅茨这个姓和华达呢的发音相似。

"不知道。这得问你父亲。他对加巴尔季涅茨家族的事很熟。给他们治了一辈子牙。"

包裹到达的时间丝毫不差,就在三天之后。我一下子就认出了加巴尔季涅茨·叶尔万德开的面包车。第一,我看到了车顶有锈蚀,车侧面有豁口。第二,车旁边站着几个人,他们对莫斯科那些孤芳自赏的建筑不屑一顾,却都围在一个史前文化遗迹前。第三嘛,我是根据那向两边撇开的车轮和压弯的减震弹簧看出来的。即便是从我住的十七楼都能看出,面包车装得满满的。

加巴尔季涅茨·叶尔万德是个留着小胡子的男人,看起来极其乐于助人。

"闺女,我很尊重你的父亲,所以就先来你这儿了。"他从面包车上拖下一个巨大的旅行箱,"你给我指下路。怎么走?"

加巴尔季涅茨·叶尔万德进屋以后,对屋里的陈设赞叹有加。他对陈化木打造的箱子啧啧称奇,用手摸着暖气片:"冷不冷?不冷?好样的!"他的目光在墙上搜索。看到书架上的阿拉特山[①]的明信片,平静了下来。他喝了一杯咖啡,谢绝了吃午餐的建议,就向我告别:"该走了。我还要去趟新科西诺。然后去趟梅季希。去送包裹。"

"太感谢您了!"

"谢什么啊?反正也不能空车来的。所以就把礼物帮着带来了。你们方便,我也高兴。"

[①] 阿拉拉特山是亚美尼亚人的精神象征。

我把来自贝尔德的信使送到了电梯门口,就回了房间。我打开充满爱意的礼物包裹。里面有五公斤蜂蜜,一袋剥开的核桃,两瓶山茱萸。还有一些小东西:自家做的火腿肉(整条腿)、土耳其烤肉、牛肉肠。还有精选面粉做的三公斤馕饼、熟制家常羊奶干酪、几盒晒干的蔬菜。

春天到来之前不用去商店了。

三月

我能在一秒钟之内认出家乡人。我在这方面有一种动物般的直觉。

我把靴子送到鞋铺去修理。

一个男人帮我填着表格。他长得胖胖的,眼睛是浅蓝色的,头发淡褐色。看上去就像一个俄罗斯中部的普通居民。但我还是认为他是我们那儿的人。而且还是老乡——贝尔德人,或者也可能是卡尔巴赫地区的人。

"您好!"我说道,"我想换一下靴子后跟。"

冬季时几个不长脑子、无所事事的人在鞋铺的门上画了个纳粹的标志。鞋匠小心地用颜料描了一遍,把叶片一样的标志改成了花瓣。这样门上就多了一个四个花瓣的歪歪扭扭的三叶草。这是个幸运标志。

他拿起鞋,仔细地看着鞋后跟,不自觉地皱起眉头。我发誓,他肯定在想:"一眼就能看出,这不是亚美尼亚人做的。如果是亚美尼亚人做的,后跟哪可能这么快就掉了。"哎,这就是少数民族的自负吧。

"收您三百卢布。"他开始填表,"姓名?"

"阿布加良。"我忍着笑说道。

他抬起眼睛。

"亚美尼亚来的?"

"是啊。您呢?"

"我也是。"

"从哪儿来的?"

"贝尔德。"

"我就知道嘛!我一眼就看出来了,您是我的老乡。"

"您是谁家的闺女?"(从来不问你叫什么名字。总是问是谁家的闺女,或者是哪个家族的。)

"阿布加良医生家的。"

"哦,我是梅利克扬家族的。我知道,您的奶奶也是梅利克扬家族的。收您七十卢布。只收您材料费,手工费不收了。"

"那我多不好意思啊。我还是付您全款吧。"

"您让我不高兴了,姐们儿。要么以后不能来我们家了,要么按我说的数目付款。"

我跟他讨价还价,讲得嘴角冒白沫,最后付给他一百二十卢布。

不久后,我刚从商店里出来,他从鞋铺窗户里探出半个身子问道:

"稍等一下。您是奈琳·阿布加良?"

"是的。"

"稍等。"他从鞋铺里跳出来,一边跑,一边挥动手里的书。

"请给我女儿们签个名吧。我已经等了您一周了。我看了书上的照片,猜到这是您。"

"女儿们叫什么?"

"达里娅和玛丽奈。"

"两个民族的名字都有?"

"啊哈。妻子是俄罗斯人。所以每个民族的名字都取了一个。"

"那要生的是男孩儿呢?"

"男孩儿的话,就起个两全其美的名字。"

"怎么两全其美?"

"叫马克西姆。既是他们民族的名字,也是我们民族的名字。"

我们哈哈大笑。

我努力记下了斯捷潘·梅利克扬的名字,他是阿米拉姆·梅利克扬的儿子,是个鞋匠。当你沿着回忆的线索溯源而上,它就会变成一个莫比乌斯环,无论时间推移多久,最终仍回到了原点。石头房子前面是因时间久远而变得颜色暗淡的凉台,一个宽大的苹果园,院子里一定要有桑树。阿米拉姆六月份会摇动桑树,用棍子轻轻敲打树干,打下因为充满了香甜的果汁而变得乌黑的桑葚。家人们则用一块大帆布接着那些桑葚。

帆布啪啪地响着,接着像流星雨一样落下的果实。如果你藏在帆布下面,感觉就像是在下冰雹。小斯捷潘躲在帆布下面,后背感受着落下来的果实,不断"哎呀哎呀"地叫着。之后他从帆布下爬出来,一脸满足,从头到脚全身沾满黏稠的桑葚甜汁。

新鲜的桑葚可以用来煮果汁，发酵后则可以酿酒。这种自酿酒度数很高，劲儿大。你喝多了以后，如果能活下来，你肯定会说"谢天谢地"。贝尔德的酒是外地没有的。当然，我们能享受的东西，对其他人来说可能就是毒药。这也是我们一直坚信的。

鞋铺的门砰的一声重重关上了，斯捷潘去接待下一个客户了。我站在莫斯科街头，一动不动。空中飘着三月的雪花。如果用舌尖接住雪花，会感觉它有点像山泉的味道，还有一点点雪莲花的味道。

四月

"现在的年轻人都很聪明，一句话也不能逆着他们说！"

年迈的雅莎曼拍着围裙，想把上面看不到的碎屑拍掉，然后拽下黑色连衣裙的袖子。她把三角围巾在脑后系了个大大的结儿，围巾的两个角儿耷拉到了胸前。她坐在吱嘎作响的沙发床上，双手放在膝盖上，悲伤地摇着头。

"我跟米什卡说了，既然你愿意的话，那就娶她吧。我也没办法不让他娶。她不光不是亚美尼亚人，还是在城里出生的，不了解我们的祖先。她不会做饭，不会端茶倒水。晾衣服时也是颠三倒四，你只能赶紧跑过去再搭一遍，免得让邻居们笑话了。"

雅莎曼费力地站起身，从五斗橱的抽屉里拿出一个发皱的纸包儿，把几粒香料从纸包中倒到一个金属碗里，划着了火柴。房间里飘起一股教堂香烛的甜香。

"画十字也和我们不一样。我们是从左向右画，从心脏那儿开始。他们是从右向左画，画向心脏。好吧，就让她按着自己习惯来画十字吧。但裙子总该穿得像个正常人吧？裙子短得不像样。她弯腰时，你得把脸转开，要不然就看到她内裤什么颜色了。不知道她是怎么回事。难道说子宫附件藏在腋窝那儿了？就不怕着凉吗？"

　　墙上的挂钟嗡嗡地响了起来。雅莎曼停住讲话，听着挂钟的齿轮转动声。挂钟嗡嗡响了一阵，敲了七下。屋里又安静下来。

　　"每天早上起来，就在村子里跑步，也不怕四月的户外道路泥泞。说这是越野跑。哎呀，我的神啊！这哪是什么越野跑？母牛看到了都不产奶了。跑起来胸部抖得太厉害了。让上帝保佑大家的身体，她的胸是真大啊。长得骨瘦如柴，乳房却是四号的。连奶牛看了都难受。"

　　雅莎曼咀嚼着嘴唇，连连叹气。

　　"最主要的是对我没有一点儿尊敬。比如我和她妈妈说话会称呼您。我会说：'您好，塔基雅娜·瓦尔季斯拉沃夫娜。''您最近怎么样，塔基雅娜·瓦尔季斯拉沃夫娜？''您身体怎么样，塔基雅娜·瓦尔季斯拉沃夫娜？'我的儿媳妇可不是这样叫我的。有时就直接叫我的名字。我摆桌子准备开饭，她跟我说'雅莎曼'，然后开始摆桌子。我想拖地，她跟我说'雅莎曼'，拿过墩布，自己开始拖地。从来不会叫'亲爱的妈妈'。哪怕叫我雅莎曼·彼得洛索夫娜也行啊。总是雅莎曼、雅莎曼的。"

　　我只能拼命发挥自己的口才，说明她的儿媳妇说的不是"雅莎曼", 而是"我自己来"①。

五月

我有一个珍藏多年的梦想——看到自己小时候的模样。

比如五岁时的模样。我那时是个两颊丰满的小胖子, 头发的颜色是被五月的太阳晒得干枯的草黄色。光脚穿着凉鞋。我喜欢和毛毛虫说话, 给它们提问题, 然后耐心地等它们回答。毛毛虫会缩成团儿或者爬走, 它们不会出声。

我们家曾经有一条狗, 个子小小的, 毛发蓬松, 很凶, 是条看家的好狗。我们叫它"松鼠"。它像个水银球儿一样好动, 每天在院子里跑来跑去, 没完没了地和自己的影子较劲, 想要跳过它。保姆塔玛尔在花园里种了许多高大的向日葵。为了不让无处不在的麻雀把向日葵果实吃掉, 塔玛尔用报纸把它们包了起来。但麻雀们却不会轻易放弃, 它们啄开报纸边缘, 偷吃瓜子儿。"松鼠"尽职尽责地看守着每株向日葵, 是保姆在花园里的忠诚守卫。只要一看到麻雀, 它就摇晃着长毛, 朝不速之客飞奔过去, 大声地吠叫。就这样, 它保住了向日葵的收成。

我那时特别喜欢吃洋姜。每年洋姜成熟的季节, 我就好像变成了一只小田鼠, 在灌木丛里钻来钻去挖洋姜。每挖到一颗鲜嫩的洋姜, 就迫不及待地吃下去, 一边吧唧嘴, 一边翻着白眼。我

---

① 俄语中的"雅莎曼"和"我自己来"的发音很像。

那时为了一串丘尔其赫拉①可以把灵魂出卖。

  有一天若拉叔叔来我们家做客。他那天帅得令人无法抗拒——留着长长的络腮胡子,穿着大领口的半袖衬衫,下身穿着喇叭裤。他走起路来两个裤腿儿飘来荡去,有时还相互纠缠,像个厚厚的蚕茧缠在腿上。"松鼠"刚一看到这条裤子就不喜欢,显然,认为裤腿的动作是不礼貌的行为。它坐在桑树后面,抖动着两只毛茸茸的耳朵,全身的狗毛竖起。它过一会儿就跑到花园里,大叫着冲向麻雀强盗。从若拉叔叔身边跑过时,也会朝着裤子大叫。那天的天气就好像故意和叔叔作对一样,刮起了风,他的裤子被风吹得鼓胀起来,好像风再大一点儿,就能把他吹走一样。当"松鼠"又一次从叔叔旁边跑过时,裤腿突然被风吹起,变得就像巨大的蝙蝠翅膀,在风中颤动、飘扬。"松鼠"的耐心一下子崩溃了,它张口咬住了裤子,直到把裤腿撕成一条条才罢休。它撕完以后终于满足了,安静下来,甚至高兴得像狼一样嗥叫了几声。

  叔叔谢绝了拿来更换的裤子,晃动着被撕开的裤腿儿,穿过院子回家了。我们把"松鼠"骂了一顿,甚至用报纸打了它的耳朵。狗子勉强表现出一副认错的样子,贼头贼脑地晃动着肩膀,像个敌后活动的特务一样,在院子里匍匐爬行。当它看到又有一群麻雀落下来后,才活跃起来。但赶麻雀时也表现得小心翼翼,一只眼睛斜瞟着我们,想知道我们是不是又生气了。等它看到有人轻

---

① 亚美尼亚的一种民间甜食,形状像小香肠或羊肉串,主要成分是葡萄汁和面粉,加入少量杏仁、核桃、榛子和葡萄干,拧成香肠的形状风干而成。

松地一笑后,突然又飞奔了起来,高兴地大声吠叫起来。我们发现这个问题后,马上做出严厉的样子。"松鼠"马上沮丧起来,耳朵朝后耷拉着,轻轻晃动着尾巴爬开了。

我还记得当我五岁时跟着家里的狗乱跑的情形。我们飞跑着穿过院子——一个、两个、三个。我们跳过歪斜的老旧栅栏墙、长刺的低矮悬钩子、枝叶茂盛的锦葵丛,身上挂满粘人的牛蒡果实。我们沿着尘土飞扬、被晒得滚烫的道路向上跑,跑到道路拐角的地方。道路在那儿急剧下降,通往一个大的葡萄园,通往泡沫泛起的河流,通往废弃的城堡……

我们鼓动胸腔呼吸着空气,用手掌捕捉着阳光,心中是满满的幸福,纯纯粹粹的幸福。

我有一个珍藏多年的梦想——看到自己小时候的模样。比如五岁时的模样。两颊丰满、体型是个小胖子,头发的颜色是被五月的太阳晒得干枯的草黄色。在河岸上站着,和碍手碍脚地跟在旁边的"松鼠"一起。

我拥抱着它,把它贴近我的胸前。我们一言不发。

我好想这样,以至于我有时觉得,它是可以实现的。

六月

当我们一点儿也不想吃东西,而又不得不吃时,爸爸就会给我们讲童话故事。不,他先要做一些准备,而且一定是很平常的准备工作。他会煮一些土豆,浇上融化的黄油,撒上大粒盐,撒上一些可恶的洋葱圈。他会拿一些绵羊干酪、一块家常面包、几个香甜肉厚的西红柿。然后带我们去山肩后面玩。

在山顶向阳的位置上有一个我们家的矮小木房子。房间里走起路来吱嘎作响，摆着一张铺有条纹毯子的沙发床和一个铁皮炉子。炉子散发着热量，冒着烟。窗外下着六月份的毛毛雨，所以我们生起了炉子。

爸爸把食物放在托盘上，就像摩西本人领着我们一样，走向那棵高大的山毛榉树。那棵树就好像在山肩上已经孤独地矗立了一个世纪，显得格外突兀。

"大的坐在右边，中间的坐在左边。"他下着命令。

"那我呢？"两岁的加雅涅担心地问道。

"你坐在对面，仔细地听着。"

他把西红柿和奶酪切开，撕下一块儿面包，抹上黄油，送到嘴里，闭上了眼睛。

"嗯。真好吃。"

"嗯？"我们催促他讲故事。

"好吧。你们知道这些土豆我是怎么煮的吗？"

"我们知道。用水煮的。"

"你们根本不知道我是怎么煮的。我先要去趟河里。今天河里有好多鱼，把河都挤满了。它们不让我打水，说它们自己还不够喝呢。不过我跟它们解释说，我不是给自己打水，是给孩子们打水。它们说，既然是给孩子们打水，那好吧。"

爸爸拿起一块儿土豆，放上一个洋葱圈和一块儿羊奶干酪，一边吃一边吧嗒着嘴。

"天啊！太好吃了！"他向天空某个地方说道。我们仰起头。天空中只有云朵、太阳和风，再也没有什么东西。但爸爸看着天上，就好像看到那里有个人一样。

我们满脸狐疑地左右看着，把手伸向面包和奶酪。爸爸就好像没看到一样，接着从刚才停下的地方讲起来。

"然后我生起了炉子。把土豆放到锅里煮起来。你们知道我去了哪里吗？"

"去哪里了？"

"我去摘黄毛茛花。我摘了一大捧。然后把花瓣摘下来，放到锅里和土豆一块儿煮。你们以为这是黄油吗？根本不是。山区做饭不用黄油，用的是鲜花。明白吗？"

"明白。"我们嘴里塞得满满的，含混不清地回答着。

用毛茛花煮出的土豆香甜得令人难以想象。我们吃着土豆，爸爸坐在旁边看着峡谷。

做晚饭时他把面包皮揉碎了，放进玛川酸奶中，再向里面撒入砂糖，用勺子搅拌均匀后，说他放的不是砂糖，而是三叶草。接着说："你们都知道的，它的花是甜的，是不是？不知道吗？现在你们就会知道了。"

他还教我们用植物射箭。他把蛇根花的秆茎围着花朵转了一圈，然后猛地一拉——花头儿就像箭一样飞了出去。当狼群把我们围住以后，我们就可以这样攻击它们。

他也教给我们用针叶树的枝条编项圈。先用牙把枝条根部咬一遍，让它变软，然后把针插到里面，这样就做好了一根枝条。

然后把针插到第二根枝条里,再把两根枝条围成一圈。项圈散发着松脂和雨水的味道。这当然是因为下雨无事可做时,我们在雨中编的原因。

爸爸还教我们用五颜六色的狐茅草来猜谜。你先问:"公鸡还是母鸡?"然后把草穗儿紧紧地攥在手掌里,猛地把它揪断。如果手里的草穗儿剩下的是"羽毛",那就是"公鸡";如果草穗儿剩下的是草秆,那就是"母鸡"。猜中的奖励一颗糖霜坚果;没猜中的则给两颗,表示安慰。

前不久我把还没来得及教给儿子的游戏列了下清单。

第一个游戏就是"教会如何用蛇根花来射箭"。

七月

奶奶塔塔说过,老人和儿童离天上最近。老人离天上最近,是因为他们马上要走了,而儿童则是因为他们刚到这个世上不久。前者只能猜测,天上是怎么回事,而后者则还没有忘记天上的味道。

我那时个子小小的,有点儿笨。大人的话没听明白,天上的事也记不起来了。我觉得这并不复杂啊!天上就是空气的味道。有时温暖,有时寒风刺骨。下雨的时候,则是雨水的味道。或者是雪花的味道。而且天空是完完全全离你很近的,你只要踮起脚尖就能够摸到它。如果你住在蓝色峡谷的边缘,那更简单了,你可以直接摸到天空。

塔塔说:"比如我弟弟。"然后就沉默不语了。我坐在旁边,扯着自己的袖边儿,等着奶奶讲下去,但她一直沉默不语。她大概看到眼前有什么东西，不想让我伤心。也可能她认为只需要给我讲这么多。"比如我弟弟。"然后就再也没出声。

塔塔早就死了，所以就让我把她的话说完。"比如你弟弟，一个不幸的老人。他离群索居，被所有人抛弃，就连他的孩子都不和他来往。他是天才和疯子，永远生活在自己的世界里……"我把她想说的话补全了。

有时我像个小尾巴一样跟着她。她走到哪里，我就走到哪里。我一步一步、一声不吭地跟着她。塔塔就好像没有发现我一样，做着她的事。只是会出声地说一些话。比如，她会说："一看到雅莎曼的年轻儿媳妇晾的衣服就能猜出，这个姑娘不是我们这块儿的。衣服要按着不同的大小、类型和颜色来晾。这边搭小的衣服，那边搭长大的衣服。深色的衣服挨着凉台搭，浅色的衣服搭远点儿。"

我们站在那儿，一起手搭"凉棚"，用手掌遮住七月的阳光，看着雅莎曼的儿媳妇乱七八糟地搭在晾衣绳上的衣服被风吹得猎猎作响。

就像一个大海盗和一个小海盗。大的是她，小的是我。

塔塔喜欢沉默不语。她把我往胸前抱一下，马上就又放开。小心地亲吻一下我的头顶。她总是叫我的全名，不用和小孩儿讲话的腔调和我对话。她说话时会看着我的眼睛。只有一次她移开了目光。那次是我问她的病还能不能治好。她不想骗我。

后来，很多年以后，我梦到了她。她皱着眉头看着我，脸上没有笑容。我明白她的意思，没有哭，也没有请求她的原谅。我探着身子想去拥抱她，但她做了个禁止的手势——不行，现在不行。从那天开始,我就试图原谅自己很多年前犯过的一个错误。我从没给别人讲过这个错误,哪怕是自己的儿子。

亲爱的儿子,这就是我的生活,比如……然后就是沉默。等你能猜出以后,你要替我说出来。

我早已不是那个小女孩,可能也不那么笨了。但我不知道,我究竟错过了多少日子,明天是否会来临。

但有一点我坚信——天空的味道就是奶奶双手的味道。那是新烤出的面包、苹果干和百里香的味道。

八月

八月会比你预期的时间来得更早。当你还没意识到,好像没有尽头的夏天已经接近了尾声,马上就要结束时,八月就已经来临了。

白天很闷热,鱼儿躲在石头下面睡觉。河里石头上的苔藓被晒得很干燥,就好像如果你把它放在手掌上揉碎,那只能剩下一把尘土。

正午时知了叫得最欢,晚上则有蟋蟀唱歌。所以你就在知了和蟋蟀的叫声中度过了一个夏天。等它们不叫了,秋天就到来了。它会先派出一堆堆的乌云,让它们向东方飘去,向着太阳所在的东方飘去。想等太阳再出来吗?你是等不到的。直到春天它才会露面。

凉台顶棚上挂满了晾干的丘尔其赫拉。

"呜——呜!""松鼠"委屈地叫着。

"你这像什么话啊！"塔塔在教训它，"你不是一只狗，你是我们的奇耻大辱。"

"松鼠"把鼻子藏进爪子里。它的左耳裹着绷带，向上直竖着。它跑起来没看路，结果头撞进栏杆，被卡住了。费了好大劲才把它拖出来，结果耳朵被刮破了。现在这个笨蛋正在向大家诉苦。

"你的眼睛长哪儿了？"塔塔问。

"松鼠"害羞地斜视着凉台顶棚。

"知道你很难受啊。"塔塔连连叹气，扯下一节丘尔其赫拉，放在手掌上喂着它。

八月到了。时间的流逝变慢了，生活的实质也有了变化。如果站在长得歪歪扭扭的樱桃树左边向天上看，你会觉得大熊星座的斗柄尖儿钩到了邻居房子的烟囱上。房子和星座哪个更重呢？房子就在旁边，散发着石头、面包和人类双手的味道。而遥远天空中的星座是什么样的？这只有上帝才知道！或者上帝也不知道？

泽娜赞的婆婆死了。棺材被抬上一架老旧的驴车，沿着村路向下走着。

"啾，啾。"赶车人催促驴子前行。驴子迈动着受伤的蹄子，心里流着泪水。

人们把泽娜赞的婆婆葬在了她儿子和生下来就夭折的孙子旁边。泽娜赞定定地看着。风儿弄乱了她肩上的黄铜色发辫。可怜的泽娜赞，可怜的泽娜赞啊，现在只剩下她一个人孤零零地活在这世上。这个城里的所有人都因为战争发疯了，只是没有人知道这一点。只有泽娜赞知道。她知道,所以她什么也不说。

八月时节。天空垂下,垂得比群山还要低。蜜蜂懒洋洋地不想动,慵懒地飞着。夜晚静得让人觉得压抑。清晨降下了浓浓的露水,你用手都能把它捧起来。

"夏天的脊梁断了。"塔塔说。

再见,夏天。再见。

九月

爸爸的第一个全口假牙病人是他曾祖母沙拉康的一位九十岁的朋友。

"我们家的尤里克就是医生,你干什么要去找别的专家呢?"沙拉康提出了这个站得住脚的理由,把朋友领到了曾孙子那儿。他的诊所那个星期才刚刚开业。

爸爸担心得要命。这还用说吗?这是他人生第一次给别人做全口假牙,这就像一场战斗洗礼。他勉强冷静下来,把石膏做好,想也没想就把它放到病人的口腔内,结果堵住了她的喉咙。他害怕病人会窒息,奋力地把石膏从她嘴里向外抠。沙拉康明白曾孙的操作出了问题,用肩膀把他挤到一边,满脸阳光地对朋友笑了一下。

"一切正常,瓦尔达努什。都好着呢。"

瓦尔达努什悲伤地"啊啊"说着。

"亲爱的尤里克,"沙拉康责备地对曾孙说,"你给她用的胶泥都可以盖个二层楼了,还得带一个养牲口的配房。你怎么能这么浪费呢?"

"计算时出了点儿错。"爸爸内疚地嘟哝了一声。

沙拉康有些可怜他。

"没什么,你会成功的。最主要的是要学会节约。"

然后,她踮起脚尖,摸了下他的肩膀。

到了假牙试戴的那一天。两个老太太系着鲜亮的三角头巾和丝绸围裙,穿得漂漂亮亮的来到了诊所。曾祖母让朋友坐在牙科椅上,自己站在旁边,对曾孙点了下头:"开始吧。"

爸爸请瓦尔达努什张开嘴,给她戴上假牙后,就一下子全身发冷——假牙比正常人的牙齿大两倍。瓦尔达努什戴上假牙后就像讽刺杂志《鳄鱼》上的长满獠牙的帝国主义鲨鱼一样。

"闭上嘴。"曾祖母对她说。

瓦尔达努什无助地扣动着上下牙。想要闭上嘴是不可能的。病人的嘴唇只能勉强盖住假牙的牙龈。

"亲爱的瓦尔达努什,牙齿太棒了。牙齿简直太棒了!"沙拉康的声音像铃铛一样悦耳。她远远地离开座椅,让朋友看不到她。

"尤里克,你怎么给她做了一个驴子的假牙?"她耳语的声音太大了。

瓦尔达努什呜咽了一声。

"根本不是驴子的假牙。"父亲感觉受了委屈。

"这当然不是驴子的假牙。驴子要是安了这种假牙,肯定要饿死了。它都没法用这种牙齿嚼东西。"

瓦尔达努什从牙科椅上爬下来,用手指把假牙抠出来,放到桌上，含混不清地说道："孩子，你什么时候把它做短了，再叫我吧。我先回家了。"

然后她朝门口走去。曾祖母叹了一口气，跟着朋友走了。走到门口回头说道："亲爱的尤里克，你主要是要学会节约。你看，如果你把这假牙从中间锯开，那正好能做成两个正常的假牙。你把它锯开吧。一个给她，一个给我。不要把它丢了。"然后就走了。

当然，爸爸后来做了一个正常的假牙。在正常的假牙做好前，瓦尔达努什就戴着那副巨大的假牙。只是她按着卡尔巴赫妇女系头巾的方式把嘴遮了起来，免得吓到别人，也免得九月份的夜风把喉咙冻着。

十月

贝尔德的时间流速不同于大城市。这里的时间流逝得更慢些，更有黏性，就像笼罩在烟雨中的八月的河水。我在城里居住了多年，有些东西已经觉得很疏远——机械座钟的嘀嗒声、每半个小时就"吱嘎"作响的报时声、院里看门狗的吠叫、母鸡不满的"咯咯"叫声、用纯正面粉做的家常面包的酸酸的味道和码得整整齐齐的、盖着帆布的木柴垛，现在我又要开始适应这些东西了。你们还记得劈好的木柴的味道吗？你们知道吗？劈好的木柴也是有味道的。

我回贝尔德后都舍不得时间去睡觉。凌晨五点时窗外是漆黑的夜色、静静的石头房子和还未来得及凋零的秋树。月亮像个笨重的磨盘一样挂在哈里卡尔山上空。晨露无声地降下，弥漫着青草和有些苦涩的麝香葡萄的味道。疯长的葡萄藤能爬满一幢幢五层大楼的正面墙壁，至于那些带有木头凉台和玻璃阳台的小房子更不在话下了。这些小房子上面挂满了葡萄，就像圣诞枞树上挂满了玻璃球儿。

小城中心矗立着一座崭新的白色教堂。我和妹妹收回目光，从教堂旁边走过。教堂有光滑的高墙，看起来十分坚固。教堂圆顶俯瞰着下面的古老石板屋顶和瓦片房顶、歪斜的壁炉烟囱、历经百年的榛树和桑树，俯瞰着这个世界。这个城市里有着建于12世纪的古老然而相当美丽的小教堂，而且城市人员失业严重。真的有必要在这个城市里急急忙忙地去建一座新的教堂吗？难道说就没有其他更让人关心的问题吗？我从来没搞懂这个问题，以后也搞不懂，所以我只能收回目光，从教堂旁边走过。上帝不会待在人类给他指定的地方，上帝无处不在。

我们走过通向学校的道路。向下走，走过一座大桥，再向上走，就是一个小丘。妹妹讲了一件可笑的事。有一次她下课回家。那一天平淡无奇，本来不会发生什么意外的事情。她背着沉重的书包，一边慢吞吞地走着，一边转动着脖子，看着十月份那单调的景色。这时突然一辆自行车从上面冲下来。她看到，邻居阿姨席尔瓦的十岁儿子正满腔自信地骑着自行车从小丘上飞驰而下，连车闸都不捏，然后撞上了大桥栏杆。他表现出超乎想象的镇静和庄重，带着一种不动声色的表情，在空中画了一个漂亮的弧形，向下飞了过去。妹妹吓得扔了书包。她走到桥边时还有些害怕，不过听了一会儿。下面除了河里的水声，什么也听不到。她跑去找席尔瓦阿姨。席尔瓦阿姨正在晾洗好的衣服。她看到情绪激动的邻居女孩儿后没有提多余的问题。她穿着睡衣，头发上别着铝发卡，跑着去救儿子。那个闯祸精、淘气鬼阿莱克正坐在桥下被压折的灌木丛和满地狼藉的树叶中间，尽量不去触动那条骨折的腿，默不作声，愤怒地修理着自行车。

城市在不断变化，它已经不是我的那个城市，它从来也不是我的城市。不过不要和我说这个，我不想听到这些。我和妹妹沿着古老的胡同漫步，搜寻着儿时惯用的视角。实际上我们在搜寻着自我。我们在大桥的栏杆后面，在坍塌的壁炉顶上，在高大枫树的阴影中搜寻着自我。我们已经长大了，枫树则仍然是那样高大。我问妹妹，你发现了没有，枫树老了以后多么漂亮。妹妹点头说她知道。

世界上有很多美丽的东西，有从天而降的瀑布，有金黄色的沙丘，有碧蓝的山脊，有无边无际的长满薰衣草的原野。所有这些美丽的东西都不是我的。我的美丽藏在歪扭的栅栏后，低矮的石头门槛后，吱嘎作响的木地板后，冒着黑烟的煤油灯后，陶罐后，藏在我的保姆的铜罐的窄窄的罐口里。我的美丽藏在我已经离开的地方。

十一月

这是一个让人有太多思考的月份。这是一个荆棘丛生而又香气扑鼻的月份，散发着石榴汁、核桃和有着淡淡酸味，切开后马上变黑的温柏果的味道。

塔塔把核桃蘸上蜂蜜，另一只手像勺子一样在下面托着，免得蜂蜜掉到桌布上,把核桃递给我:"吃吧。"

我接过来吃着。

"你听到鹤的叫声了吗?"塔塔长着金色的眼睛和长长的睫毛。眉毛上面的额角上有一根血管在跳。

"我听到了。"我嘟哝了一声。

她做出了相信我的样子。

"你知道它们为什么叫吗?"

"不知道。"

"我们要走了。"

塔塔把面包皮揪了下来,把面包里面的瓤儿掏出来,放在一边——这是留给母鸡的。她把剥开的核桃塞进面包皮里,递给我。

"吃吧。"

我接过来继续吃着。

"塔塔奶奶,你能听懂鹤的叫声吗?"

"听不懂。"

"那你怎么知道它们在说什么?"

"奶奶跟我说的。"

"你相信她说的吗?"

塔塔用她胡桃色的眼睛看着我。

"是的,我相信。"

十一月,雾变得更浓了,雾里什么也看不见。雾消散得很慢,就像纱裙下摆挂住木栅栏一样不愿离开。能听到远处河流的喧嚣声。河水冰凉,溅起一堆堆泡沫,向前飞奔着,跑得喘不上气来。

它想告诉所有人，山口那儿有雪在堆积，它看到了，它知道。

"想喝点儿葡萄酒吗？"若拉叔叔递过来一个陶瓷杯子。

"我可以喝酒吗？"

"这是只有三天的葡萄酒，度数低。当它发酵以后，你就不能喝了。现在还可以喝，喝吧！"

我接过来喝了。

葡萄酒刺激得鼻子发痒。我吧嗒着嘴。

"好喝。像汽水儿一样！"

"是的，好喝。"

若拉叔叔有些不正常。爸爸说他是个数学天才。他的大脑有一次没有承受住压力，所以疯了。对于叔叔来说，十一月份很难熬。他经常去森林，用橡实、蔷薇果和还未成熟的枇杷充饥。他会一连几小时看着天空，无声地翕动着嘴唇，就好像在和别人说话。他用小树枝把一些奇怪的公式写在潮湿的地上，然后把它们擦掉，哭起来。

他晚秋时分会经常哭泣。马上就要到冬天了，他能感觉得到。他看见了，他知道。

夜色中响着此起彼伏的母牛叫声，散发着生锈的门闩和烧木柴的壁炉的味道。保姆把土豆切成薄片，铺在烧红的炉子上，撒上盐粒。土豆片的外皮变成红色，发出"嗞嗞"的声音。保姆用刀尖扎住土豆片，把它们翻了过来。

我用火钩子钩住炉门，把它打开，翻动着里面的木柴。壁炉"呼呼"地响着，向外散发着热量，让人感觉很舒服。

"茨里克·艾拉姆没有想到妻子会背叛他。谁能想到他亲爱的妻子和他忠实地效力了一辈子的国王会一起背叛他。他把她锁在城堡里，造反反对国王。他失败以后，把自己的所有领地都送给了格鲁吉亚国王。他不想把领地留给亚美尼亚国王。"

"然后呢？"

"然后公爵夫人在城堡里上吊了，因为受不了这种耻辱。格鲁吉亚国王把茨里克·艾拉姆的领地还给了亚美尼亚国王，因为他和亚美尼亚国王是表兄弟，都是巴格拉图尼家族的人。茨里克·艾拉姆到头来什么也没剩下——丢了妻子，丢了领地，丢了尊严。"

保姆摇着头叹起气来。

山丘边上矗立着一个古老城堡。傍晚时分，浓雾用朦胧的幕布把城堡废墟包裹起来。而在浓雾笼罩下的城堡中的某个地方，公爵夫人阿斯普拉姆的幽灵还在那里徘徊。

"茨里克·艾拉姆后来怎么样了？"

"不知道。大概因为悲痛死掉了。谁又能挺过这样的悲痛呢？"

保姆把烤好的土豆片放在一个厚底盘子里，在每块土豆片上抹上黄油，上面放上一块羊奶干酪。她用嘴吹着土豆片，想让它快点儿凉下来。然后把土豆片递给我：

"吃吧。"

我接过盘里的土豆片吃了起来。

十二月

山口的冬天来得很快，让人觉得蛮不讲理，丝毫不给人提示就一下子来了。它毫无怜悯,闭塞了声音,暗淡了颜色。好像昨天的十一月份根本就没有存在过:没有十一月份那布满灰尘的蓝色酸梅,也没有熟透的蔷薇果。蓝莓果肉裂了一条缝隙,露出棉花一样的果肉和尖尖的核儿,散发着发酵过的葡萄酒的味道。现在的葡萄酒还有些生涩,发甜、多泡。到十二月中旬就变得味道绵长,带有一些酸涩味道,倒入酒杯中给人一种喝完会感到清爽的错觉。只有喝过以后,才知道这种清爽感觉的代价——喝得只要稍微过量一点儿,就会像个石头一样睡得死沉,谁都叫不醒,一觉睡到天亮。

当冬天来到山口以后,人们会静静地沉默一会儿。这是一种幸福的、治愈性的无言时刻——别说话,看着窗外,适应一下只有一个人的感觉。这时没有让你逃避和防备的东西,没有秋天的奔忙,没有夏季的暴雨,也没有春天的鸟鸣。只有你自己。

在那边,冰雪满天的山口外面,住的是海边巨人。他们人很少,但还没有消亡。他们是严肃、高傲的石头人。每个人都是你心灵的一分子,每个人都是你灵魂的一部分。通往那里的道路,将会有一次次雪崩。暂时只能如此。没有与外界的联系,只能停留在冰雪造就的黑暗中,停留在震耳欲聋、无限力量、熠熠发光的寂静中。

当冬天来到山口时,它要做的第一件事就是从袖子中掏出玩具。它穿针引线,把银丝挂在枞树枝上,点燃灯火。欣赏冬季的每一天吧:和上帝的光明力量作战的安娜冬日①,戒备、沉默的叶梅里扬越冬节,冬粥节上产妇的喊声,盛装表演的圣诞歌曲,驱除女妖的阿法那西·洛莫诺斯节,打断了冬日之角的奥尼西姆牧羊人节,法里谢耶夫周,最终审判周……

你可以深吸一口气,扑通一声潜入《三头蛇和火鸟》《沼泽水鬼》《灰狼和聪明绝顶的美丽公主》的国度。但愿你能有力气游出来。

随后就只有你一个人,只有你自己。踩着薄薄的冰层,踩着鲇鱼的脊背,沿着孤星留下的暗淡痕迹,走向冬季编织美丽花边儿的地方。那里有一群孩子蜷成一团在酣睡。那里有亚美尼亚的老奶奶在唱着犁歌,俄罗斯老奶奶对着水念着祈梦咒语,对着墙壁空空的壁龛祈祷。请记住逝者对你说的那些话,因为他们只有在雪夜时才有机会向你诉说衷肠。住在海边的人都清楚这一点,他们升起壁炉,等着祖先降临。他们在屋里留下一些食物,万一祖先们想吃东西呢。他们留下一些云莓酒,万一祖先渴了呢。最主要的是,不要喧闹,不要奔忙。闭上眼睛,静静地听。冬天是逝者的时间。

---

① 和下面的叶梅里扬越冬节、冬粥节等一样,都是冬天的节日。

后 记

我想说的是：

最让我痛心的，不是我们抛在身后的城市，不是再也不能走过的街道，不是远在他乡的凋落的树木，也不是那些无法企及的星辰。

不是腐烂破败的篱笆门，上面还挂着锈蚀斑斑的门销。这个门销是一百年前你的高祖父铁匠瓦西里打造的。他神情严肃、性格刚强，但他是你永远、永远敬爱的先人。

你拿走了这个门销，想做个纪念，但却愚蠢地、不可饶恕地把它放到了手提行李中。机场内永不闭眼的"百眼巨人"把它从你手中生生夺走，尽管你苦苦哀求。

门销被扔掉了，扔到按着时间法则这个门销应去的地方。然而这个地方，却违背了你的心灵法则。

不是曾祖母的那个古老的大碗。那是个铜碗，碗边儿粗糙不平，曾经补了又补，躺在蜘蛛网里沉睡。如果仔细看，还能看到歪扭变形的碗侧面上的压痕字迹：阿娜托里娅·捷尔－莫夫谢希·阿那尼扬，1897年。

没有人再用这个大碗做油炒面。传统上的亚美尼亚粥都是用捣碎的炒面来做的。粥里放盐,加入熬得冒黑烟的奶油。如果你使劲儿眯起眼睛,能在一瞥之间看到曾祖母正用木勺舀着粥。

她个子那么矮小,瘦瘦的,长长的辫子搭在肩上。

但她心里藏着那么多的亲情,能让你永远沉浸当中。但你现在唯一能做的只是把她的音容笑貌珍藏在心底。直到有一天,当你跨过另一个世界的门槛时,她会在那里迎接你,跟你说:"亲爱的,现在我们永远在一起了。"

我想说的是:

最让我痛心的是,在我们离开城市的那一天,它就走向了死亡,无论我们是暂别城市,还是永远离开。

城市关门上锁,被尘土和灰烬掩埋,变成海市蜃楼,变成幻影。

我们这些迷途的子女向后飞奔,连跑带跳,和自己的心灵赛跑。

我们奔向那空无一人的过往。

我们已经长大了太久,我们太早学会了分清良莠。

最让你痛心的是无法拥抱那些无法等你的人。

译后记

《天上掉下了三个苹果》是亚美尼亚裔俄罗斯女作家奈琳·阿布加良·尤里耶夫娜于 2015 年创作的一部长篇小说。作家凭借该小说于 2016 年获得雅斯纳雅·波良纳奖。

雅斯纳雅·波良纳奖是当今俄罗斯最负盛名的奖项之一，在俄罗斯的文学家和读者中享有盛誉，由托尔斯泰庄园博物馆和三星电子公司于 2003 年设立，以列夫·托尔斯泰出生地和作为最终归宿的雅斯纳雅·波良纳庄园命名，用以表彰继承列夫·托尔斯泰的文学和创作传统，以文学作为手段，进行人文探索和道德反思的现代作家。该奖项于 2015 年增加了"外国文学"作品的奖励内容。2022 年我国作家余华凭借其长篇小说《兄弟》获得了雅斯纳雅·波良纳奖的最佳外语作品奖。

奈琳·阿布加良于 1971 年 1 月 14 日生于苏联亚美尼亚加盟共和国塔乌什区的贝尔德市。父亲是当地有名的牙医，讲亚美尼亚语。母亲是俄语及文学教师，讲俄语。奈琳·阿布加良出身于知识分子家庭，有三个姐妹和一个弟弟，家庭气氛和睦，从小就获得了良好的教育，同时掌握了亚美尼亚语和俄语两种语言，熟悉亚美尼亚民间文化,这些对她以后的文学创作起到了关键作用。

她中学毕业后考入了埃里温国立语言大学,毕业时获得了俄语及文学学士学位,并于1993年远赴莫斯科继续深造。莫斯科的求学经历在她2011年创作的自传体中篇小说《外乡人》（Понаехавшая）中有所反映。她于1994年结婚,第二年生下了儿子。莫斯科成了她的第二故乡。

尽管她大学时所学专业与文学有关,但大学毕业后她并没有马上从事文学创作。在莫斯科她曾因为生活困顿而苦苦挣扎,当过会计。用她自己的话来说,差点一辈子与账本打交道而与文学无缘。她的这种经历使她对普通人的生活和痛苦有着深切的感触,让她在后来的创作中更关注小人物的内心世界,关注他们在现实生活中的痛苦、挣扎、喜悦和期望,这也形成了她特有的写作风格。

她的文学创作之路开始于2005年的博客文章写作,但她只坚持了两个月,直到2009年才重新开始更新博客。

给她带来广泛声誉的是她于2010年创作的第一部中篇小说《玛纽尼娅》（Манюня）。这是一部反映苏联时期亚美尼亚儿童生活的作品。出版时作者并没有对这部作品抱很大希望,然而小说一经问世,其幽默风趣的叙事风格和对天真无邪的儿童心理的独到刻画就引起了众多读者的广泛关注和好评,小说销量大增,这也给她铺平了后续的文学创作之路。2021年这部中篇小说在俄罗斯被拍成了电视剧,也获得了很好的收视率。

她是一位勤奋、高产的作家,在2010—2022年间共创作了二十多部作品,包括七部长篇、多部中篇和短篇小说集。她的小说不仅在俄罗斯拥有大量读者,还被翻译成至少十五种语言,在世界各地出版。

大量的优秀作品给她带来了诸多奖项和荣誉,包括2011年凭借中篇小说《玛纽尼娅》获得的"年度手稿奖",2013年获得的米哈伊尔·普罗霍洛夫基金会的Baby-Hoc奖,2015年获得的亚历山大·格林文学奖以及2016年获得的雅斯纳雅·波良纳奖。根据雅斯纳雅·波良纳奖评委会的意见,之所以颁奖给她,是因为《天上掉下了三个苹果》小说中看待世界的角度很有列夫·托尔斯泰的风格,将很多美好的东西和现实生活进行了完美结合。

《天上掉下了三个苹果》是一部魔幻现实主义小说。女作家非常崇拜《百年孤独》的作者马尔克斯,这部小说也有对这位伟大作家致敬的意味,例如她在小说中描述瓦诺母亲先祖画像这个关键物品时写道:

"我不会毁掉祖父留给我的唯一纪念物的。"她打断丈夫的话,把画像藏到一个盛着各种无用家什的大木箱子后面。画像后来就一直放在那里,布满了苍蝇粪、灰尘和蜘蛛网,注定被后代子孙无视,让其在"百年孤独"中绝望地受潮、褪色。

这部小说的创作是出于偶然但又必然的原因。当记者在采访中问起女作家创作这部小说的初衷时,她坦诚这部小说并非有计划的创作。她当时应读者要求,想创作一部反映亚美尼亚饮食文化的短篇小说集，同时自己也想写作一部描述亚美尼亚老年人生活的短篇小说集。结果在创作了几部短篇小说以后，由于手里素材的增加和创作情感上的积累，产生了创作这部长篇小说的想法，于是《天上掉下了三个苹果》就顺理成章、水到渠成地被创作了出来。

这本书里还收录了作者的几部短篇小说。从短篇小说的内容及使用的文字上来看，与《天上掉下了三个苹果》有很多相关之处，可能是作者提到的计划写作的有关亚美尼亚老年人生活的短篇小说集中的作品。这些短篇小说在某种程度上可以看作是对《天上掉下了三个苹果》的一种注解，阅读这些短篇小说能更清楚地了解作者的创作思路。

作为一部魔幻现实主义小说，作者以亚美尼亚传统文化作为叙述背景，描绘了马兰村的一群老人和他们的祖辈、父辈的日常生活点滴，将充满自然气息和岁月痕迹的自然风景与各种文化元素、对人生问题和社会问题的思考及神秘叙述完美地结合起来，让读者在优美的文字中欣赏亚美尼亚农村的风土人情，了解马兰村人的悲欢离合和幽默风趣、坚韧不拔的性格，在引人入胜的阅读中获得了广阔的思考空间。

她像画家一样把优美的田园风光、被岁月侵蚀的古老村庄呈现到读者眼前，创造的阿娜托里娅、瓦西里、瓦诺、瓦琳卡等人物形象是历经劫难而又坚强乐观的亚美尼亚普通农民的真实写照。她详细描述了各种农村菜肴从选材到制作的整个过程，不厌其烦地介绍了各种农家劳作的过程，甚至浓墨重彩地描述了女主人们晾衣服这一细节，反映了亚美尼亚农村人真实的生活画面。所有这些都是亚美尼亚农村生活的真实写照，有着坚实的现实基础，让读者身临其境，感受这些人的生活环境、琐碎点滴、痛苦和欢欣以及他们的各种怪癖。

奈琳·阿布加良在亚美尼亚的贝尔德市长大。这是个小城市，父权制文化和传统习俗在当时有着深厚的影响。她小时接受的也是传统的亚美尼亚家庭教育和文化熏陶，对当地的民族文化、传统习俗有着精细的认识，因此作为一名"植根于亚美尼亚文化的俄罗斯作家"，她的作品能够深刻反映亚美尼亚的历史、文化和社会问题。《天上掉下了三个苹果》小说中对妇女在父权制社会中的家庭地位、爱情权利、话语权以及城市进程下的农村命运和老龄化等问题进行了深刻反思。

小说中融入了大量的魔幻元素。

作者将小说事件发生的时空进行了模糊化处理，哪怕是亚美尼亚人也猜不到事件发生的具体时间和位置。小说中发生的地震、战争、大饥荒、政权更迭等都是亚美尼亚历史上曾经发生的事件，但被作者在时空上打乱，放进了小说的时空内。这虽然不符合历史事实，但对读者的阅读感受更具有冲击力。

作者在小说中对各种魔幻元素进行了精密的构思和布置，各种魔幻元素在小说中相互配合，与出人意料的小说情节一起将人物置于各种冲突之中，突出了人物的性格和内心世界，如对"诅咒"的描写，对阿娜托里娅母亲和她自己周围的人和物（解梦师、茨冈女人帕特丽娜、看家狗帕特罗、戒指等）的描写，对白孔雀以及五十八岁的阿娜托里娅生下女儿的离奇事件的描写等，都让读者感受到抓人心的悬念和神秘感，增强了小说的可读性。

奈琳·阿布加良的作品以幽默、睿智而出名，这个特点在《天上掉下了三个苹果》一书中也得到多方面的体现，如作者对马兰村村民绰号的描写：

> 马兰村每个家族都有自己的绰号。这些绰号通常是可笑和有趣的，有时则带有讽刺意味，很少会有令人极度难堪的绰号。家族绰号通常与某个人做的某件事有关。这件事，无论是好事还是坏事，都使他们区别于其他人。后来这些绰号就传给了他们的后代。

小说中的雅莎曼的曾祖父因为一顶礼帽而获得了绰号，继而"施拉普坎茨"成了这个家族的姓，而霍夫汉内斯的祖父因为对被炮击炸坏的裤子耿耿于怀使得后代有了"沙瓦兰特"这个姓，瓦西里的奶奶因为很长时间还不上一桶黄油，使得后代被叫作"库达曼茨"，等等。

亚美尼亚贵族在中世纪就已经有了姓，而普通人的姓大约出现在19世纪，是因为国家进行人口登记的需要，为了避免重名才要求使用的。一般人的姓主要以家长的名字加上"的孩子"的后缀构成，或者以该家庭从事的行业、生活的村庄或处所作为姓，并不像小说中写的全以绰号为姓。作家在小说中通过艺术构思，利用姓氏和绰号这个工具，从冷静旁观的角度，以冷峻的笔触描写了马兰村人的生活经历、感情、痛苦和喜悦。

近现代的亚美尼亚历史上发生了各种天灾人祸,与天灾人祸的战斗使得他们骨子里有一种坚忍不屈的性格,有时做事也会显得执拗,这些在奈琳·阿布加良的作品中多有体现。作家在这部小说中以邮递员为代表,用一种幽默的笔触对亚美尼亚人性格中的这个方面进行了刻画:

"我还能怎么着,神父?当然走啊!"玛米康很高兴自己比神父更固执,马上追了上去。

"倔得跟个驴子一样。"阿扎里亚忍不住说道。

"是啊。"邮递员骄傲地说。

小说中说教的内容很少,但也不乏作者对人生哲理的感悟,如当阿娜托里娅经历了小时失去亲人、童年时寄人篱下、成年后丈夫虐待之痛和各种磨难之后,最终在人生黄昏时刻突然享受到宁静、亲密的家庭生活后对生活的感触:

"没有天堂,就没有地狱。"阿娜托里娅忽然明白了,"幸福是天堂,痛苦就是地狱。上帝之所以无处不在,并不只是因为他是万能的,还因为我们的主就是那无数条看不见的线,把我们紧紧拴到一起。"

又如作家在短篇小说《贝尔德》中对生死问题的思考:

奶奶塔塔说过，老人和儿童离天上最近。老人离天上最近，是因为他们马上要走了，而儿童则是因为他们刚到这个世上不久。前者只能猜测，天上是怎么回事，而后者则还没有忘记天上的味道。

在短篇小说《战争》中对战争对人的摧残的描写：

战争迫使每个人变成无神论者或者极度虔诚的信徒，没有中间地带；战争迫使每个人变成好人和坏人，也没有中间地带。战争根本不允许中间色和模糊隐晦的存在。它真心地憎恨你，也不需要你对它有任何宽容。它有非人的力量，是个卑鄙恶劣的敌人。

奈琳·阿布加良文字功底深厚，她的文笔幽默、清新，富有美感。在她的笔下，动物有自己的思想，植物有自己的感情，就连四季和天气都有了自己的情绪，如下面的描写：

南方特有的静谧夜色在窗外静静地流淌，把羞怯的月光撒向窗前。全世界都进入了梦乡。蟋蟀轻柔细语，诉说着梦中的景象。阿娜托里娅把家庭相册紧贴在胸前，头靠在枕头上，泪流满面。

八月份马上就要离开了，却闹开了脾气，变得歇斯底里。正午时太阳炽热如火，入夜前下起了暴风雨。天上像是火山喷发了一样，雨点像标枪一样划破空气，滚烫的雨流从天空淌下，但人们期盼了一天的凉爽却未到来。

用作者的话来讲，《天上掉下了三个苹果》是一本治愈之书，希望本书能让读者从"压力山大"的现代社会中暂时解脱出来，进入作者描写的魔幻世界，感受被各种苦难打击的马兰村人永不屈服、团结互助、幽默乐观的精神世界，相信爱情能战胜孤独、痛苦和战争，相信世界终究美好。

© 民主与建设出版社，2024

图书在版编目（CIP）数据

天上掉下了三个苹果 /（俄罗斯）奈琳·阿布加良著；陈建桥译. —— 北京：民主与建设出版社，2024.10
ISBN 978-7-5139-4193-8

Ⅰ.①天… Ⅱ.①奈… ②陈… Ⅲ.①长篇小说-俄罗斯-现代 Ⅳ.① I512.45

中国国家版本馆 CIP 数据核字（2023）第 084699 号

© Narine Abgaryan，2015

The simplified Chinese translation rights arranged through Rightol Media（本书中文简体版权经由锐拓传媒取得 Email:copyright@rightol.com）and Banke, Goumen & Smirnova Literary Agency (www.bgs-agency.com)

著作权登记号　图字：01-2023-4692 号

天上掉下了三个苹果
TIANSHANG DIAOXIALE SANGE PINGGUO

著　　者	[俄罗斯] 奈琳·阿布加良
译　　者	陈建桥
责任编辑	王　倩
策划编辑	周舰宇　宋晓雯　刘　可
封面设计	杨西霞
出版发行	民主与建设出版社有限责任公司
电　　话	（010）59417749　59419778
社　　址	北京市朝阳区宏泰东街远洋万和南区伍号公馆 4 层
邮　　编	100102
印　　刷	文畅阁印刷有限公司
版　　次	2024 年 10 月第 1 版
印　　次	2024 年 10 月第 1 次印刷
开　　本	880 毫米 ×1230 毫米　1/32
印　　张	10
字　　数	182 千字
书　　号	ISBN 978-7-5139-4193-8
定　　价	58.00 元

注：如有印、装质量问题，请与出版社联系。